PEQUEÑOS SECRETOS, GRANDES MENTIRAS

ANNA SNOEKSTRA

PEQUEÑOS SECRETOS, GRANDES MENTIRAS

¿Qué ocurre cuando la ambición triunfa sobre la verdad?

Editado por HarperCollins Ibérica, S.A.
Núñez de Balboa, 56
28001 Madrid

Pequeños secretos, grandes mentiras
Título original: Little Secrets
© 2017 by Anna Elizabeth Snoekstra
© 2021, para esta edición HarperCollins Ibérica, S.A.
Publicada originalmente por Mira Books, Ontario, Canadá
© De la traducción del inglés, Jesús García

Diseño de cubierta: Mario Arturo
Imágenes de cubierta: Shutterstock

ISBN: 978-84-9139-556-0
Depósito legal: M-5378-2021

Para mi hermana

PRÓLOGO

Cuando los primeros hilillos de humo se elevaron en la oscuridad de la noche, el pirómano ya había emprendido la fuga. Las calles estaban desiertas. El juzgado resplandecía con un color naranja apagado y un brillo incapaz aún de rivalizar con el de la luna o los rótulos de neón que anunciaban marcas de cerveza en el bar de enfrente.

El humo no tardó en espesarse. Formaba nubes densas y amenazadoras que se alzaban en columnas, y, aun así, un coche que pasó por allí no se detuvo, sino que aceleró.

Poco después, las llamas anaranjadas se propagaron por el tejado desbancando al humo. El fuego refulgía con tal intensidad que ni siquiera con las pupilas contraídas podía distinguirse la oscuridad grisácea del humo del color negro de la noche. La gente salió a tiempo para presenciar la explosión de las ventanas, una tras otra, en una serie de estallidos secos. El fuego sacaba sus brazos por cada una de ellas y saludaba desquiciado a la muchedumbre que se congregaba.

Las sirenas sonaban, pero nadie era consciente de oírlas. El crepitar del fuego lo inundaba todo, con un gruñido suave y tenue como el ronroneo que emiten los gatos desde el fondo de la garganta. Dos chicas salieron del bar y se incorporaron tarde a la multitud. Una corrió hacia el incendio preguntando si había alguien dentro, si alguien había visto algo. La otra se quedó paralizada, con los hombros encogidos y la mano en la boca.

A la llegada de los bomberos, la calle brillaba como si fuera pleno día. La muchedumbre había retrocedido y los que más se habían acercado estaban empapados en sudor. Todo el mundo tenía los ojos llorosos. Quizá por las cenizas que flotaban en el aire; quizá porque ya había corrido la noticia.

Sí, había alguien dentro.

PRIMERA PARTE

Esta lección a la letra sigue:
persevera y persevera.
Si a la primera no lo consigues,
persevera y persevera.
—Proverbio

1

Con la mochila rebotándole en la espalda, Laura se apresuró para alcanzar a Scott y Sophie.

—¡Esperadme! —gritó, pero no lo hicieron.

Había titubeado delante del altar espontáneo que había ante los restos ennegrecidos del juzgado: una fotografía enorme de Ben rodeada de numerosas flores y juguetes. Las flores estaban todas secas y marchitas, pero había un gatito de peluche que le hubiera cabido a la perfección en la palma de la mano. Ben no lo necesitaba; estaba muerto. Pero cuando Laura había ido a por él, había levantado la vista hacia la fotografía. Los ojos marrones y acusadores de Ben la miraban directamente. Así que había dejado el juguete y, como los mellizos no la habían esperado, había tenido que correr lo más rápido posible para asegurarse de que no la dejaban atrás.

El sol, reflejándose en el cabello rubio de los mellizos, la deslumbraba. Jugaban a peleas de espadas con unos palos. Corrían por la calle dándose espadazos y dejaban siempre el mismo tiempo entre cada grito de «¡En guardia!». Llevaban el mismo uniforme que Laura, blanco y verde, solo que el de ella ya no era blanco. Tiraba más bien al amarillo pálido porque había pasado por la lavadora, como poco, cientos de veces. Lo había heredado de Sophie, y ella, de su hermana mayor, Rose, al igual que los pantalones cortos.

Pese a que todo lo que tenía era de segunda mano, Laura era

única. Se sabía la niña más guapa de la clase de infantil. Su flequillo recto realzaba sus ojos, grandes y de pestañas oscuras. Su nariz era un botón y su boca, un tulipancito rosa. Le encantaban los arrullos y las caricias en la cabeza.

—¡Corre, Laura! —gritó Scott.

—¡No tengo las piernas tan largas como tú! —contestó mientras corría y los zapatitos negros del colegio repiqueteaban sobre la acera.

Entonces la vio.

Una abeja.

Trastabilló al pararse. Tenía forma de gominola y las rayas negras y amarillas le daban un aspecto malvado. La abeja zumbaba delante de ella y le cortaba el paso revoloteando alrededor de un arbusto de flores moradas y hojas puntiagudas. Laura se moría por tocarla. Era esponjosa, estaba casi segura. Quería estrujarla con el pulgar y el índice para ver si reventaba. A ella nunca le había picado una abeja, pero a Casey sí, una vez en el colegio, y había llorado delante de todo el mundo. Debía de doler mucho.

Muy despacio, la esquivó, desplazándose con lentitud, como un cangrejo por el borde de la acera, hasta que estuvo a más de dos metros de ella.

Cuando se dio la vuelta, la calle estaba desierta. Sophie y Scott habían girado en alguna esquina y ya no los veía. Si se hubiese parado a pensarlo, seguramente habría sabido por cuál, pero era incapaz de hacerlo. Aquella calle de las afueras parecía hacerse más y más grande y ella se sentía más y más pequeña. El llanto comenzó a subirle lento y pesado por la garganta. Quería gritar y llamar a su madre.

—¡En guardia!

Laura lo oyó alto y claro a su izquierda. Y corrió, tan rápido como pudo, hacia allí.

* * *

Sophie y Scott se pusieron unas camisetas y prosiguieron con las peleas de espadas en el patio trasero de casa. A Laura no la dejaron participar. No les gustaban los «juegos de bebés», pese a que Laura les había dicho que ya iba al colegio y que, por eso, oficialmente ya no era un bebé. Se sentó en la encimera de la cocina, oyendo los gritos y las risas del exterior mientras miraba los tres platos de galletas saladas que Rose había dejado para la merienda.

Scott gritaba tan alto que lo oía a través de la ventana cerrada.

—¡Muerta!

Vio a Sophie fingir una muerte dramática y violenta. El juego era una tontería; no hubiera querido participar de todas formas. Mientras estaban a lo suyo, Laura alargó rápido un brazo, cogió dos galletas de cada plato y se las metió enteras en la boca.

Las masticó contenta, moviendo las piernas y dándoles patadas a los armarios. El sonido del golpeteo se extendió por la casa. Sabía que se estaba portando mal. De estar su madre, se hubiera metido en un buen lío. Pero siguió con los golpes, intentando dejar manchas oscuras para echarles la culpa a Sophie o a Scott. Aún no tenía claro a quién.

La puerta del dormitorio de Rose se abrió y Laura detuvo las patadas. Los pasos de su hermana mayor retumbaban en el pasillo. A veces, Rose quería hacerle trenzas en el pelo o maquillarla y decirle lo guapa que estaba. «Eres una muñeca», decía. Laura tenía la esperanza de que aquella fuese una de esas veces, pero el enfado con el que Rose caminaba dando pisotones indicaba lo contrario.

—¿Qué tal el cole? —Rose abrió el frigorífico y metió la cabeza dentro, como tratando de absorber el frío.

—Bien. Nina dijo que era capaz de subirse al árbol grande, pero no pudo y se cayó; se dio un buen culetazo.

Rose sacó la cabeza con una lata de Coca-Cola en la mano y miró a Laura. Hizo un gesto con los labios como si fuera a echarse a reír.

—¿En serio?

—¡*Chi*! —Laura soltó una risita y entonces Rose se rio también.

A Laura le gustaba hacer reír a Rose. Era la chica más guapa que conocía, incluso con el ceño fruncido, como estaba casi siempre. Cuando se reía, parecía una princesa.

—¡Pobre! —exclamó.

Rose dejó de reírse y se llevó la Coca-Cola a la frente.

Laura no contestó. En realidad, Nina no se había caído del árbol. Había logrado subir hasta arriba del todo y después se había pasado toda la tarde alardeando de ello.

—¿Qué era el golpeteo de antes?

—No *shé*. ¿Me haces trenzas, Flor?

—Sabes que no me gusta que me llames así.

—Lo *chiento*.

A veces, si fingía seguir siendo un bebé, Rose le prestaba más atención, pero esa vez ni siquiera la miró. Abrió la lata y le dio un trago. Laura miró los dibujos del brazo de Rose. Le cubrían desde el codo hasta el hombro y parecían pintados a bolígrafo, aunque eran para siempre. A Laura le parecían bonitos. Rose miró la hora y refunfuñó.

—Voy a llegar tarde. Joder. —De un golpetazo, soltó en la encimera la lata, que salpicó unas gotitas oscuras.

Laura ahogó un grito. No sabía el significado exacto de esa palabra, pero sí que era una de las peores.

—¡Me voy a chivar!

A Rose le dio exactamente igual; salió de la cocina y volvió a su habitación para arreglarse. Estaba claro que no iba a hacerle trenzas.

Laura saltó de la encimera.

—Me voy de casa. ¡Y no puedes impedirlo!

Se dirigió corriendo a la puerta principal, la abrió y la cerró de un portazo. A continuación, se alejó de puntillas y en silencio para que Rose pensase que se había ido.

16

Decidió esconderse debajo de su cama. Se arrastró por el suelo y tiró de la caja de la ropa de invierno hasta quedar oculta detrás. Si se quedaba allí el tiempo necesario, se darían cuenta de que no estaba. La buscarían, y no la encontrarían. Era lo bueno de ser pequeña: poder esconderse con facilidad.

Transcurrido un rato, empezó a aburrirse. Allí debajo olía raro, como a los calcetines de deporte que se ponía toda la semana para las clases de Educación Física. Volvió a salir. Ya se había hartado del juego. Sentada con las piernas cruzadas en el centro de su habitación, mientras decidía si le tocaba jugar con la tortuga de peluche o el perro peludo, advirtió una sombra por la ventana. Alguien se dirigía a la puerta principal de la casa. ¡A lo mejor su madre llegaba temprano!

Salió a todo correr hacia el vestíbulo y abrió la puerta, pero no había nadie. La decepción fue tremenda. Entonces bajó la vista. ¡Le habían dejado un regalo! Se arrodilló para mirarlo, preguntándose si sería un obsequio del espíritu de Ben, como muestra de agradecimiento por no haberse llevado su gatito.

2

Los vaqueros cortos y la camiseta sin mangas que Rose llevaba al trabajo estaban hechos un gurruño en un rincón de su dormitorio. Necesitaban un lavado, pero no se había molestado en dárselo aquel día. Cuando se los puso y los estiró, distinguió en el tejido olor a sudor y cerveza. Al final del turno, apestarían.

Rose se metió el móvil en el bolsillo trasero. Tenerlo lejos le provocaba una comezón en los dedos. Se había pasado todo el día actualizando el correo electrónico, una y otra vez. Le costaba tener paciencia.

Sacó las zapatillas de debajo de la cama. Eran nuevas; las suelas de las viejas se habían despegado de la lona. Unos hilos las habían mantenido en su sitio, pero al tropezar con un barril de cerveza se habían rajado y abierto como una boca donde la parte central del pie izquierdo parecía la lengua. En ese momento tenía unas zapatillas blancas y baratas que ya parecían sucias. La noche anterior le habían hecho rozaduras. Hizo un pequeño gesto de dolor cuando se las puso. Con suerte, dentro de poco, o darían de sí, o se le acostumbrarían los pies.

Rose se hizo una coleta por el pasillo con movimientos de muñeca rápidos y expertos. Al principio, no vio a Laura, que estaba sentada en el suelo dándole la espalda. No era normal en ella estar quieta. Solo lo estaba cuando se escondía debajo de la cama.

Sabía que llegaría tarde, pero aun así se paró. Laura parecía muy pequeña cuando estaba quieta. Sus hombros parecían muy chicos cuando se encorvaba con las piernas cruzadas. Al acercarse, se dio cuenta de que hablaba muy muy bajito con un tono agudo y extraño.

—No, quiero chocolate, por favor. Gracias. ¡Mmm!

—¿Qué haces?

Laura la miró.

—¡Nada que te interese!

Rose se puso de cuclillas a su lado para ver qué tenía en las manos. Era una muñeca antigua, con rostro y manos de porcelana y cuerpo de trapo. No tenía nada que ver con el resto de sus juguetes. Extrañamente, se parecía a Laura: ojos grandes y marrones, y cabello castaño a media melena, cortado recto a la altura de la barbilla.

—¿Por qué le has cortado el pelo? Te la has cargado.

—No se lo he cortado.

—Sí que lo has hecho.

—¡Que no!

—Que sí. Se lo has cortado para que se parezca a ti.

—¡Que no! Estaba así. La dejaron fuera, en la puerta. Me la han regalado.

Rose le puso la mano a Laura bajo la suave piel de la barbilla para que levantase la mirada.

—¿Es una mentirijilla? No me voy a enfadar.

Laura alzó la muñeca delante de ella y volvió a poner un tono agudo.

—Flor está celosa. ¡Eres mía y de nadie más!

A Rose la embargó una sensación rara, la sensación de que algo no iba bien. Pensó en llevarse la muñeca, pero Laura parecía muy contenta con su gemela en miniatura. Se dijo que se estaba comportando como una tonta; claro que no se la habían dejado allí. Debía de habérsela cogido a alguna niña del colegio.

Dejó a Laura jugando y se marchó. Al salir, cerró la puerta mosquitera y metió un dedo por la parte rota de la malla para correr el pestillo. Aunque hacerlo no tenía sentido. Recordaba cuando la había instalado con su madre, hacía años, por seguridad. En esos momentos, ¿cómo iba a protegerlos de los intrusos si apenas lo hacía de los moscardones?

La puerta era como el resto de las cosas de su vida, de aquel pueblo. Cuando la fábrica de coches echó el cierre, Colmstock no tardó en perder fuelle. Antes había sido un pueblo agradable, el más grande de la zona, y, al estar junto a la autovía de Melton, era considerado un buen sitio para hacer noche de camino a la ciudad. Era lo bastante pequeño como para que se forjaran lazos entre sus vecinos, pero lo bastante grande como para no conocer a todo el que pasase por la calle.

En esos momentos, Colmstock era un pueblo arruinado y feo. Sus habitantes habían dejado de ser agradables. Muchos de ellos habían cambiado el salir a tomar algo y hacer vida social por la metanfetamina. La delincuencia había aumentado, se habían perdido empleos y, aun así, la gente seguía como si nada. Parecía como si todo el mundo le guardase una especie de lealtad al pueblo, cosa que Rose no hacía en absoluto. Iba a marcharse de allí. La sola idea la hacía sonreír: dejar de vivir allí, poder aspirar a una vida totalmente distinta. Cuando se dio cuenta de que estaba aflojando el paso, se obligó a dejar de soñar. Dentro de poco empezaría una nueva vida, pero, de momento, llegaba tarde al trabajo.

Se dirigió hacia la calle Union, espantando las moscas de delante de la cara con la mano. Pese a ser pleno día, no se sentía segura yendo sola. Había un camino mucho más rápido, pero implicaba pasar junto a los buscadores de piedras preciosas. Eso jamás lo haría, independientemente de la hora, así que tenía que dar un buen rodeo. Sacó el móvil del bolsillo y volvió a actualizar el correo electrónico. Nada. Su ánimo flaqueó. Le habían dicho que se pondrían en contacto con ella ese día. Era incapaz de seguir esperando. Estaba más que preparada.

Desde niña, siempre había querido ser periodista. Había sufrido muchos reveses; el peor de ellos, el cierre del diario local, *The Colmstock Echo*. Después había recibido un correo donde la informaban de que la habían preseleccionado para unas prácticas en el *Sage Review,* un periódico nacional. Una semana más tarde, le comunicaron que había pasado a la siguiente fase. Aun así, había evitado entusiasmarse mucho. Era demasiado bonito, demasiado bueno para que le pasase a ella. Luego, hacía ocho días, ya solo quedaban ella y otro candidato. Ese día, solo ella y el otro aspirante estaban pendientes del correo.

Su amiga Mia estaba convencida de que le darían las prácticas. Rose se había reído y había bromeado sobre si lo había visto en su bola de cristal, pero, en realidad, la había creído. En el fondo, sabía que iban a concedérselas por el simple hecho de que nadie podía quererlas tanto como ella. Era imposible.

Se apresuró a su paso por el lago, rodeado de hierba seca que llegaba a la altura de las rodillas e infestado de serpientes y mosquitos. Apestaba a agua estancada. Al lado, el armazón vacío de un columpio era devorado por la maleza, que crecía con insistencia. Alguien había quitado los asientos hacía unos años y el esqueleto de metal se encontraba abandonado. Rose se preguntaba si los estarían reutilizando en el patio de alguna de las casas cercanas o si los habrían destrozado por placer unos niños.

Rose apartó la vista del lago y apretó el paso, con las suelas de goma de las zapatillas nuevas golpeando contra el asfalto pegajoso. Intentaba no recordar cómo, en otros tiempos, cuando el agua era azul, había estado allí de pícnic con su madre. Su madre, que no había abierto la boca cuando su nuevo marido, Rob James, le dijo que había llegado el momento de que se marchara. Lo aceptó sin más, porque las prácticas eran en la ciudad y, por contrato, viviría a pensión completa, aunque aun así le había dolido.

Cruzó hacia la calle Union procurando no pisar el sapo aplastado en el asfalto. La gente del pueblo invadía el carril contrario con tal de atropellar uno. Y ahí se quedaban, prensados como tortitas, cubiertos de hormigas, hasta que se ponían tiesos y duros como cuero seco, tostados por el sol.

La calle principal de Colmstock tenía tres manzanas. Había un solo semáforo y, más adelante, un paso de peatones frente a la achaparrada iglesia de ladrillo rojo. No muy lejos de donde se hallaba Rose, había un bar. Alcanzaba a ver las carreras de perros en las pantallas a través de la mugre de una de las ventanas, que a la hora de cerrar solían estar salpicadas de sangre a causa de las peleas. También había un antro de comida china para llevar con un cartel iluminado en rojo chillón, resguardado entre el restaurante indio y la tienda de antigüedades, ambos cerrados desde hacía años.

Más adelante se hallaban el colegio de primaria y el ayuntamiento de Colmstock. Desde su posición, a la espera de que las luces del semáforo le permitieran cruzar, Rose casi podía ver los restos ennegrecidos del juzgado. Se encontraba entre la biblioteca, que se había librado de las llamas, y la tienda de alimentación, que no había corrido la misma suerte. Delante de las escaleras del juzgado estaba el altar en recuerdo del niño fallecido, Ben Riley. Su fotografía iba perdiendo color por culpa del sol constante. El edificio estaba acordonado con cinta de plástico. También deberían haber colocado algunas vallas, pero aún no lo habían hecho.

Rose se quedó mirando los restos calcinados. Con todos los archivos del juzgado reducidos a cenizas y los ordenadores hechos un amasijo de plástico y cables, ¿se celebrarían los juicios programados? ¿Los delincuentes dejarían de serlo? ¿La justicia quedaría en suspenso hasta que reconstruyeran el edificio? Incluso desde donde estaba, notaba el olor a madera quemada, a ladrillos y plástico abrasados por el sol. Habían transcurrido tres semanas y no se había disipado. Tal vez, Colmstock olería así a partir de aquel momento.

Sintió una vibración en el bolsillo. Obligándose a mantener la mano firme, sacó el teléfono. Hasta cierto punto, esperaba que fuese un mensaje cualquiera de Mia o un correo basura. Pero no. Abrió el correo del *Sage Review,* con la boca lista para sonreír, lista para reprimir un grito de emoción.

Estimada Srta. Blakey:
Gracias por haber solicitado el acceso al Programa de Prácticas de Sage Review. *Lamentamos...*

Rose dejó de leer. No tuvo fuerzas para seguir.

Su boca siguió paralizada en una mueca, esbozando una sonrisa vacía y extraña mientras cruzaba la calle hacia el bar del hostal Eamon's Tavern.

3

Al igual que muchos negocios de la calle Union, el hostal Eamon's Tavern había sido en otros tiempos una de las casas de categoría de Colmstock. Era de mayor tamaño que el resto y más imponente, con una escalera de entrada amplia y ventanas dobles. Sin embargo, hacía tiempo que había perdido la opulencia de la que en otra época había hecho gala. Necesitaba una mano de pintura desde hacía veinte años. La fachada tenía desconchones y estaba sucia. Sus ventanas mostraban letreros de neón con marcas de cerveza: Foster's, VB, XXXX Gold.

Dentro, sonaba Bruce Springsteen a todas horas. Olía a rancio: a aire estancado y cerveza. La iluminación siempre era tenue, probablemente para tratar de disimular el deterioro del local. Aun así, no existía oscuridad capaz de ocultar que todo estaba un poco pegajoso. Era el típico establecimiento con habitaciones en la parte trasera en las que nadie que no llevase una buena tranca querría dormir.

El bar estaba medio lleno de trabajadores y policías que se bebían el sueldo y se repantigaban en oscuras sillas de madera. Era de los sitios favoritos de las fuerzas del orden. La comisaría, situada a pocos metros, se encargaba de Colmstock y los pueblos más pequeños de la zona, aunque a los miembros del cuerpo les gustaba tener la bebida a la mano. Viendo lo que podían llegar a ver, incluso dar diez pasos para llegar al Eamon's se les antojaban demasiados para una cerveza. Al otro bar de la calle iba quien quería dejar claro que no disfrutaba de la compañía de la policía. Con todo, quienquiera que todavía saliera a tomar una copa en vez de quedarse en casa con una bolsita de cristal y una pipa de vidrio ya era considerado una persona de provecho, independientemente de dónde eligiese hacerlo.

Debajo de un desvaído retrato en blanco y negro de la familia Eamon, los antiguos dueños de la casa, había una barra en forma de L, donde Rose charlaba con Mia. Llevaban años trabajando allí juntas y habían pasado infinidad de horas haciendo exactamente lo mismo que en ese momento: apoyarse en la barra, beber Coca-Cola y decir tonterías.

Laura no era la única que pensaba que Rose parecía una princesa. En concreto, el sargento de policía Frank Ghirardello la observaba con el rabillo del ojo mientras tomaba una cerveza. A pesar de ese tatuaje que le llegaba hasta el tríceps, parecía tan pura y perfecta como una estrella de cine. Aquel primer trago de ámbar frío que le sirvió Rose era lo más cercano a la felicidad que había conocido. Frank se había entusiasmado con ella desde que empezó a trabajar en el bar, cuando le puso una cerveza con quince centímetros de espuma. Por la forma en que lo miró, supo al instante que era la mujer de su vida. Así pues, cogió aquello, le dio propina y trató de bebérselo pese a llenarse de espuma la cara con cada sorbo. Frank nunca había sido muy dado al alcohol, pero en los últimos años bebía más de lo habitual solo por estar cerca de Rose.

En torno a él, su brigada exponía teorías sobre el último caso; ya se habían olvidado del de Ben Riley. Al contrario que Frank. Aquel puto pirómano llevaba todo el año armando revuelo. Al principio, habían sido incendios pequeños, un arbusto o un buzón quemado y humeando. Habían preferido pensar que se trataba de adolescentes aburridos, aunque nunca había sido muy probable. El instituto había cerrado ese año por falta de alumnos;

el tamaño de las clases había disminuido hasta ser menos de una cuarta parte de lo que solía ser. La mayoría de los adolescentes, o trabajaban en la granja avícola, o se habían entregado por completo a la pipa. Los que le daban a la meta cometían delitos, agresiones y robos, sobre todo, pero ninguno parecía tener la paciencia necesaria para provocar un incendio solo por el placer de ver las llamas.

Entonces, el mes anterior, la situación se recrudeció en un abrir y cerrar de ojos. Aquel psicópata había sacado el mechero a la primera de cambio y había calcinado media manzana de la calle Union. Ben solo tenía trece años y era, como solía decirse, «especial». La expresión correcta era que tenía daños cerebrales. El muchacho se comportaba más como un niño que como un adolescente, pero era el ojito derecho de todo Colmstock. Tenía una sonrisa para todo el mundo. Sus padres eran los propietarios de la tienda de alimentación, y a veces jugaba en el cobertizo de detrás del juzgado, el edificio contiguo. Lo había transformado en su guarida. El pobre no tenía ni idea de que cuando se veía humo había que salir corriendo.

Al principio, Frank había estado seguro de que el culpable era el señor Riley, el padre de Ben. El tipo había conseguido una fortuna gracias al seguro y Frank sospechaba que era capaz de quemar a su propio hijo con tal de recibir esa suma de dinero. Pero contaba con una coartada perfecta. Frank lo había comprobado y era imposible que fuera falsa.

En torno a él, el resto de los hombres estaba bromeando. Frank ya estaba harto. No era momento para risas. Interrumpió la conversación.

—¿Algún avance? —Miraba a Steve Cunningham, el concejal.

Sabía la respuesta, pero de todas formas le preguntaba siempre que lo veía. Necesitaba que echaran abajo los restos del juzgado; había transcurrido casi un mes. Todos callaron y miraron a Steve.

—Todavía no —contestó y, pese a la penumbra, Frank pudo ver enrojecer su brillante calva—. Seguimos intentando recaudar los fondos. Pero lo lograremos.

—De acuerdo.

—Voy a por la siguiente ronda. —Steve se puso de pie—. ¿Frank?

—No, gracias.

Sabía que no era culpa de Steve, pero le gustaba poder responsabilizar a alguien. Para él, aquel amasijo negro era algo personal. Una señal que anunciaba a voz en grito su fracaso ante todo el pueblo.

Frank había presenciado cantidad de desgracias. Desde luego. Pero ver a la señora Riley, informarla de la voracidad implacable del fuego, de la imposibilidad de entrar y de rescatar a su hijo... La expresión de su rostro cuando la obligaron a apartarse y a dejar que su hijo se quemara. Eso nunca lo olvidaría.

Dejó de prestar atención a sus amigos y observó a Rose, que, tras ponerle otra ronda a Steve, siguió hojeando el periódico. Cuchicheaba con Mia Rezek, cuyo padre, Elias, también había sido policía hasta que cinco años atrás sufrió un derrame cerebral. Las dos se comportaban como si estuvieran en casa en vez de en el trabajo. Rose se pasó una mano por el pelo. Fue un movimiento muy sencillo y trivial, pero a Frank se le hizo un nudo en la garganta. Dios, cuánto la deseaba. Apenas podía soportarlo.

Se reclinó en la silla. En el bar reinaba una calma suficiente como para escuchar a Rose.

—«Con Saturno en Acuario, no hay nada prohibido» —leyó Rose—. «Hoy te sorprenderá algo inesperado». —Se rio dando un bufido—. Cuidado, solteras.

—No dice eso —oyó decir a Mia. Entonces bajaron la voz.

Frank levantó la cabeza y vio que miraban hacia su mesa. Apuró deprisa la cerveza y se acercó a ellas.

—Señoritas, ¿por qué se nos han quedado mirando? ¿Han visto algo de su interés?

Exhibió bíceps delante de Rose, pero ella ni siquiera le prestaba atención. Ya estaba poniéndole otra cerveza. Mia sí que se había dado cuenta y sonrió. Frank advirtió compasión en su mirada y lo inundó el odio.

—No malgastes saliva, Frankie —le dijo apoyando los codos en la barra—. Rose se las pira.

—Todavía me quedan algunas semanas, ¿no?

Tenía la esperanza de que una de las dos lo pusiera al tanto sobre el programa de prácticas al que aspiraba Rose. Habían hablado de ello como si fuera cosa hecha, pero Frank no lo creía. O, al menos, vivía con esa esperanza. Su vida se quedaría muy vacía sin Rose.

Al mirarla, notó que le temblaba un poco el pulso y vio que le caía una gotita de cerveza en la muñeca. Rose se la restregó contra la parte trasera de los pantalones cortos y le dio la cerveza.

—Más o menos —dijo.

Frank estaba a punto de seguir indagando, de sondearla como lo haría con un delincuente en la sala de interrogatorios, cuando Mia intervino.

—Vamos a ver. —Cogió el vaso vacío de Frank de la barra y examinó los restos de espuma con atención.

—¿Dice algo de mi vida amorosa? —preguntó él fijándose de nuevo en Rose.

Ella le devolvió una sonrisa apagada. Frank debía parar, y lo sabía. Debía invitarla a salir de verdad en vez de seguir lanzando indirectas estúpidas y obvias. Sobrepasaba los treinta años, y se comportaba como un adolescente salido. Daba vergüenza.

—Bueno. —Mia giraba el vaso—. Veo mucho optimismo. Dice que no hay nada prohibido. Que se avecinan cosas inesperadas. Cosas que te sorprenderán.

Ellas se miraron, sin adivinar que él les seguiría el juego. Lo mismo daba; Frank aprovechó la ocasión.

—¿Eso es una invitación a una cita doble? Porque creo que podría convencer a Bazza.

El compañero de Frank, Bazza, era un chaval guapo que acababa de llegar a cabo. Alto y musculoso, había sido uno de los mejores jugando al fútbol australiano, al igual que Frank unos años antes que él. Para Frank era como un hermano, pero hasta él veía que Bazza se comportaba más como un perro que como una persona. Los ojos se le iluminaban de puro gozo cada vez que Frank mencionaba el almuerzo, lanzaba miradas sospechosas a los desconocidos y todo lo que tenía de leal lo tenía de lerdo. Frank estaba casi seguro de que, si le decía que se sentara, lo haría sin pensárselo.

Se dieron la vuelta para mirarlo justo cuando Bazza eructaba y ahogaba una risita.

—Ya te diremos algo —dijo Rose, y Frank, sonriendo como si solo estuviera de broma, se dio la vuelta antes de que se le reflejase el dolor en la cara. Tenía que echarle un par e invitarla a salir en condiciones. Si no, ella se marcharía y ya no tendría remedio.

A su espalda, oyó decir a Mia:

—La verdad es que Baz está bastante bueno.

Se le tensaron los hombros; esperaba, deseaba, que Rose opinara lo contrario.

Por suerte, oyó:

—Es un imbécil.

—Sí, totalmente.

Se rieron por lo bajo y Frank regresó a su mesa. Aliviado por que las mofas no fuesen contra él, le dio un trago a la cerveza. Ya se lo imaginaba: Mia con Bazza y él con Rose, de barbacoa en los días libres; Bazza en la barbacoa; Mia removiendo la ensalada, y Rose llevándole una cerveza y sentándose en sus rodillas mientras él se la bebía.

4

Rose logró tumbar el barril. Pesaba tanto que le tensaba los músculos del cuello y le tiraba de las axilas. A apenas unos centímetros del suelo, lo dejó caer solo por oír la violencia del golpe contra el cemento. El almacén era una sala pequeña situada en la parte trasera del bar, ciega y con olor a humedad, donde se apiñaban barriles de cerveza, un gran congelador repleto de carne y patatas congeladas y unas cuantas cajas de vasos de cerveza polvorientos.

Inclinada hacia delante, con el culo en alto, empujó poco a poco el barril desde aquel rincón estrecho hacia el pasillo trasero. Estaba ridícula. Si Frank la viese, dejaría de mirarla como lo mejor del mundo. O quizá incluso le pusiese. De solo pensarlo, se enderezó como un resorte. Odiaba que los hombres no le quitasen ojo. Hacían que se sintiera como si su cuerpo no fuera suyo, como si les perteneciera a ellos cuando le pasaban revista de arriba abajo. De no ser por el coñazo de la humedad, llevaría pantalones largos y cuello alto, y no se depilaría las piernas nunca.

Le estaban saliendo ampollas. A cada paso, el roce de los talones contra el tejido áspero de las zapatillas le levantaba otro pedazo de piel. Mientras empujaba con los pies el barril a lo largo del pasillo, comenzó a estremecerse de dolor. Pasó junto a la mancha de pota de cerveza que Mark Jones había dejado en la moqueta y la grieta de la pared, que parecía crecer con lentitud día a día. Trató de convencerse de que no siempre odiaba su trabajo con toda su alma; había noches tranquilas en las que llegaba a pasárselo bien haciendo el tonto con Mia. Pero justo en ese momento quería tirarse de los pelos. Todas las noches la misma mierda, año tras año, turno tras turno. Lo único que cambiaba era la edad de los parroquianos.

Si antes se había sentido embotada, la sensación había desaparecido para dejar paso a la vergüenza y la decepción por la respuesta del *Sage Review*. Tenía un nudo en el estómago. Aún no se lo había dicho a Mia; era incapaz. Verbalizarlo implicaba asumir la realidad. Mia le preguntaría qué haría, dónde viviría, y no sabría contestarle. Prefería centrarse en seguir moviéndose y en tratar de respirar. Había escrito sobre todo lo que se le había pasado por la cabeza: la crisis económica y su repercusión en el pueblo; la búsqueda del incendiario que había matado al pobre Ben Riley y había reducido a cenizas el juzgado. Había escrito críticas de cine, artículos del corazón y, lo peor de todo, se había atrevido con una serie de vídeos bochornosos en YouTube.

Independientemente del tema, siempre recibía el mismo «no» por respuesta. Solían empezar con un «Gracias por su propuesta…» y el resto ya lo conocía. La gente siempre decía que solo uno mismo se interponía en el camino del éxito, y Rose se sabía la lección. Y al dedillo. Solo necesitaba una noticia en condiciones, algo excepcional. Si tuviera esa noticia singular, no podrían rechazársela.

Las prácticas estaban hechas a su medida; cumplía todos y cada uno de los requisitos. Había sido tan perfecto, tan idóneo…

El borde del barril golpeó la pared y un cuadro cayó al suelo.

—Mierda.

No había estado prestando la atención necesaria. Era demasiado pedir en esos instantes. Como consecuencia de la caída, una buena grieta cruzaba el cristal sobre la fotografía de la familia Eamon:

el marido con sus condecoraciones de guerra, la esposa con una sonrisa torcida, la hija pequeña con el cabello rizado y una muñeca de cabello rizado, y el niño con una camisa con volantes. Volvió a colgar el cuadro.

La sensación que notaba en el estómago comenzó a convertirse en dolor y le costaba soportarla. Era como si tuviera acidez: le brotaba desde las entrañas como un torrente venenoso y le subía hacia la garganta.

Se asomó a la cocina.

—¿Puedo hacer el descanso ya?

—Sí, claro —le contestó Jean, su jefa, sin darse la vuelta mientras troceaba un montón de tomates con poco color.

A veces, hacía el descanso en la barra mientras intentaba comer algo que le hubiera preparado Jean y charlaba con Mia y quien anduviese por allí. Pero si tenía que aguantar el tirón, necesitaba estar unos minutos a solas. Cogió el botiquín de la repisa y regresó al pasillo. Empujó la puerta de una de las habitaciones y se sentó a los pies de la cama. Con cuidado, se quitó una zapatilla y se examinó el talón. Tenía la piel muy enrojecida. Le estaba saliendo una ampolla, un cojín blanco y suave que le protegería la herida. Se pasó el dedo con cuidado y se estremeció ante la delicadeza de la nueva piel.

Levantó el cierre del botiquín y rebuscó entre los antisépticos caducados y las vendas cerradas hasta encontrar la caja de tiritas al fondo. Sacó una, se pegó uno de los extremos en la piel, la estiró sobre la ampolla y terminó de pegarla. El proceso de colocar la tirita le hizo recordar su infancia: el sentirse cuidada, el saber que siempre habría alguien ahí para solucionar los problemas. Se le hizo un nudo en la garganta y no pudo aguantar más. Llevándose una mano a la cara para amortiguar el sonido, estalló en lágrimas. Desde lo más hondo de su ser, surgían gemidos de tristeza y dolor.

Cerró los ojos con fuerza para obligarse a parar, pero no lo consiguió. Estaba muy cansada, agotada. Sentía los ojos ardiendo, las lágrimas desbordadas y las mejillas incandescentes. Era más fácil llorar que no hacerlo.

Se levantó con la intención de cerrar la puerta para evitar que la pudieran oír desde la barra. Con la vista empañada, vio a alguien. Un hombre en el pasillo, mirándola. Trató de recomponerse pasándose las manos por las mejillas.

—Perdón —dijo el hombre, que, extrañamente, también parecía estar a punto de echarse a llorar.

Con la mano en el pomo, se quedó mirándolo sin saber qué decir, consciente de que tenía la frente arrugada, de que una lágrima le resbalaba con lentitud por la mejilla húmeda. Él desvió rápido la mirada y Rose sintió que se moría de vergüenza.

Cerró la puerta y volvió a sentarse en la cama. Empezó a respirar hondo mientras miraba la entrada de la habitación. Se había sobresaltado al ver al hombre y, aunque al menos había dejado de llorar, el corazón le martilleaba en el pecho. Restregándose la cara con las manos, se preguntó quién sería. No lo había visto nunca. Eso no era lo normal en Colmstock. Y más con ese aspecto. No se parecía al resto de los hombres del pueblo. Su rostro era tan distinto que no estaba segura de cuál sería su etnia, y llevaba una camiseta de un grupo de música y unos vaqueros estrechos azules que parecían recién estrenados. En definitiva, no vestía como los hombres de la zona. Rose volvió a la puerta sin hacer ruido y la entreabrió un centímetro para mirar, segura de que seguiría allí, pero se había marchado. Vio un cartel de *No molestar* colgado del pomo de otra habitación. No había caído en que hubiese alguien alojado.

Cerró la puerta y se dirigió al cuarto de baño para echarse agua fría en la cara. Ese no era su primer «no»; a esas alturas, debería saber afrontarlo. Tenía que aguantar las horas que le quedaban; seguro que al día siguiente encontraría la solución. En ese instante, solo tenía que centrarse en eso, en acabar el turno. Se quedó quieta, pensando únicamente en la sensación de la moqueta bajo los pies descalzos. Entonces, con mano veloz y experta, se colocó otra tirita en el otro talón y, apretando los dientes, se volvió a calzar las zapatillas.

Jean estaba en la cocina, dándole la vuelta a una hamburguesa en la plancha, que chisporroteaba y humeaba. El punzante olor a quemado hizo que a Rose le picara la nariz, pero no protestó. Jamás se le pasaría por la cabeza decirle nada a Jean sobre sus habilidades como cocinera, y no solo porque fuera su jefa. A Jean nadie le ponía peros, aunque la carne estuviese negra y correosa como la suela de un zapato, lo que era habitual. Pese a que estaba a punto de cumplir los sesenta, nadie quería cabrearla. Cuando alguien le caía mal, lo dejaba bien claro.

Rose aún recordaba la única ocasión en la que alguien se atrevió a insultar las artes culinarias de Jean. Un capullo, que resultó ser amigo de Steve Cunningham, exigió que le devolvieran el dinero; le dijo a Jean que, si quería cocinar como una aborigen, se volviera a la cueva. No solo no le devolvieron el dinero, sino que le prohibieron entrar al Eamon's de por vida. De haber tenido la oportunidad, la propia Rose hubiera velado por que se cumpliera la orden, pero Jean se bastaba por sí sola. A Rose todavía le hervía la sangre cuando se acordaba de aquel imbécil. Steve tuvo suerte; se había disculpado con Jean en repetidas ocasiones y Rose sabía que lo había hecho de corazón, así que al final le levantaron el veto.

—¿Hay alguien alojado? —preguntó Rose mientras se agachaba para colocar el barril que había llevado antes.

—Sí. William Rai. —La voz ronca de Jean evidenciaba la cajetilla de tabaco que se fumaba al día.

—¿Cómo es? —preguntó Mia desde detrás de la barra.

—Callado.

Rose se secó las manos en los pantalones cortos y se dirigió a la barra. Colocó una jarra bajo el grifo de cerveza y empezó a

vaciar la espuma, contenta por alejarse del pestazo a carne cha-
muscada.

—¿Ya lo has visto? —preguntó Mia en voz baja.

—Sí —contestó Rose. Le había parecido que al hombre le brillaban los ojos, pero seguramente habría sido la luz.

—¿Y?

—¿Qué? ¿Qué piensas, que podría ser tu media naranja? —bro-
meó Rose.

Mia se encogió de hombros.

—Nunca se sabe.

Rose sonrió y se reclinó para observar cómo la espuma, blanca y cremosa, rebosaba de la jarra y se transformaba poco a poco
en cerveza.

—Bueno, aún no te han dicho nada del *Sage*, ¿no? —dijo Mia
mirándola con cautela.

Rose cerró el grifo de cerveza.

—No.

—No le des más vueltas. Por un día más, no pasa nada.

Rose miró a Mia y esbozó una sonrisa apagada. Quería decírselo, de verdad que quería, pero tenía miedo de echarse a llorar
delante de los clientes. Justo cuando estaba abriendo la boca para
decirle que después le contaría, el silencio se apoderó del bar. Un
silencio repentino, clamoroso y totalmente antinatural. Mia y
Rose miraron a su alrededor.

Era el huésped, Will. Se había detenido en la entrada y todo
el bar lo miraba fijamente. Rose había acertado: no era de Colmstock. El huésped asimiló las miradas, sin aparentar inseguridad o
incomodidad, y se sentó en una mesa apartada. Los policías volvieron a sus cervezas y las conversaciones se reanudaron.

—No está nada mal —susurró Mia.

—Todo tuyo —respondió Rose, de nuevo muerta de vergüenza.

Debía de haberle parecido un bicho raro, sentada en la cama

de la habitación, llorando con la puerta abierta. Con suerte, no se quedaría mucho tiempo.

Rose vio a Mia sacar una carta de plástico del montón, salir flechada hacia su mesa y dejarle la carta delante. A continuación, se llevó la mano a la cadera y, pese a no verle la cara, Rose supo que estaba tonteando: Mia no se cortaba un pelo. Rose vio que Will le sonreía por educación y señalaba algo en la carta. Todavía no sabía que no debía comer nada que hubiese cocinado Jean. Entonces Will apartó la vista de Mia y la dirigió directamente a Rose, y a ella el corazón le dio un pequeño vuelco. Se dio la vuelta y se puso a fregar vasos.

Para cuando la comida estuvo lista, Mia estaba de descanso. Estaba sentada junto a la barra con la espalda recta, cenando lo de siempre: pan de hamburguesa pringado de tomate frito, sin nada más.

—Comanda lista —gritó Jean.

Mia se encogió de hombros y le dijo a Rose con la boca llena:

—No creo que yo le *gufte*.

Rose miró a su alrededor, tratando de buscar la manera de evitar al extraño. Tal vez podría pedirle a Jean que lo atendiese ella… Pero sabía que entonces Jean le pediría una explicación y dársela sería aún peor.

Con el plato cogido con el pulgar encima y el resto de los dedos debajo, se acercó a la mesa a zancadas. Al mirar el plato, vio que parecía haber pedido una hamburguesa sin carne, tan solo con lechuga mustia, tomate paliducho y lonchas de queso entre las rebanadas de pan blanco. Estaba reclinado en la silla, leyendo un libro, pero Rose no alcanzó a ver el título. Cuando se paró delante de la luz, él la miró.

—Aquí tienes.

El hombre se inclinó.

—Gracias. —Vaciló—. Oye, quería preguntarte… ¿Estás bien? Antes…

—Estoy bien —soltó ella—. ¿Por qué no iba a estarlo?

Lo miró directamente a los ojos, advirtiéndole que no se atreviera a hacer ningún comentario sobre lo que había pasado. No lo hizo.

—Solo preguntaba —contestó esbozando media sonrisa, que reveló unas pequeñas arrugas en torno a sus ojos oscuros.

A la hora de cerrar, ya con todos los taburetes sobre las mesas, el suelo recién fregado, y Springsteen cantando sobre sueños, secretos y oscuridad en el extrarradio, Mia y Rose estaban sentadas en la barra con unas cervezas. ¡Qué descanso alejar los pies doloridos de la dureza del cemento! Jean estaba detrás de ellas, haciendo el cierre de la caja.

—¿Cuánto se va a quedar el huésped? —preguntó Rose como quien no quería la cosa.

—Ha reservado una semana —murmuró Jean apuntando cantidades en un talonario.

—¿Te mola? —preguntó Mia.

—Qué va, al contrario. Parece un imbécil; muy condescendiente.

Las interrumpió un repiqueteo en la ventana. Era Frank golpeando con los nudillos. Se despidió dándoles las buenas noches con la mano. Sus ojos marrones brillaban con tanta esperanza que parecía más un chucho callejero, pequeño y descuidado, mendigando sobras que un policía de treinta y tantos. Le devolvieron el saludo.

—Tendría que aflojar un poco —afirmó Jean, con cierto desagrado.

Rose no contestó.

—Es buena gente —replicó Mia, con énfasis.

—No es eso —dijo Rose—. Es que no tiene ningún sentido. No pienso terminar aquí. —Echó un trago. Mia la observaba con cautela.

—Sí que te han respondido del *Sage*, ¿no?

Rose no la miró; no tenía fuerzas.

—Estaba tan segura de que esta vez sí… —dijo Mia.

Rose sintió calor en la mano y bajó la mirada. Jean, con su mano áspera, la consolaba.

—Eres una luchadora… Lo conseguirás, ya verás. Puede que todavía tardes, pero lo conseguirás.

Por primera vez aquella noche, a Rose se le aflojó el nudo de la garganta.

Jean retiró la mano y dejó dos sobres encima de la barra, entre ambas.

—Condescendiente o no, el huésped deja buenas propinas.

Refrescaba cuando Mia y Rose salieron del porche del establecimiento. Las chicharras chirriaban con fuerza. A pesar de todo, Rose tenía una sensación de triunfo. Lo había logrado. Había sobrevivido al turno y podía irse con su dolor a su casa, mientras la tuviera. Volvió la vista hacia el bar mientras se dirigían al coche de Mia, pensando en Will. Seguramente tendría familia allí y habría acudido a alguna ocasión especial. No se le ocurría otra razón para que alguien se quedase en el pueblo toda una semana.

—Buf. —Mia se detuvo a su lado.

—¿Qué?

Mia salió corriendo hacia su Auster, viejo y destartalado, y retiró una multa de aparcamiento del parabrisas. Miró la hora.

—¡Solo me he pasado tres minutos!

—Seguro que han estado esperando hasta que se cumpliese la hora.

Miraron a su alrededor. La calle estaba desierta. Al montarse en el coche, Mia acercó el tique de la multa a la luz.

—Es más de lo que he ganado hoy.

Rose sacó su sobre del bolso y lo dejó en el salpicadero.

—No es necesario —afirmó Mia, pero Rose se dio cuenta de su tono de alivio.

—Lo sé.

No hablaron durante el trayecto. En la radio sonaba una canción de *new pop* horrible que Rose ya había oído mil veces, pero sabía que era mejor oírla de nuevo que cambiar de emisora. Se quedó mirando por la ventanilla, deseando poder acostarse y dormir para olvidar. Se sacó las zapatillas por los talones. Decidió que el día siguiente se lo pasaría descalza. El bar cerraba los martes, así que a lo mejor hasta se pasaba el día en la cama.

El coche pasó junto al campamento de los buscadores de piedras preciosas. Al principio, solo eran unas cuantas tiendas entre las ruinas de una casa de campo que llevaba allí toda la vida. Después se convirtió en todo un poblado. La gente vivía en coches; se levantaron chabolas. Y había quienes dormían al raso. La temperatura lo permitía. Se mantenían aislados, por lo que la policía no les prestaba atención, pese a que a todos les faltaban dientes y estaban enganchados a la meta. Hasta hacía dos años, Rose no había descubierto que los llamaban «buscadores de piedras preciosas» porque buscaban ópalos para traficar en el mercado negro. Y sobrevivían con eso. Asustada, sintió una punzada en el estómago y se miró las manos. No pensaba terminar así.

—Ay, pues hoy me he enterado de un pedazo de cotilleo. —Mia era incapaz de quedarse un rato callada. Daba igual lo triste que estuviera: hablar siempre parecía sentarle bien—. A lo mejor te da material para tu próximo artículo. Trabajar en el bar de la poli tiene que valer para algo.

A diferencia de Mia, Rose necesitaba estar a solas de vez en cuando. De todos modos, no le hizo falta responder: por lo general, Mia se contentaba tan solo con oír su propia voz.

—Al parecer, alguien ha estado dejando en las puertas de las casas muñecas de porcelana que se parecen a las niñas pequeñas que viven en ellas. ¿A que es raro de cojones?

Rose giró rápidamente la cabeza.

—A la poli le inquieta que pueda significar algo. Que sea un pederasta señalando a sus víctimas o algo así.

Rose la miró boquiabierta.

—¿Qué? —preguntó Mia.

Rose revolvió en su bolso en busca del móvil, pensando en Laura, dormida abrazada a su diminuta gemela de porcelana.

5

—¡Socorro! ¡Déjala! —chilló la niña.

Frank había intentado pedirle la muñeca por las buenas, pero al final no le había quedado otra que quitársela. Cuando soñaba con ser policía, jamás se había imaginado que tendría que pelear con niños para quitarles los juguetes.

—¡Es mía! —vociferó Laura justo cuando Frank, de un buen tirón, se la arrancó de las manos.

Laura se quedó mirándolo, con más ira que desconsuelo, y le asestó una patada justo en la espinilla.

—¡Laura! —le gritó Rose a la mocosa, que se fue corriendo a su cuarto y cerró de un portazo.

Frank se frotó la espinilla. Le había dado justo en el hueso. No era una exageración; le palpitaba de dolor.

—Perdón —se disculpó Rose mirándolo de arriba abajo.

Él dejó de frotarse la pierna y sonrió.

—No te preocupes.

Debería haber adivinado que la hermana de Rose sería así: una niña monísima, de esas con las que se te caía la baba, pero capaz de luchar a brazo partido. De mayor, iba a ser una rompecorazones, sin duda.

Frank advirtió preocupación en los ojos de Rose y, para qué engañarse, le gustó. Hasta aquel momento, nunca lo había mirado así, como si él pudiera ofrecerle algo, como si pudiera protegerla. La madre de Ben Riley y el incendiario le parecieron de pronto muy lejanos.

—¿Qué pensáis? —preguntó ella.

—¿De qué? —dijo Bazza.

Frank evitó la tentación de mascullar un exabrupto; el tío podía llegar a ser un auténtico cretino.

Le puso la mano en el brazo a Rose y notó su suavidad. Ardía en deseos de acariciárselo completo, de sentir su piel cálida e inmaculada. Se preguntó si todo su cuerpo sería del mismo color miel claro o si las zonas ocultas a la vista seguirían teniendo un tono pálido. De pronto, notó que los pantalones le quedaban un poco estrechos.

—Sinceramente, no creo que haya que preocuparse de nada —afirmó, y retiró la mano temiendo perder el control. Había acudido en calidad de profesional.

—Ayer en la comisaría dijiste lo contrario —lo interrumpió Bazza, que estaba a su lado.

—Calla, Baz —murmuró, y su incipiente erección se vino abajo al instante. Sonrió a Rose a modo de disculpa—. Se lo has dicho a tu madre, ¿no?

—Sí, pero hoy dobla turno.

—Te informaremos si hay novedades, pero, si algo te preocupa lo más mínimo, llámame y estaré aquí antes de que te des cuenta.

—¿Qué habíamos dicho de divulgar información policial? —reprendió Frank a Bazza de regreso al coche. Estaba nublado, pero aun así hacía un calor pegajoso. Tenían cercos de sudor bajo las axilas.

—Perdón —musitó Bazza.

Por lo general, ahí se hubiera quedado la cosa, pero esa mañana no fue así.

—Es que es importante. Ya llevas mucho tiempo trabajando en la policía, tío. Tendrías que saber estas cosas.

Su compañero le ganaba en altura y fuerza, pero Frank jamás lo había visto como una amenaza. En ese momento, Bazza lo miraba con cara de cordero degollado, como un niño al que habían sorprendido robando un caramelo, pero Frank lo miraba como si fuera una mierda en el zapato. Haciendo pucheros, Bazza se sentó cabizbajo en el coche. Bien. Así aprendería y reflexionaría sobre lo que suponía llevar la insignia policial.

Frank se dio la vuelta una última vez y miró hacia aquel pequeño edificio de ladrillo blanco. Hacía mucho que no cortaban el césped. A los lados de la casa, había muebles rotos rodeados de arbustos enormes y una caseta de perro vieja.

Al resto del mundo aquella vivienda seguramente le parecería un horror. Pero a Frank no. Rose vivía allí y él había podido entrar. Todo olía a ella. Había pensado que esa fragancia pura y aromática era exclusiva de Rose; sin embargo, debía de ser del detergente que usaba, porque el olor inundaba toda la casa. Era el paraíso. Ya podía imaginarse la vida de Rose fuera del trabajo. Todo en aquella casa, hasta el tostador, tenía un extraño toque de erotismo. Ojalá hubiera podido ver su habitación.

Joder, si pudiera se tomaría una cerveza en ese instante. Solo para relajarse. El día acababa de empezar y ya le habían sucedido tantas cosas… Ansiaba ver esa mirada en los ojos de Rose, esa mirada que parecía decir que podía protegerla de todos los males del mundo. Hacía que se sintiera más alto y fornido, y, si lo dejaba, la protegería. De todo. No tendría que volver a trabajar detrás de la barra de un bar.

Aunque salivaba, dejó de pensar en la cerveza y cogió del maletero una bolsa de recogida de pruebas. La sacudió para que le entrara aire y, a continuación, se sacó la muñeca de debajo del brazo. Joder, qué miedo daba. No tenía ni idea de por qué la niña había pataleado tanto para quedársela. A él, un adulto hecho y derecho, le daba mal rollo. Tenía los ojos grandes y vidriosos, y el pelo demasiado suave. Esperaba que ni de coña fuera cabello humano. Frank estaba acostumbrado a los maltratadores y los drogadictos; a esos tipos con los nudillos ensangrentados que siempre montaban broncas. Pero el asunto de las muñecas era algo completamente distinto; era insólito. No se trataba solo de que no supiera quién era el pervertido que las dejaba. No tenía ni la más remota idea de qué estaba haciendo aquel tipo, y mucho menos entendía el porqué. Coño, en ese momento prefería ocuparse del caso del incendiario en lugar del de las muñecas. Al menos, el primero era un trabajo policial al uso. Que alguien fuera dejando regalitos anónimos a niñas no era precisamente un tema que hubieran tratado en la academia de policía.

Metió a presión aquel espantajo en la bolsa de pruebas. El plástico se pegó al rostro de la muñeca, que tenía la boca abierta como si tratara de respirar. Frank intentó no pensar en el gran parecido que guardaba con una niña asfixiada. Pese a querer evitarlo, se estremeció cuando cerró de golpe el maletero.

6

Rose no tuvo tiempo para pensar mientras preparaba a los niños para ir al colegio.

—Ponte los zapatos —le ordenó a Laura al pasar por su dormitorio. Su hermana estaba sentada en la cama, en calcetines y de brazos cruzados, enfadada todavía porque Frank se hubiese llevado su muñeca.

En la cocina, Sophie trataba de untar el pan con mantequilla de cacahuete, y de una forma u otra había terminado manchando la encimera y pringándose las manos y las mejillas. No hacía mucho que su madre le había encomendado hacer los almuerzos para el colegio, pero al final siempre terminaba encargándose Rose. Apartó a Sophie con un golpe de cadera; acabaría antes si lo hacía ella.

El sándwich que había intentado hacer Sophie se había roto allí donde había presionado en exceso con el cuchillo. Rose lo dobló y le dio un buen bocado mientras ponía en fila seis rebanadas de pan blanco. Masticaba paladeando los trocitos crujientes y salados al tiempo que se esmeraba en untar las rebanadas. La mantequilla de cacahuete debía llegar a todas las esquinas; lo sabía desde pequeña. Acabó de comerse el sándwich aplastado a la vez que cortaba con cuidado los tres que tenía delante en dos triángulos idénticos. A su espalda, oyó risitas agudas.

—¿Qué estáis haciendo? —dijo volviéndose hacia los mellizos.

Sophie estaba tumbada en el suelo, bocarriba, con Scott agachado encima. Se detuvieron y la miraron; Sophie se frotaba la mejilla húmeda.

—Scott tenía hambre —alegó Sophie y volvieron a estallar en carcajadas.

—¿Te estabas comiendo la mantequilla de cacahuete de la cara de tu hermana?

—Puede —contestó Scott.

—¡Serás guarro! Venga, daos prisa.

Rose envolvió rápidamente los sándwiches en film transparente y los metió en las mochilas, que llevaban desde la tarde anterior tiradas al lado de la puerta principal. Se acordó de que Bazza había tropezado con ellas un rato antes, cuando había estado allí con Frank. El recuerdo hizo que sintiera una vergüenza tremenda. Odiaba que hubieran visto su casa. Por alguna razón, su presencia había magnificado las manchas de la moqueta y los restos de comida que había sobre la mesa.

Recogió la mochila de Laura y se dirigió a su habitación, vacía a primera vista. Rose ya se sabía el juego.

—¡No os vayáis sin ella! —gritó al oír a los mellizos abrir la puerta.

—Es que tarda un montón…

Rose dejó la mochila en el suelo, se arrodilló delante de la cama y cogió los zapatitos llenos de arañazos de la moqueta.

—¿Me das un pie? —preguntó con ternura y Laura sacó un piececito con calcetín de debajo de la cama. Le puso el zapato y le abrochó la hebilla con cuidado—. ¿Estás enfadada conmigo?

Laura no contestó, pero de debajo de la cama salió otro pie con calcetín blanco. Rose lo cogió entre sus manos.

—Me parece justo —afirmó mientras le ponía el zapato.

No tenía sentido tratar de explicarle a su hermana lo que

ocurría. Prefería que se enfadara a que se asustase por haber recibido un regalo tan raro.

Agarrándola de los tobillos, la sacó de debajo de la cama a rastras y con cuidado. Laura se hizo la desentendida y clavó la vista en el techo, con las mejillas marcadas y enrojecidas por el enfado y el llanto, y las pestañas húmedas.

Rose la cogió por las axilas, la puso de pie y le dio un beso en la cabeza.

—Venga, al cole.

Los mellizos dieron un portazo y salieron corriendo, y Laura los siguió al trote, en silencio. Rose solía entristecerse al ver a sus hermanos yéndose al colegio. Laura siempre se quedaba rezagada. Igual que ella. Cerró la puerta al calor y al ruido, y el silencio se apoderó de la casa, salvo por el zumbido tenue del frigorífico.

Rose se dirigió hacia su dormitorio dando pasos amortiguados sobre la moqueta. Se detuvo en la puerta. La maleta, en un rincón, estaba abierta y contenía su mejor ropa. Había hecho el equipaje, sí. Hasta ese punto había estado segura de que le concederían las prácticas. Menuda idiota estaba hecha.

No tenía sentido deshacer la maleta. Con prácticas o sin ellas, su madre y Rob le habían dicho que tenía que marcharse antes de que Rob volviera de su último viaje. Es decir, a la semana siguiente. En parte, pensó que tal vez, si le explicaba lo ocurrido, si le pedía un poco más de tiempo, su madre se ablandaría.

Aun así, en realidad hacía tiempo que no se sentía en casa entre esas paredes. Debía empezar a buscarse un alquiler, pero el simple hecho de pensarlo ya le pesaba como una losa. Había pasado la noche en duermevela, sin llegar a caer en un sueño profundo. Cuando la noche anterior lo llamó, aterrorizada desde el coche de Mia, Frank le había prometido ir a primera hora de la mañana. Al llegar a casa, había sacado con sigilo la muñeca de entre los brazos de Laura y la había colocado en el estante más alto, desde donde los ojos de cristal se clavaron en la pequeña. Aquella situación tan extraña y su incapacidad para extraer alguna conclusión habían hecho que empezara a darle vueltas a la cabeza, pese a lo cansada que estaba. Había oído a su madre levantarse a las cinco para ir a trabajar: la suavidad de los pasos en la entrada, sus suspiros, casi inaudibles, en la oscuridad de la cocina. Pero no se había movido. Había permanecido tumbada entre las sábanas pegajosas, oyendo el coche de su madre salir marcha atrás, envuelta por la luz de los faros, que iluminaron su dormitorio. A continuación, sus pensamientos habían dado paso al sueño y se había dormido sin ni siquiera darse cuenta. Poco después, los gritos de Laura la despertaron abruptamente.

Se levantó de un salto y se percató de que su hermana chillaba de furia y no de miedo. Laura había encontrado la muñeca en la estantería, que estuvo a punto de caérsele encima al tratar de trepar por ella. Hacía quince minutos que la había recuperado cuando llegaron Frank y Bazza.

Rose seguía ante la puerta de su dormitorio cuando sonó el teléfono. Volvió corriendo a la cocina y descolgó.

—¿Rose? —Era su madre y le faltaba el aliento—. Acabo de ver tu mensaje. ¿La policía ha estado en casa? ¿Estáis todos bien?

—Sí, no pasa nada. Han venido porque alguien le ha dejado una muñeca a Laura.

Se hizo un silencio y Rose reunió fuerzas para afrontar lo que se avecinaba.

—¿Has llamado a la policía por un juguete? —La voz de su madre ya no traslucía pánico alguno.

—La policía estaba preocupada, mamá. Dicen que les han estado dando muñecas a un montón de niñas y que…

—Rose. —Su madre había bajado la voz. Se la imaginó en la sala de descanso de la granja avícola, con la redecilla puesta, dándoles la espalda a sus compañeros de trabajo, que tendrían la oreja puesta—. Ya hablaremos cuando llegue a casa.

La llamada se cortó. Rose colgó de un golpetazo. Su madre ya nunca la escuchaba. Hizo caso omiso de las manchas de mantequilla de cacahuete de la encimera y regresó a su habitación para lanzarse de cabeza a la cama. Dándole la espalda a la maleta, cerró los ojos con fuerza. Notaba las sábanas pegajosas de la noche sin dormir.

Adivinaba cómo sería la conversación con su madre y cómo la miraría: como un estorbo, como una frustración más en un suma y sigue. Pero no siempre había sido así.

No había pasado un mes desde que había comenzado a rumorearse el cierre de la fábrica de automóviles de Auster cuando su madre empezó a salir con Rob. Él era camionero de larga distancia, y además lo aparentaba. En otra época, su madre jamás se hubiera fijado en un tipo así. Pero cuando tener un sueldo fijo se consideró un lujo en el pueblo, Rob se convirtió en un buen partido. Por aquel entonces, a Rose le había dado exactamente igual. No le importó ni que se fuera a vivir con ellas ni el anuncio de que esperaban mellizos. Con diecisiete años y a punto de terminar el instituto, rebosaba ingenuidad y fantaseaba con su futuro. Que le denegaran la beca y que la falta de ahorros y apoyo económico la encerrara en el pueblo no entraba en sus planes. Llevaba viviendo de prestado desde aquel momento.

Corrió las cortinas y encendió el ventilador. La peste de su propio sudor la sumía aún más en la frustración. Había hecho bien en llamar a la policía, y aun así su madre se había enfadado con ella.

Una vez más, recordó su último encuentro con Rob. Había salido de su dormitorio, lo más cercano a un hogar que tenía en aquellos momentos, y lo había visto con su madre, los dos sentados en el salón. Le habían pedido que se sentara y Rob había pronunciado las palabras «nuestra casa» en el discurso que le había soltado para decirle que debía buscarse la vida. A Rose ya no la incluían en el «nuestra», pese a llevar allí diecisiete años más que Rob. Su madre no solo no había abierto la boca, sino que había asentido con la cabeza sin mirarla a los ojos.

El ventilador zumbaba y le refrescaba el cuello sudado, y el pelo le ondeaba alrededor de la cara. Notaba la suavidad de la almohada contra la mejilla. Cerró los ojos y disfrutó del silencio y la oscuridad, tratando de diluirse en ellos, de olvidar su vida tan solo un instante. Pero no lo conseguía. Cada vez que sentía la mente despejada, veía aquel rostro de porcelana. O la expresión de Will cuando la sorprendió llorando. O, peor aún, se veía reclamando un pedazo de tierra junto a los buscadores de piedras preciosas. Abrió los ojos. El ambiente estaba muy cargado. Se sentó y entreabrió la ventana para que corriera un poco de aire. A la mierda. Tenía una vida deprimente, pero no iba a venirse abajo. Iba a levantar cabeza. Además, tampoco le quedaba otra. Debía ponerse en marcha.

Se calzó unas sandalias y se echó el móvil y un cuaderno al bolsillo. Salió de la casa y cerró la puerta mosquitera de un portazo. La humedad saturaba el ambiente. Las sandalias golpeteaban contra el pavimento con el brío de sus pasos. El cansancio, que la cubría como un manto, se disipó de golpe. Salir le había sentado bien. El calor de la mañana iba en aumento, pero, al menos, corría algo de aire. No era un consuelo quedarse de brazos cruzados en la casa que la había visto crecer, pero de la que se sentía expulsada. A lo lejos, oyó el eco de voces de niños chillando y riendo. Debían de haberse rezagado y llegaban tarde al colegio, o tal vez se estuvieran saltando las clases. Mia y ella lo habían hecho en ocasiones, en la época en que Colmstock tenía instituto. Pero todo había cambiado y costaba creer que el pueblo fuera el mismo. En aquella época tenían una buena pandilla de amigos. Todos, menos Rose, conocían su futuro. Después del instituto, se irían a trabajar a la fábrica de automóviles de Auster, donde no se estaba mal y se ganaba un buen sueldo. Habían vivido el instituto como su último momento de libertad.

Al pasar junto al campo de fútbol australiano, Rose recordó el verde intenso que lo había caracterizado. Una noche, habían hecho dónuts en el césped con la camioneta del padre de uno de sus amigos. Rose y Mia habían perdido el contacto con ellos al poco de terminar el instituto. Dos de ellos eran pareja, se habían casado e iban ya por el tercer hijo; el novio de Mia se había suicidado y otra amiga, Lucie, había estado tres años fuera y había regresado a Colmstock embarazada y sola. Rose había intentado llamarla, pero Lucie nunca dio señales de vida y ahí quedó la cosa. En ese instante, mientras miraba el campo, con el césped crecido, marchito y amarillento, le parecía increíble que fuera el mismo lugar que entonces. Las gradas estaban repletas de pintadas y los asientos, rotos. Pero aún percibía la sensación del viento en el cabello, el eco de los gritos felices de Mia y Lucie.

En otra época, Colmstock había florecido en torno a la agricultura, pero la Primera Guerra Mundial le arrancó para siempre a más de dos tercios de sus jóvenes. El pueblo había quedado prácticamente desierto y, en opinión de Rose, así debería haber seguido. ¡Cuánta frustración les hubiera ahorrado a todos! Pero cuando se hallaron reservas de pizarra bituminosa a finales de los años treinta, la gente acudió en masa a aquel pueblo en medio de la nada para trabajar en la minería mientras el resto del país seguía recuperándose de la Gran Depresión. La fábrica de coches se fundó por aquel entonces, y en Colmstock se movían grandes cantidades de dinero. Era fácil distinguir los edificios de aquella época: fachadas blancas y grandiosas que, en la actualidad, lucían grietas y desconchones.

La mina cerró en los ochenta. Se habían descubierto alternativas más económicas, aunque Rose no recordaba bien cuáles. La entrada, una boca amplia y oscura que conducía hacia el olvido, seguía allí, no muy lejos del lago cercano a la casa de Rose. De niñas, cuando Mia y ella se aburrían, se colaban por debajo de la valla y se retaban a entrar.

El ayuntamiento era uno de esos edificios blancos y grandes, pero, sobre todo, era uno de los pocos sitios del pueblo con aire acondicionado. Había una anciana con chepa y gafas de culo de vaso sentada en el banco de la entrada; le lanzó una sonrisa esperanzada a Rose, que le devolvió el saludo con la cabeza. La mujer solía ir de un lado a otro y al que no se andaba con ojo lo retenía horas y horas hablándole de su gato. Rose entró y el frescor le erizó la piel. Era una sensación maravillosa. Se detuvo ante el tablón de anuncios, con los ojos cerrados, y dejó que su cuerpo se refrescara.

El ayuntamiento había sido la sede del diario local, *The Colmstock Echo,* donde Rose había hecho sus primeros pinitos mientras estaba en el instituto. Había disfrutado mucho de aquella etapa. De salir en busca de noticias. Del olor a tinta cuando se ponía en marcha la rotativa. Había comenzado a trabajar allí de día cuando le denegaron la beca para la universidad. A pesar de que solo habían sido seis meses y de que también trabajaba de noche en el Eamon's, los había disfrutado. Casi podría decirse que había sido feliz. No había transcurrido mucho tiempo cuando la informaron de que no podían seguir pagándole, pero ella se había quedado de todas formas. La mayoría de los empleados se habían marchado, así que Rose había ascendido a redactora jefa adjunta. Al final, se agotaron por completo los fondos y fue entonces cuando Rose cometió el disparate, la imprudencia, la estupidez que de verdad había hundido su vida en la miseria. No soportaba la posibilidad de que cerrase el periódico, de que su existencia se viera reducida al Eamon's. Y de ahí su magnífica idea: pedir al banco un pequeño préstamo. Estaba convencida de que, si podían aguantar hasta conseguir algunos patrocinadores, salvaría al *Echo*. Pero aquello no sirvió de nada; el diario apenas sobrevivió un mes más. La deuda de Rose había aumentado sin cesar y ya ni siquiera lograba cubrir los intereses mensuales.

—¿Rose? —Steve Cunningham se le acercó—. Me había parecido que eras tú —le dijo con una sonrisa—. ¿Qué tal estás?

—Bien.

Sintió como si la hubieran pillado en falta; no le apetecía explicarle que no tenía donde vivir. Steve miró el tablón de anuncios, pero no le preguntó qué estaba buscando.

—Está todo muy tranquilo —observó Rose.

Era verdad. Eran las únicas personas en el pasillo.

Steve se encogió de hombros.

—Ya estoy acostumbrado.

Tenía muy mal aspecto; estaba pálido, lo que le realzaba las ojeras, hundidas y amoratadas, pero la sonrisa que esbozaba era sincera. Rose siempre había tenido la sensación de que la admiraba, pero no de la forma lasciva y sin gracia típica de algunos asiduos del bar, sino como si de verdad viese en ella algo más que un buen culo.

El ruido de la puerta le borró la sonrisa al instante. Rose siguió su mirada. El señor Riley le abrió la puerta a su esposa y la hizo entrar apoyándole suavemente la mano en la zona lumbar. Rose apartó la vista de inmediato. Desde el incendio, los Riley eran relativamente famosos en el pueblo; ante su presencia, todos guardaban silencio y bajaban la mirada. El luto los envolvía como una capa.

—Hola. —Steve se dirigió hacia ellos con el brazo extendido—. Me alegro de verlos.

Los acompañó y pasaron junto a Rose hacia una de las salas situadas detrás de las escaleras. Rose los observó tratando de imaginar qué se sentiría al perder a tu hijo y tu medio de vida de un plumazo.

Tragó saliva y volvió a fijarse en el tablón, agradecida por la extraña sensación de no ser la persona más desgraciada del pueblo. Buscó habitaciones en alquiler entre los anuncios mal fotocopiados de coches de segunda mano y cunas usadas. Halló dos, pero uno era de una vivienda situada tan lejos que ni siquiera sabía cómo llegaría al trabajo y el otro era de una habitación compartida. De todos modos, anotó los teléfonos en el cuaderno. Ninguno la seducía, pero peor sería dormir al raso con los buscadores de piedras preciosas.

Mientras calculaba cómo se resentirían sus ingresos con la mensualidad, notó un movimiento a su espalda. Ni siquiera la habían rozado, pero el vello de los brazos se le erizó. Al darse la vuelta, vio a un hombre de espaldas, subiendo las escaleras. Will. Sin pensárselo dos veces, lo siguió. Quería saber más sobre él, comprender por qué una persona con ropa nueva y sin vínculo aparente con el pueblo se hallaba allí, en Colmstock.

Esperó a que él llegara arriba y girara hacia el pasillo; luego, empezó a subir en silencio. Al llegar a lo alto de las escaleras, no lo vio. Debía de haber entrado en alguna oficina. Rose se asomó a una. Había una mujer con aire taciturno sentada detrás de un ordenador y postes delimitadores colocados en zigzag por la sala, como para organizar una gran fila, aunque no había nadie esperando. La mujer se enderezó al verla, pero Rose se limitó a sonreírle y prosiguió su camino. La siguiente estancia era la de los archivos públicos. Para consultarlos, había que registrarse y pedirle al encargado que buscara el documento solicitado. Rose había recabado información para artículos en esa sala en un par de ocasiones. No había nadie en el mostrador. Le echó una ojeada al registro de usuarios y vio que la última entrada databa de hacía seis meses. El ayuntamiento había despedido a personal desde entonces.

Estaba a punto de darse la vuelta cuando el cajón de un archivador chirrió al abrirse. Se asomó por encima del mostrador y vio a Will, que inspeccionaba el cajón como si tuviera todo el derecho del mundo a hacerlo.

—¡Hey! —lo saludó—. ¿Qué haces?

Él la miró y sonrió.

—Hola. Eres la camarera del Eamon's, ¿no?

Como si no lo supiera. Rose lo miró con los ojos entrecerrados.

—Sabes que ese material no se puede examinar sin permiso, ¿verdad?

Will se encogió de hombros.

—¿Vas a echarme una mano?

—No. Ya sabes que no trabajo aquí.

En lugar de responderle, él prosiguió escudriñando documentos. Rose rodeó el mostrador.

—¿Qué buscas?

Will se detuvo, se dio media vuelta y le lanzó una mirada contundente. Rose se descubrió dando un paso atrás.

—Si no trabajas aquí —soltó Will, ya sin sonreír—, creo que eso no te incumbe.

Se quedó mirándola, a la espera de que se marchara. Mientras se daba la vuelta para abandonar la sala, Rose se preguntó por qué lo hacía. Nunca permitía que le hablaran así. Y a quien lo hacía no dudaba en mandarlo a tomar por culo. Pero algo en aquella mirada, en aquella voz seria, la había hecho flaquear.

Estaba a punto de llegar a casa, y seguía dándole vueltas a aquel encuentro, cuando recordó por qué había salido. Sacó el cuaderno y se dirigió a la página en la que había anotado los números de teléfono y los precios del alquiler. Deseando haber prestado más atención en matemáticas, dividió los pagos mensuales entre 4,3 y, a continuación, hizo un cálculo aproximado de sus ingresos semanales. Cerró el cuaderno de golpe y sintió en la garganta aquel nudo que conocía tan bien. No le salían las cuentas. Tendría que buscarse un segundo empleo, como la mayoría de la gente en Colmstock.

Al cruzar la puerta, se lo imaginó. Solo había trabajo en la granja avícola. Antes muerta que acabar allí. Su madre se dedicaba al recorte de picos. Rose recordaba su aspecto tras su primer día en la granja: estaba tan pálida que parecía enferma.

Rose le había servido un vaso de agua y le había preguntado qué había pasado. En realidad, no hubiera querido saberlo por nada del mundo, pero sí quería que su madre se sintiera mejor. Ella le contó que había tenido que cortarles a los pollos el extremo del pico con unas tijeras sucias para evitar que se picaran en las jaulas.

—El ruido que hacen… —había dicho—. Lo que viven es un infierno.

Debía cortar cien picos al día; si no cumplía el objetivo, le reducían el sueldo. Rose le había dicho que no volviera, que estaba segura de que encontraría otro empleo. Pero su madre había regresado. Hacía cinco años de aquello.

Rose se sentó a los pies de su cama y miró la maleta. Meterse en la granja significaba renunciar para siempre a salir del pueblo. No tendría tiempo para hacer otra cosa. Con lentitud, cerró la maleta con el pie y la empujó debajo de la cama, con su mejor ropa aún dentro. Iba a pedirle a su madre un mes, solo un mes más, y en ese plazo haría realidad su sueño. Se marcharía de allí.

7

—Entonces, ¿a Frank no le preocupaba? —preguntó Mia mientras extendían unas toallas en la moqueta del dormitorio de Rose.

—Dijo que no, aunque Baz dijo que sí. Pero es solo un juguete, ¿no? Tampoco puede ser tan malo.

—¿Cómo llevó Laura lo de quedarse sin la muñeca?

Rose sonrió.

—No sé si me lo perdonará.

—Seguro que se la devuelven cuando vean que no pasa nada.

—Yo espero que no… No creo que pueda dormir con la muñeca en la casa. Da un mal rollo…

Se sentaron en las toallas grises y ásperas, que les raspaban las piernas desnudas.

—Si te cuento una cosa, ¿me prometes no reírte? —preguntó Mia removiendo la cera que habían calentado en el microondas. Estaban en bragas, sobre las toallas, con una botella medio vacía de ron Bundy entre las dos.

—Imposible, pero ahora me lo cuentas.

—Mi tía Bell me ha dicho que va a regalarme sus cartas del tarot viejas.

Rose resopló.

—¿Vas a hacerte adivina?

—¡No! —Mia le dio un golpecito de broma—. No lo sé… Es una estupidez. Solo que me parece interesante.

—¡Qué va a ser una estupidez! Deberías hacerlo. Se te dan bien esas cosas. Cuando lees la espuma de la cerveza, nos dan el doble de propinas. —Mia sonrió con la vista puesta en el tarro de la cera—. A lo mejor podríamos ponernos en contacto con los espíritus de los Eamon —señaló Rose dándole con el dedo índice en el costado.

—¡Son cartas del tarot, no una güija!

—¡Qué más dará!

Mia abrió la boca para replicar, pero vio que Rose sonreía.

—Ahora en serio: yo creo que podrías hacerles lo del tarot a esos tontainas y sacarles una pasta. A la gente de la ciudad le encantan estas mierdas, y yo no voy a ser capaz de pagar el alquiler sola.

—¿La ciudad? Pensaba que, bueno, sin las prácticas… —Mia se quedó callada.

Rose se reclinó contra la cama.

—Voy a encontrar la manera de hacerlo. Ya he contestado a unas cuantas ofertas de trabajo. Para curros temporales de mierda y centros de atención al cliente, pero algo saldrá, ¿no? Y una vez que me asiente, te vienes. Todavía estamos a tiempo de conseguirlo.

—Mola. Oye, ¿estás lista?

—Dale.

Se recolocaron con las piernas entrelazadas. Siempre era más difícil hacerlo una sola. Una vez, cuando tenía unos catorce años, Rose se había asustado a la hora de dar el tirón y se había dejado la cera veinte minutos. Al final, cuando reunió valor y lo hizo, se retorció de dolor. Se arrancó un trozo de piel y se pasó una semana con un rectángulo rosado tan sensible en la pantorrilla que apenas podía rozarse.

Llevaban toda la vida haciéndose juntas la cera: creían que era más fácil que otra persona diese el tirón. A veces, Rose tenía la sensación de que su amistad estaba un poco estancada. Quería a Mia, pero estar juntas era como volver a la adolescencia. Como si ninguna pudiera seguir creciendo junto a la otra.

Mia le dio vueltas a la cera con un palo de polo y sacó un poco. Rose notó una calidez agradable en el muslo y un olor a miel. Se colocó una banda encima. Las dos le dieron un trago al Bundy y disfrutaron del calor intenso que les atravesó la garganta.

Haciéndose un gesto con la cabeza, tiraron de la banda de la otra a la vez.

—Siempre se me olvida cuánto duele —dijo Rose.

Volvieron a echar un trago.

Al terminar, las piernas sin vello resplandecían. Y estaban achispadas. Se tumbaron en el suelo riéndose y mirando las grietas del techo. Poco a poco, sus risas se apagaron y su respiración se relajó.

—Mi madre llegará pronto —dijo Rose pensando en la bronca que se avecinaba—. Voy a preguntarle si puedo quedarme un par de semanas más. No va a hacerle ninguna gracia.

Mia se levantó apoyándose en un codo.

—Esta noche echan una peli de *Viernes 13* en la tele. ¿Te vienes a mi casa a verla?

Decidieron parar en la gasolinera a comprar algo para picar. A Rose le apetecía darse un buen atracón. Estaba harta de planear cosas y preocuparse. Ver una película mala y comer porquerías le sonaba a gloria.

Rose bajó la ventanilla y subieron el volumen de la radio para que todo el mundo oyera la canción de pop femenino que estaba sonando. Al girar en la esquina, Mia dio un frenazo para evitar atropellar a unos niños que cruzaban la calle.

—Los niños de las máscaras no miran ni a la de tres —dijo negando con la cabeza.

Uno de los niños les sacó la lengua a través de la máscara. Mia, como la mayoría de la gente, pensaba que eran una monada. Para Rose, eran inquietantes. Habría unos diez, tanto niños como niñas, de la escuela de primaria del pueblo. Iban juntos de un lado para otro, a veces incluso de noche, con esas máscaras absurdas que hacían en clase: platos de cartón con orificios para los ojos y la boca, y una nariz y unas cejas incoherentes pintadas. Las llevaban un día sí y otro también, sujetas con gomas alrededor de la cabeza.

—Dan repelús —dijo Rose.

—¡Eso lo dices porque te han asustado!

—¡Anda, calla!

Era verdad: se había asustado. Los niños jugaban a esconderse tras las esquinas y a salirles al paso a los transeúntes al grito de «¡bu!». A Rose un día le habían dado tal susto que chilló. A Mia no le entraba en la cabeza que pudiese odiar a esos niños. En realidad, debería dirigir su odio hacia los padres, que los dejaban salir de noche mientras ellos se cogían una cogorza.

Mia entró más rápido de la cuenta en la zona de los surtidores; el coche se detuvo chirriando.

—¡Uy! Normalmente se me da bien conducir bebida.

Rose se rio, salieron del coche y cerraron de un portazo. Mia dejó las llaves puestas para seguir oyendo la canción. Canturreaba mientras desenroscaba la tapa del depósito, sacaba un billete de diez dólares del bolsillo y se lo alargaba a Rose. El billete pareció flotar en el aire un momento antes de posarse en su mano.

—Gracias.

El anochecer la envolvió. El aire retenía el calor del día y Rose lo notaba pegajoso contra la piel desnuda. De camino a la tienda de la gasolinera, inspiró hondo: el aire puro se entremezclaba con el olor acre a gasolina y el calor del cemento. Las puertas automáticas se abrieron a su paso y se le erizó la piel de los brazos.

Como era habitual, había cola para pagar. Desde que las llamas habían devorado la tienda de alimentación, la gasolinera hacía su agosto. Claro que se trataba de una cadena, así que sus beneficios se filtraban a otra parte. A otro país, seguramente. Rose cogió del estante dos bolsas grandes de fritos de maíz, un tarro de salsa picante y una tableta enorme de chocolate con leche de la marca Dairy Milk. Con todo en las manos, cogió un vaso de plástico grande y lo colocó sobre la rejilla de la máquina de granizado de Coca-Cola. Observó cómo el hielo de color caramelo y brillante llenaba el vaso. En realidad, debería haber elegido entre salado o dulce. Seguramente todo aquello les sentaría como un tiro, pero ¡qué se le iba a hacer!

—El surtidor cuatro —informó al dependiente cuando le tocó el turno— y esto. —Soltó en el mostrador los paquetes y el granizado de Coca-Cola que llevaba apelotonados contra el pecho.

—¿Noche de homenaje? —dijo una voz a su espalda.

Bazza. Sonreía y miraba el surtido de porquerías.

—Sí —contestó Rose sumando un billete suyo al de Mia, con la punzada de culpa que siempre sentía cuando gastaba sin necesidad.

—¿Cómo está tu hermana?

—Con un humor de perros, pero bien.

—Frank me montó un buen pollo por decirte que estábamos preocupados. —Se rio, pero Rose advirtió cierta amargura en su voz.

Le sonrió y, a continuación, cogió el cambio y la bolsa con la compra.

—Gracias por decírmelo.

Esperó mientras Bazza sacaba la tarjeta de crédito para pagar la leche, el pan y las galletas de chocolate que llevaba. Como Frank no andaba por allí, tal vez lograra sonsacarle un poco más de información.

—Entonces —prosiguió como quien no quería la cosa—, ¿a cuántas familias más les han enviado una muñeca?

Bazza se quedó pensativo mientras guardaba la tarjeta en la cartera.

—A los Riley, los Hane y los Cunningham... Sí, solo tres.

Rose casi había esperado que aquel simplón contara con los dedos. Le acababa de decir las familias sin tener que preguntar. Salieron juntos de la gasolinera. Bazza llevaba una bolsa de plástico en una mano y con la otra balanceaba la botella grande de leche.

—¿Estás con Mia? —preguntó mirando el coche.

Rose, que notaba entusiasmo en su voz, estaba a punto de ahogar una risita cuando vio a Mia poner mala cara al divisarlos. Tardó tres segundos en darse cuenta de la estupidez que estaba cometiendo. Mia iba algo más que achispada y seguramente las dos apestasen a ron. Bazza no estaba de servicio, pero un poli era un poli. Había estado tan pendiente de conseguir una pista que no se había dado ni cuenta.

—Voy a saludarla —prosiguió él.

—Perdona, es que vamos con prisa. ¡Nos vemos!

Y volvió corriendo al coche, se puso el cinturón y se despidió de Bazza con la mano. Salieron con mucho cuidado de la gasolinera y después giraron a toda velocidad en la esquina. Mia vivía tan solo a dos calles.

Rose había conocido a Mia en su primer día en la escuela infantil. Había estado dando vueltas durante el recreo en busca de un buen sitio para comer sola. Ya con cinco años le costaba socializar, y conocer a gente nueva no le resultaba sencillo. Con el almuerzo en la mano y el peso nuevo y extraño de la mochila a la espalda, le echó el ojo a un pequeño arbusto en flor. Estaba segura de que allí no la molestarían, pero al rodearlo vio a una niña agachada en el suelo, mirándose el brazo. Lo tenía en alto, en una posición extraña.

—¿Qué haces? —preguntó Rose.

Mia sonrió.

—Mira.

Rose se puso de rodillas y observó. Tenía una mariquita roja y diminuta en la muñeca.

—Hadas —susurró Mia.

—No, son mariquitas —contestó Rose.

Mia negó seria con la cabeza, mirándola como si fuera la persona más tonta del mundo.

—Las mariquitas son hadas. ¿No lo sabías?

Rose dejó de fijarse en la mariquita para mirar a Mia.

—¿De verdad?

—Sí, y si esperas aquí sentada lo suficiente, se te subirán. Yo lo hice esta mañana. Aquí está el palacio de las hadas.

Así que Rose se sentó. Al principio, guardaron silencio mientras observaban a esos bichitos rojos y bonitos acercarse con timidez a Rose. Hacían cosquillitas. Al final, terminaron hablando y, cuando descubrieron que Mia no tenía madre y que Rose no tenía padre, decidieron ser grandes amigas.

—Vas a tener que darme de comer —gritó Mia desde el sofá. Estaba echada bocarriba, con los brazos sobre la cabeza y los ojos cerrados.

Vivía en una casa incluso más pequeña y miserable que la de Rose, aunque ordenada de forma impecable. Se asemejaba bastante a una caravana, pero sin ruedas. Los armarios de la cocina y la mesita estaban forrados con un laminado que imitaba la madera. El sofá, que también le servía de cama a Mia, estaba apretujado en el saloncillo, la habitación principal de la casa. A la izquierda había dos puertas: una, la del baño; la otra, la del dormitorio del padre de Mia. Ambas estaban cerradas.

Rose sacó dos cuencos del armario. Al abrir las bolsas de

fritos de maíz, el plástico crujió con fuerza. Rose le lanzó uno a Mia, que tenía la boca muy abierta, pero falló y le dio en la frente. Entonces vació el resto en los cuencos.

Los muelles de la cama chirriaron en el dormitorio de al lado.

—Estará despierto. Dame un segundo.

Mia se dejó caer del sofá masticando y se dirigió a la habitación. Rose la oyó hablar en voz baja, con un tono suave y dulce.

Dejó los cuencos en la mesa de centro y se sentó en el sofá, que aún conservaba el calor del cuerpo de Mia; Rose lo notó en la parte trasera de los muslos. Encendió la televisión y abrió el chocolate. Se llevó una onza a la boca. Quería cerrar los ojos; sabía tan bien… Se había olvidado de almorzar y estaba muerta de hambre.

—¡Ya empieza! —anunció.

Una chica caminaba por su piso y de fondo sonaba música escalofriante. Rose sabía que seguramente la chica iba a morir a los cinco minutos, pero aun así fue incapaz de no envidiarla por tener casa propia. Llevaba una bata de estilo japonés preciosa y podía pasearse con ella puesta por el piso y hacerse un té cuando le apeteciera.

Mia regresó corriendo y se sentó en el sofá.

—¿Qué me he perdido?

En la tele, un gato saltó por la ventana y las dos dieron un respingo. Se rieron y se reacomodaron en el sofá, compartiendo el granizado de Coca-Cola. Al poco, apareció el asesino. Con un saco en la cabeza. Trataron de no gritar para no molestar al padre de Mia.

—¿No se supone que lleva una máscara de *hockey*?

—Creo que eso viene después.

Rose pensó que, de todas formas, el saco daba más miedo.

—Con la máscara de *hockey* se parecería a esos niños de las máscaras de platos de cartón.

—Uuuh —susurró Mia.

—¿Por qué sigue haciéndolo? —preguntó Rose cuando pusieron los anuncios. No estaba segura de haber visto la primera película.

—¿Matar a todo el mundo?

—Sí.

Mia se recostó y colocó los pies sobre la mesa. Llevaba las uñas pintadas de morado oscuro.

—Algo relacionado con unos adolescentes que mantenían relaciones sexuales en lugar de cuidarlo cuando era un crío.

—Qué estupidez —gruñó Rose.

Por lo que fuera, era mucho más fascinante que alguien asesinara en masa por un motivo concreto. Se preguntaba cuál sería el móvil de la persona que había dejado las muñecas en la puerta de las casas de algunas niñas del pueblo. Aquello era tan insólito… Mia chilló a su lado; Rose no había estado prestando atención. Se acomodó, recogiendo los pies descalzos bajo su propio cuerpo.

A mitad de la película, la violencia ya no surtía efecto. Ambas tenían sueño, y migas por todo el cuerpo, y el estómago les daba vueltas. Estaban tumbadas y Rose apoyaba la cabeza sobre la cadera de Mia.

—Debería ir yéndome.

—Venga, te llevo.

—Vale.

Ninguna se movió.

Cuando regresó a casa, Rose se dio cuenta de que no debería haber salido. No tendría que haber ido a casa de Mia. Debería haberse quedado hasta que llegara su madre y no haberla dejado rumiando el enfado más tiempo aún.

—Hola —saludó.

Su madre se limitó a mirarla, agotada, desde su sitio delante de la televisión.

—Mira —prosiguió Rose—, sé que lo de esta mañana sonaba exagerado…

—No quiero hablar del tema, Rose. He tenido un día muy duro.

—Perdón —se descubrió diciendo Rose. Respiró hondo; la conversación iba a ser difícil—. Ya sé que Rob vuelve la semana que viene… —comenzó.

—No irás a pedirme más tiempo, ¿no?

Adivinó la respuesta por la mirada que le lanzó su madre; de hecho, vio que su infelicidad, su dolor, le suponían otra carga. Algo que su madre debía soportar, como los chillidos de los pollos.

—No —contestó y abandonó la habitación.

SEGUNDA PARTE

Renunciar a un sueño es renunciar
a uno mismo.
—Anónimo

8

Rose se recogió el pelo en un moño alto y apartó de un soplido varios cabellos sueltos mientras encendía el ordenador, un PC viejo con un ventilador ruidoso que echaba aire caliente y tardaba cinco minutos en arrancar. No sabía qué haría si dejaba de funcionar… Enviar artículos escritos a mano a un periódico era casi imposible, y además seguramente no se considerase profesional.

Esa noche había dormido mejor, tal vez porque con tantos pensamientos y preocupaciones angustiarse no valía la pena. El agotamiento le pesaba más que la ira y la frustración, de ahí que al acostarse cayese inconsciente casi de inmediato y se despertase con la boca pastosa. Ni siquiera se había lavado los dientes. Sin embargo, el descanso había traído consigo una nueva sensación de resolución, tan firme que ni las dos negativas que había recibido a sendas ofertas de trabajo que había contestado el día anterior lograron abatirla.

Le dio un sorbo a la Coca-Cola y el chispazo frío del sabor contrarrestó el calor sofocante que la adormecía.

Cuando el ordenador por fin estuvo en marcha, lo conectó al móvil por *bluetooth*. Evitaba usar todo lo que fuera de Rob en la medida de lo posible. Compraba su propia comida, utilizaba su propia conexión a internet y nunca llamaba con el teléfono fijo. No solo no quería deberle nada, sino que también le repugnaba la idea de tocar cualquier cosa suya; despreciaba todo lo relacionado con él. Aunque ya no importaba demasiado.

Se había pasado toda la mañana dándole vueltas a la conversación de la noche anterior con su madre. Ojalá le hubiera dejado claro que llamar a la policía no había sido una estupidez. Estaba segura de que, con solo mencionar la palabra «pederasta», conseguiría que la voz de su madre recuperara ese tono tembloroso. Era un concepto que trastocaba a las personas, en especial a los padres. Todo el mundo coincidía en que los pederastas eran la imagen misma de la depravación, pero, aun así, la gente se sentía atraída de manera peculiar por ellos. Los medios de comunicación siempre desarrollaban las noticias relacionadas con la pederastia más que ninguna otra, con portadas y portadas de información perturbadora que abundaba hasta en los detalles más nauseabundos. Quizá la gente disfrutase con el horror.

Cuando la pantalla se iluminó, sintió cierto cosquilleo. Se le había ocurrido la idea de escribir sobre las muñecas y la había descartado casi a la vez. Muñecas que aparecían en la puerta de las casas donde vivían niñas pequeñas… apenas daba para un artículo.

Aunque quizá hasta diese igual.

Abrió un documento de Word en blanco y escribió el título, solo para ver cómo quedaba: *Terror de porcelana en Colmstock.*

A todo el mundo le encantaban las historias de misterio. Sus dedos, volando por el teclado, trataron de impregnar de peligro la extraña realidad de los hechos, de convertirlos en una noticia.

No era un artículo que aspirase al *Sage Review,* pero tal vez sí al *Star.* Mia y ella solo lo leían por echarse unas risas y por las tonterías que predecía su horóscopo. En el tabloide abundaban las noticias sensacionalistas y chabacanas, como la de un hombre que vivía a las afueras y había obligado a su mujer a tragarse una serpiente viva entera como parte de un rito vudú o la de una madre adicta a comerse el pegamento en barra de sus hijos, entre anuncios a página completa de pastillas para adelgazar.

Se divirtió entremezclando drama y obscenidad. Cuando llegó la hora de marcharse al trabajo, ya había enviado el artículo al *Star*. Por lo general, le dedicaba al texto como mínimo un par de semanas, pero, en esa ocasión, tiró por la vía rápida y fue al grano. Si no les gustaba, que se fueran al carajo.

TERROR DE PORCELANA EN COLMSTOCK
Rose Blakey

«La aparición de unas muñecas misteriosas amenaza la seguridad de las niñas de un pequeño municipio»

Los misterios constituyen un fenómeno poco frecuente en la localidad de Colmstock, prácticamente borrada del mapa tras el cierre de la fábrica de Auster. Ahora, para colmo de los habitantes de este pueblo olvidado, un caso insólito ha sembrado el desconcierto entre la policía municipal.
Son muchas las familias que han informado de un suceso aterrador: la aparición de muñecas de porcelana antiguas en la puerta de sus casas. Pero es el aspecto de las muñecas lo que les causa verdadero pavor, ya que son el vivo retrato de sus hijas pequeñas. El color del cabello y de los ojos de estos sorprendentes regalos coincide exactamente con el de las pequeñas, que viven atemorizadas.
La policía municipal ha intentado tranquilizar a las víctimas. No obstante, las familias tienen todo el derecho del mundo a temer por la seguridad de sus pequeñas. Fuentes internas han revelado, por un lado, que se ha abierto una investigación para aclarar un posible vínculo entre estos sucesos y el acoso sexual infantil y la pederastia, y, por otro, que un perturbado cuya identidad se desconoce señala a sus objetivos con estas muñecas.
La escasez de recursos de un municipio tan empobrecido

como el de Colmstock ha llevado a su población a temer que
la policía no pueda detener al delincuente a tiempo.

Rose se inclinó sobre el enorme congelador del almacén. Se acarició la nuca con los dedos y se apartó el pelo del cuello sudado, que le cayó sobre la cara como un velo.

Ese día había sido especialmente caluroso. De camino al trabajo, con las zapatillas rozándole los talones llenos de tiritas, había soportado un calor húmedo, sofocante y opresivo. Había tenido la sensación de que el pavimento se derretía. No hacía más que darle vueltas al enigma de las muñecas, aunque, apenas echó a andar, se dio cuenta del sinsentido que había escrito. No tenía ni pies ni cabeza.

El congelador apestaba. Era como si dentro se hubiese muerto algo y hubiese seguido un proceso de congelación, descongelación, putrefacción y, de nuevo, congelación. Aun así, valía la pena soportar el hedor por sentir el frío en la piel, esos pinchacitos helados en la cara y el cuello. Podría pasarse el día allí sin inmutarse, pero cuando Jean descubriera su ausencia, y no tardaría en hacerlo, iría a averiguar por qué se escaqueaba. Metió la mano y sacó un trozo de carne congelada envuelta en plástico. Estaba encajada y el chirrido del hielo raspando el costado del congelador le provocó un escalofrío. Pesaba mucho; con una mano temblorosa, la agarró con fuerza y, con la otra, cerró el congelador de golpe.

La carne se le empezó a pegar a los antebrazos mientras recorría el pasillo. Pasó junto a la habitación de Will. Tenía la luz encendida, pero el cartel de *No molestar* seguía en la puerta. Cuando llegó a la cocina, Rose dejó el trozo de carne en la encimera.

—Gracias —dijo Jean desde los fogones, con la camiseta blanca empapada en sudor. Rose no alcanzaba a imaginar cómo sería cocinar en un día tan caluroso.

—Mira aquella. —Jean señaló con la barbilla hacia la barra y una sonrisa juguetona se le dibujó en los labios.

Mia estaba tonteando con Bazza de forma descarada. Apoyada contra los grifos, se enroscaba un dedo en el pelo, literalmente. Rozaba el ridículo, pero Bazza parecía engatusado.

—Les daré unos minutos —dijo Rose.

Se dirigió al cubo de la basura, pese a no estar lleno, porque no tenía ganas de volver a la barra. Era cuestión de tiempo que Frank le preguntase por las prácticas y tuviera que decirle que no se las habían concedido. No quería compasión, ni de él ni de nadie. Además, cuanto más tiempo dejase la bolsa de plástico negro en el cubo, más probable sería que goteara caldillo maloliente. La cerró con un nudo y la sacó; ya pesaba.

Avanzó deprisa por el pasillo llevando la bolsa con una mano, lo más alejada posible del cuerpo. La puerta trasera del Eamon's se hallaba pasado el almacén y, siempre que hubiese alguien en el bar, estaba abierta, sujeta con un ladrillo. Daba a un callejón al que, a veces, la gente salía a fumar un cigarro o, en alguna que otra ocasión, a enrollarse. Para Rose, el callejón era lo menos romántico del mundo, con su suelo de cemento irregular y lleno de grietas y un contenedor de metal enorme que olía mal incluso cuando estaba vacío. Seguramente no lo habían limpiado nunca y de su interior emanaba un tufo dulzón y putrefacto que le daba arcadas. El lugar apenas estaba iluminado, salvo por las farolas de la parte delantera y la luz procedente del interior del Eamon's, que alumbraba los cuatro escalones de cemento de la puerta trasera. Arrastró con cuidado la bolsa por los escalones y, una vez abajo, la levantó y la tiró al contenedor. Cayó con un golpe seco, como el de un saco de harina, o un cadáver. A Rose le hizo gracia. Menudo empujón para su carrera sería encontrar un cadáver allí, cosa que, por desgracia, aún no había sucedido. Jean sí que se había llegado a encontrar un gato muerto, tieso como una escoba. Rose se sacudió las manos y regresó al bar.

Cuando pasó junto a la habitación de Will, le pudo la curiosidad. Preguntándose si estaría dentro, llamó. Oyó los muelles de la cama y se le pasó por la cabeza echar a correr, pero era demasiado tarde. Will entreabrió la puerta y esbozó una leve sonrisa.

—Servicio de limpieza —dijo Rose, sarcástica, tratando de mirar el interior.

—No hace falta, gracias. —Él sonrió y se dispuso a darle con la puerta en las narices.

—¿Seguro? —se adelantó Rose.

—Seguro. —Su sonrisa se hizo más amplia—. Sinceramente, no sé si estás intentando ser atenta o si te he cabreado por algo.

Se quedó patidifusa. La beligerante solía ser ella.

—Solo intentaba ser atenta —le contestó devolviéndole una enorme sonrisa falsa.

Rose dio media vuelta y se alejó. Will tenía todas las papeletas para ser el tío más raro con el que se había cruzado. Había ocultado su habitación como si no quisiera que la viese, como si escondiera algo. De camino a la barra, se la imaginó repleta de muñecas de porcelana y se rio dando un bufido. La aparición de las muñecas coincidía con su llegada. Posible… era; probable, no tanto. *Una periodista desenmascara al extraño aficionado a las muñecas que atormenta al pueblo.* Sí, la noticia sería un bombazo.

9

—Veo algo muy especial —aseguró Mia mirando los restos de espuma del vaso de Bazza.

—¿De verdad? —Bazza se inclinó.

Mia se lo enseñó y Bazza frunció el ceño. Ella advirtió el brillo de sus finas pestañas bajo la luz. Se acercó un poco más.

—Mira esa línea de espuma que cruza. —Señaló la parte alta del vaso.

—Sí.

—Es la línea del corazón.

—¿De verdad?

—Mira. —Bajó la voz para que Bazza se acercara aún más—. Es una línea continua.

—¿Y eso es bueno? —La miró.

—Buenísimo. Significa que vas a encontrar el amor. Y dentro de poco.

Bazza miró la línea y después a Mia. Ella cogió un vaso, abrió el grifo y le sonrió, pidiéndole con la mirada que la invitara a salir. Bazza pareció no enterarse de nada.

—Gracias —dijo el policía cuando tuvo la cerveza delante—. A ver esta qué dice.

Le dejó propina y regresó a su sitio, al lado de Frank. Mia se desanimó un poco. ¿Ni aun con la predicción le había pedido una cita? No estaba segura de si Bazza había obviado la indirecta, pero se sentía dolida.

—No sé, yo creo que le gustas. —Rose se le acercó—. Te lanza miraditas… Anoche, en la gasolinera, igual.

—¿Qué tipo de miraditas? ¿Como esa? —contestó Mia.

Las dos miraron a Frank, que, embobado, no le quitaba ojo a Rose.

—Exactamente —replicó Rose a la defensiva mientras se daba la vuelta.

Mia suspiró y se apoyó en la barra.

—Bazza es tonto, pero está tan bueno… Lo tiene todo —dijo con melancolía—. Sería un pedazo de marido.

—Estarás de coña, ¿no? —contestó Rose con asco.

—Para nada. —Mia le pegó con la bayeta sucia y húmeda, que le dejó una marca gris en el muslo.

—¡Puaj!

Sonó *Streets of Fire* y Mia comenzó a canturrearla en voz baja. No entendía por qué Jean no ponía música más variada, pero tampoco la cuestionaba. Si quería oír a Bruce Springsteen una y otra vez, era cosa suya. Al principio, se ponía de los nervios, pero no tardó en disfrutar de saber exactamente cómo transcurrirían las noches. A diferencia de Rose, a ella el Eamon's le gustaba bastante; podía centrarse en el trabajo: poner cervezas, servir platos, fregar el suelo; y olvidar el ayer y el mañana.

Al escurrir la bayeta en el fregadero, se fijó en el agua sucia. Enjuagó la bayeta, dejó que absorbiera agua limpia, volvió a escurrirla y la puso a secar colgada del grifo. El lavavajillas y la suciedad le irritaban las manos. Mientras se las secaba en los pantalones cortos, pensó que debía recordar echarse crema antes de dormir. Se le olvidaba siempre y a veces la piel se le secaba tanto que se le agrietaba alrededor de las uñas.

Con el rabillo del ojo, observó a Rose, que secaba los vasos con un trapo. Ella nunca tenía la piel seca. Durante una fracción de segundo, sintió envidia. Rose era guapísima y podría tener al hombre que le apeteciera. Podría dejar el bar, formar una familia y dejarse querer. Pero Mia no era una persona envidiosa. Odiaba la negatividad, sobre todo en ella misma, y quería a su amiga más que a nada en el mundo. Dejó el vaso bocabajo, se acercó a Rose y le apoyó la cabeza en el hombro. Rose la rodeó con un brazo. Mia sintió el sudor pegajoso en la piel, pero no le importó. Le encantaba estar con Rose; la ayudaba a mantener a raya los pensamientos oscuros que en ocasiones la invadían.

—Cómo te voy a echar de menos cuando seas famosa.

—Anda ya —contestó Rose, pero estrechó aún más el abrazo.

Se rieron y Mia volvió a coger la bayeta, la roció con limpiador desinfectante y limpió los cercos de cerveza secos y pegajosos; el olor a lejía le picaba en la nariz.

Entonces entró Steve Cunningham, con una amplia sonrisa nada habitual en él.

Se fue directo a Mia y soltó un billete de cincuenta dólares en la barra.

—Pon una ronda, que corre de mi cuenta.

En la mesa de Bazza emitieron un gritito de júbilo y Mia comenzó a servir las cervezas, en fila junto al billete. Steve agarró tres torpemente y las acercó a la mesa.

—¿Estamos de celebración…? —oyó Mia preguntar a Frank.

—Todavía no, pero puede —contestó Steve apoyándose con las manos en el respaldo de una silla—. Han aceptado la solicitud para evaluar la mina de pizarra. El mes que viene mandan a un técnico.

—Qué buena noticia —dijo Bazza.

—Sabíamos que lo conseguirías.

Brindaron, vaso contra vaso, y Mia se dio la vuelta.

—¿Te acuerdas de cuando jugábamos en la mina? —preguntó—. Se me hace raro pensar en lo bien que nos lo pasábamos allí.

—Sí, ya —dijo Rose—. ¿Estás pensando en él?

—No, no, qué va. Es solo que se me hace raro pensar en cómo era la mina antes.

—Siempre ha sido lo peor.

Mia no sabía si coincidía con Rose. A veces se pasaba por allí y pensaba en las últimas horas de su novio del instituto. Justo después de graduarse, estuvo desaparecido tres días. Lo encontraron en el fondo de la mina. Se había tirado.

—Ahora vuelvo —dijo Rose detrás de ella y, mirando el móvil con un gesto de asombro, se apresuró hacia el pasillo.

Por un instante, Mia se preguntó el porqué de aquella euforia. Se llevó los dedos a su colgante de cuarzo rosa y los cerró en torno a la piedra fría en busca de consuelo.

—Cuéntaselo a Steve —oyó que le decía Bazza a Frank—. En serio, no te lo vas a creer —añadió luego dirigiéndose a Steve.

—Cuéntaselo tú.

—Tú lo cuentas mejor.

—De acuerdo —dijo Frank.

Mia se inclinó para escucharlos. Antes los había oído riéndose, pero no sabía de qué.

—Bueno, recibimos una llamada de emergencia de la reserva natural de Baskerton.

—Sí.

—Cuando llegamos, hay liada una buena: ambulancias, turistas japoneses corriendo y gritando… Una locura. Y nos encontramos a un chaval.

—A un pobre chaval —matizó Buddy.

—Va de uniforme y tiene unos quince años, y está allí, sin más, caminando muy despacio por la hierba. Le tomamos declaración. Nos dice que ha venido de la ciudad un grupo de empresarios japoneses que quería ver animales australianos de verdad.

»Así que les hace la visita guiada. Les habla del apareamiento de la serpiente tigre y de cosas por el estilo. Pero ellos lo que quieren ver son canguros, lo típico.

Steve asintió con la cabeza, sonriendo, a la espera de la acción.

—Bien, pues se lleva a esos capullos donde los canguros. Y hay un canguro rojo. Gigantesco. Más alto que Baz. Y el jefe, intentando hacerse el machote, le da la cámara al pobre chaval y se acerca al canguro. —Frank puso un acento japonés malísimo—: «¡*Hoi,* una foto, *hoi*!».

»El chaval le aconseja que no se acerque mucho, pero nada: quiere su foto. Así que se queda a muy poca distancia del canguro rojo. Levanta los puños, en pose de boxeador. Al canguro le da igual, se queda rumiando, pasa de él. El chaval le dice que se aleje, pero el japonés sigue diciendo «Mi foto, mi foto» y el resto le ríe la gracia. Seguramente llevasen unas copas de más.

»El tío se acerca más todavía, con los puños en alto, y el canguro, sin mirarlo siquiera, suelta un puñetazo. Uno solo.

—¿Y? —preguntó Steve.

—Le saca el ojo.

Todos estallaron en carcajadas.

—Y eso es lo que estaba haciendo el chaval. El canguro se fue en cuanto todos empezaron a gritar, así que lo estaba buscando entre la hierba. El ojo.

Frank empezó a dar golpes en la mesa y echó un trago, y todos volvieron a desternillarse.

—¿Y lo encontrasteis? —quiso saber Steve.

Mia volvió a centrarse en secar vasos; le bastaba con la imagen de un ojo ensangrentado entre en la hierba seca. No necesitaba más detalles.

El sacerdote del pueblo se acercó a la barra, un poco pálido. Aunque se negaba a admitirlo, a Mia le molestaba su presencia. Era muy simpático y tenía la mirada más bondadosa que hubiera visto jamás, pero era quizá demasiado amable. Ante él, Mia se sentía culpable de cualquiera de sus actos no cristianos, tanto de obra como incluso de pensamiento. Parecía como si pudiera detectar su envidia y se hubiera acercado por ese motivo, para recordarle sus pecados.

El sacerdote dejó cinco vasos vacíos en la barra. Siempre hacía lo mismo: los recogía para ahorrarles el trabajo a Rose y a ella.

—Gracias —dijo Jean, que había salido de su despacho y había cogido los vasos para llevarlos al lavaplatos.

Mia empezó a servirle un refresco. Las burbujas saltaban y le salpicaban los dedos. El sacerdote pasaba mucho tiempo en el bar, pero no bebía ni una gota de alcohol.

—¿Los sacerdotes no pueden beber?

—¡Mia! —Jean se dio la vuelta y la miró con dureza.

—¡Me moría de ganas de preguntárselo!

El sacerdote sonrió.

—No está prohibido, pero yo prefiero no beber. Además, normalmente suelo acercar a alguien a su casa.

Cuando cogió el refresco y regresó a su asiento, Mia le devolvió la sonrisa. Era muy caritativo; la generosidad personificada. Sin embargo, Mia creía, en parte, que debía de sentirse solo cuando la iglesia estaba vacía. La idea de pasar una noche allí a solas le ponía los pelos como escarpias.

Jean se pegó a ella y Mia notó en el brazo el calor de su pecho.

—Yo también me moría por saberlo —susurró con su característico tono áspero.

Mia ahogó una risita mientras Jean regresaba al despacho. Sacó los vasos húmedos y empañados del lavaplatos y lo cerró con el pie. Bazza se quedó mirándola y le sonrió con dulzura. ¿Por qué le había costado tanto ver que era un tío genial? Tal vez porque Frank lo trataba como a un imbécil. Igual que Rose.

Antes, había estado colada por Jonesy, otro poli, agente de tráfico, un tipo tan alto y delgado que la ropa siempre parecía quedarle corta por los tobillos y ancha por la cintura. Por algún motivo, siempre había tenido la sensación de que la miraba por encima del hombro. Una noche de borrachera, se la chupó en el callejón trasero. Jonesy había salido a echar un cigarro y ella había fingido querer otro. Al darle una calada, empezó a toser. Él la miró arqueando las cejas, le dijo que era muy guapa y, sin saber cómo, comenzaron a enrollarse. Los ojos le lloraron con el sabor a cenicero.

Ella quiso impresionarlo por todos los medios y demostrarle que la infravaloraba. Y por eso se la chupó, por ver su reacción. Pero meterse la polla en la boca y arrepentirse fue todo uno. Pensaba que se sentiría empoderada, pero se equivocó. Al terminar, él se subió la cremallera de la bragueta, volvió adentro y siguió tratándola con el mismo desdén de siempre.

Bazza era distinto. Hasta la noche del incendio no había reparado en él. Lo recordaba como si hubiera sido el día anterior: el hedor acre del humo; el estallido, uno tras otro, de las ventanas del juzgado. Se había quedado paralizada, con la mano en la boca, tratando de reprimir las lágrimas. De pronto, Baz había aparecido a su lado.

—¿Estás bien?

Ella lo había mirado en silencio y a continuación se había sentido arropada por un brazo enorme. De repente, todo le había parecido más sencillo, como cuando estaba con Rose. Siempre que pensaba en Bazza, notaba en los hombros la calidez, el peso y la protección de su abrazo.

Rose volvió a la barra con la mano en la boca.

—¿Qué? —preguntó Mia. Rose no le contestó, pero dejó escapar una risilla por debajo de la mano—. ¿Quién era?

—Prohibido reírse.

Hacía tiempo que Mia no veía ese brillo en los ojos de su amiga, desde que pasó a la segunda fase de las prácticas. Sintió un pinchazo en el estómago.

—Venga, cuéntamelo.

—He mandado un artículo al *Star*.

—¿Al *Star*? —preguntó Mia; por un lado, deseaba oír los detalles, aunque, por otro, quería retrasar la respuesta como fuera—. Pero ¿no pensabas que no son serios?

No estaba preparada para que Rose saliera de su vida. No podía irse, todavía no.

—Sí, pero ¿qué más da? De alguna forma habrá que meter cabeza. Les envié un artículo esta mañana. ¡Y lo van a publicar!

—¿Un artículo? No me habías dicho nada.

Rose la miró y Mia se dio cuenta de que no estaba reaccionando como requería la situación.

—Una estupidez sobre las muñecas. Pero da lo mismo... ¡Me publican por primera vez!

—¡Me alegro muchísimo! —Mia le cogió la mano y sonrió—. Las estrellas me decían que lo conseguirías.

—Pues ¡claro! —contestó Rose radiante.

—Vaya notición —dijo Mia, que le soltó la mano y se dio la vuelta para dejar la bayeta y borrar la sonrisa.

—¡Y me han dicho que quieren publicar también una segunda parte!

Rose lo había logrado; había dado un buen primer paso para marcharse de Colmstock. Siempre había dicho que se irían juntas, pero Mia sabía que no sería así. Ella no podía irse. Se dio la vuelta y abrazó a Rose.

—Enhorabuena —dijo, y la estrechó efusivamente, esforzándose al máximo por centrarse en la felicidad de Rose y por dejar a un lado el miedo a perderla.

10

Rose no había sido tan feliz en la vida. Era el *Star,* un periódico de lo más cutre, pero aun así estaba en una nube. Le apetecía sonreírle a todo el mundo; hasta el sermón se le hacía un poco más llevadero. Solo un poco.

La iglesia estaba a rebosar ese día. El sacerdote pronunciaba el sermón en el altar. Por lo general, Rose ni siquiera se molestaba en fingir escucharlo, pero ese domingo intentó con todas sus fuerzas prestarle atención.

—«Ahora ha venido la salvación, y el poder, y el reino de nuestro Dios, y la potestad de su Cristo» —leyó.

Ojalá tuvieran uno de esos sacerdotes jóvenes y modernos de los que había oído hablar, de esos que pronunciaban sermones acordes con la realidad de la gente. Mirando a su alrededor, se preguntó si estaría presente quien había dejado la muñeca en su puerta. No sabía si odiarlo o darle las gracias.

Estaba apretujada entre Scott y Sophie. Siempre se sentaba entre ellos porque así le resultaba más sencillo evitar que se pelearan. Al lado de Sophie, Laura estaba recostada contra su madre. El domingo anterior, había tenido un berrinche porque no la había dejado sentarse en su regazo. Menuda vergüenza habían pasado. Pero en ese momento parecía contenta chupándose el pulgar y observando la iglesia. Aquella era la única ocasión en que podía verse reunidas a las familias de Colmstock. Rose le veía la cabeza a Frank, que se sentaba más adelante junto a su madre, ya anciana, y escuchaba atento, como siempre.

—«Porque el acusador de nuestros hermanos ha sido derribado, el cual los acusaba delante de nuestro Dios día y noche» —prosiguió el sacerdote.

Bazza estaba con sus tres hermanos. Los cuatro eran clavados, de hombros anchos y mirada simplona, aunque ese día no se les notaba, ni tampoco el resto de los domingos, ya que se pasaban el sermón dormidos, con la barbilla colgando sobre el pecho.

—«Y ellos le han vencido por la sangre del Cordero, y por la palabra de su testimonio; y no han amado sus vidas hasta la muerte».

Rose se preguntó con qué soñarían. Vio que Mia también observaba a Baz. Sus miradas se cruzaron, Rose fingió babear y Mia soltó un bufido al intentar reprimir la risa. La señora Cunningham, la esposa del concejal, la reprendió con la mirada.

El sacerdote titubeó, en busca del origen de aquella risa. Reinaba tal silencio que se habría oído hasta una mosca. Mia y Rose volvieron a mirarlo con inocencia, justo cuando Bazza soltaba un ronquido ostensible.

Ahogando una risita, Rose se fijó en la señora Cunningham para ver su reacción. Seguía con la mirada fija en el sacerdote, pero resoplaba irritada. A diferencia de su marido, Steve, la señora Cunningham era un coñazo. Él era de Inglaterra y ella, de Colmstock de toda la vida, pero aun así solía adoptar acento británico. Debía de oírse elegante, pero a Rose le sonaba forzado.

En cuanto terminó el sermón, todo el mundo se levantó. Rose se escabulló y, esquivando a la gente, fue en busca de Mia.

—Que no me preocupe… Siempre dices lo mismo, Frank. Pues estoy preocupado.

No fueron las palabras las que extrañaron a Rose, sino el tono con el que las dijeron, la emoción que contenían. Volvió la cabeza para ver quién hablaba.

—De verdad, no hay nada de que…

—¿Has leído el periódico de hoy?

—No te entiendo.

Rose notó que se ponía colorada.

—Quiero saber quién nos dejó eso en la puerta.

—Estamos investigando…

—Sí, ya me lo has dicho. Pero el asesino de mi hijo sigue campando a sus anchas.

Rose se acercó un poco. Era el señor Riley.

—Han matado a nuestro hijo, le han prendido fuego a nuestra tienda… Queremos saber por qué.

—Estamos haciendo todo…

—¿Y ahora también tenemos que temer por nuestra hija? ¿Es eso lo que me quieres decir?

Frank se quedó en silencio. Pobre señor Riley. Ni de lejos había sido la intención de Rose preocuparlo con su artículo. Por bastante habían pasado ya.

Rose se aproximó un poco más. Frank, percatándose de que los escuchaban, echó un vistazo alrededor. Sus miradas se cruzaron y Rose se escabulló aprisa hacia el portón de la iglesia. Mia la esperaba apoyada en la pared. Bajo el sol de la mañana, parecía que la hubiesen retratado al óleo, en tonos dorados y rojizos. Daba la impresión de estar triste, pero su expresión cambió al ver a Rose.

La campanilla de la oficina de correos tintineó cuando se precipitaron dentro. Rose agarró el *Star* del estante y empezó a hojearlo. Buscaba su nombre sin terminar de creerse que lo vería allí.

—¡Mira! —Mia clavó el dedo en una página.

Allí estaba su nombre. En blanco y negro. El corazón le dio un vuelco.

—Página diez —dijo Rose—. ¡No está mal!

—¡La página diez! ¡Es genial! La voy a enmarcar.

Mia cogió otro ejemplar, lo puso junto a la caja registradora y colocó encima una chocolatina. Rose la oía hablar con el dependiente sin quitarle ojo al artículo. Sonriendo, dobló el periódico y se lo metió bajo el brazo. En el estante contiguo al de la prensa había cuadernos. Se fijó en uno azul claro. Le volvían loca los cuadernos. Le encantaba comprarlos, como si las palabras que escribiese en el cuaderno perfecto fuesen a ser perfectas también. Lo hojeó. Tenía líneas grises muy claras y esquinas redondeadas. Aún no había gastado el cuaderno blanco que estaba usando, pero podía comprar ese y así ya tendría el siguiente. Además, le serviría para celebrarlo. Al fin y al cabo, le habían publicado un artículo por primera vez.

Rose sonrió al dependiente y dejó el cuaderno sobre el *Star*.

—Deberías decirle que te lo firme —le dijo Mia al dependiente señalando el periódico—: el primer artículo de la periodista más famosa de nuestra época.

Rose se encogió de hombros, ruborizada, mientras Mia se reía y el dependiente, sonriendo, asentía educadamente con la cabeza.

—No hay mejor desayuno.

Cuando salieron, Mia partió la chocolatina en dos y le dio la mitad a Rose.

De camino al coche, que estaba aparcado cerca del Eamon's, pasaron junto a la tienda de alimentación de los Riley, o más bien junto a sus restos. Había quedado medio calcinada y podía observarse la pared por la que se habían alzado las llamas, negra como el carbón. Peor suerte había corrido el juzgado, uno de los edificios más bonitos del pueblo, ahora reducido a cenizas.

—¿Te has enterado de que a los Riley también les han dejado una muñeca? —preguntó Rose—. Me lo dijo Baz.

—Uf. Los pobres.

—El señor Riley le estaba echando la bronca a Frank en la iglesia… Lo oí de refilón.

Mia se encogió de hombros.

—No me extraña. Aunque Frank tampoco tiene la culpa.

Rose miró los restos abrasados.

—Han tenido una mala suerte…

Las dos estaban en el Eamon's cuando había tenido lugar la tragedia, hacía un mes. Aquel día, todo transcurría con normalidad. Era otra eterna noche de miércoles. De repente, los teléfonos empezaron a sonar y vibrar, y los policías se levantaron y salieron en tromba del bar. Pasaba algo. Ellas se habían lanzado una mirada, boquiabiertas, y luego Jean había salido de la cocina y se había ido directa a la puerta. A su lado, por las ventanas, vieron un resplandor, un tono naranja que contrastaba con la negra oscuridad de la noche.

—¿Qué planes tienes para hoy? —preguntó Mia, cambiando de tema bruscamente.

A Rose el chocolate se le estaba derritiendo en la mano. Se lo metió en la boca y se lamió las gotas que le habían chorreado por la muñeca.

—Necesito entrevistar a alguien —contestó después de tragar, disfrutando de cómo el azúcar le aplacaba el hambre mientras masticaba el chocolate derretido.

—¿A Frank?

—No, lo veo difícil. No quiere que cunda el pánico —dijo Rose tranquilamente mientras iban por la acera.

—¿Crees que se habrá enfadado contigo por el artículo?

—Espero que no.

En realidad, no se había planteado cómo se lo tomaría Frank hasta que oyó al señor Riley al salir de la iglesia.

Al pasar por el Eamon's, miró su lúgubre interior. Era extraño pensar que Will estaba allí solo.

—Will es raro, ¿no te parece?

—¿Quién es Will? —dijo Mia chupándose los dedos.

—El huésped.

—Ah, vale. No me acordaba de su nombre. Puede ser. ¿Por?

—No me entra en la cabeza qué hace aquí… No le veo sentido.

—Está visitando a su familia.

Rose se detuvo y la miró.

—¿Y cómo lo sabes?

Mia se rio.

—Pues porque me lo ha dicho, tontaina.

—¿Por qué? —insistió Rose.

—¿Qué te pasa? ¿Te mola?

—No, ¡qué va!

Mia arqueó las cejas y reemprendieron el camino hacia el coche.

—Bueno, ¿y por qué te lo ha dicho?

—Rose —dijo Mia riéndose—, yo sé que las conversaciones de cortesía no son lo tuyo, pero a mí me gustan. Cuando lo atendí la otra noche, le pregunté por qué había venido. Es de buena educación.

Rose se quedó pensativa un segundo, hasta que llegaron al coche. Abrió la puerta del acompañante.

—¿Y te dijo que estaba visitando a su familia? —preguntó, pero Mia había dejado de prestarle atención y tenía los cinco sentidos puestos en la comisaría. Había jaleo. Cuatro mujeres hablaban a gritos a la entrada del edificio.

—¡Allí está! —gritó una.

Las cuatro se dieron la vuelta y clavaron la vista en Rose. A continuación, se acercaron al coche, cada una con un ejemplar del *Star* bajo el brazo.

—Uf, me da que te has metido en un marrón —susurró Mia.

Las cuatro eran de mediana edad y seguían vestidas con su ropa de domingo. Rose reconoció a una: la señora Scott, su maestra de sexto curso. Otras dos tenían el cabello rubio a media melena y raíces negras, y la cuarta estaba pálida y tenía el rostro anegado en lágrimas.

Las observaron acercarse bajo el sol, que se reflejaba en el pavimento. Rose se tragó el último trozo de chocolate.

—¿Eres Rose Blakey? —preguntó la mujer pálida.

—Sí.

La mujer extendió el brazo y tocó el de Rose.

—Frank dice que él nunca ha hablado de… de…

—Pederastas —apuntó una de las mujeres rubias.

Rose advirtió un brillo en su mirada y se dio cuenta de que su preocupación era fingida. Hacía años que esa mujer no vivía algo tan emocionante.

La mujer pálida comenzó a gimotear.

—Es la señora Hane —le susurró Mia a Rose al oído—. Vive en mi calle.

—¿A su hija también le han dejado una muñeca? —preguntó Rose.

La señora Hane asintió, triste, con la cabeza.

—A mi hermana también —añadió Rose.

—¿A Laura? —preguntó la señora Scott.

—Sí. —Rose sintió una punzada de remordimiento en el estómago—. Escuchen, lo que escribí es solo una teoría… No es que…

—¿Ves?, eso mismito dijo Frank —la interrumpió la segunda rubia—. Es un gran agente y un hombre honrado. De su boca no sale ni una mentira.

—Si Frank dice que no hay de qué preocuparse, no hay más que hablar. —La señora Scott le acarició el brazo a la señora Hane—. Él se encarga de protegernos… Mientras él esté, a las niñas no les va a pasar nada.

Rose se sorprendió de la fe que le profesaban. Era verdad que Frank conocía a todo Colmstock y todo Colmstock parecía conocerlo a él. Pero hablaban de él como si fuera una especie de mesías. Ella nunca podría pensar en Frank así. A lo mejor lo había visto borracho demasiadas veces.

—Escuche, señora Hane —dijo Rose con suavidad—, creo que me sería muy útil profundizar un poco en este asunto con usted y su marido más tarde. Para ofrecer una visión más completa en mi próximo artículo.

La señora Hane suspiró.

—¿Crees que podría ayudarte?

—A mí no me importa decirte lo que pienso, si lo ves conveniente —se entrometió una de las rubias.

—Me gustaría escuchar su opinión —le dijo Rose a la señora Hane, haciendo caso omiso del resto.

La señora Hane dudó.

—Si le soy sincera —añadió Rose—, sería estupendo escuchar a otras personas afectadas.

La señora Hane miró primero a sus amigas y después a Rose.

—¿Y saldría nuestra foto en el *Star*? —preguntó.

11

En el coche, de camino a casa de los Hane, Mia miró varias veces de reojo a Rose, que aferraba el *Star* como si temiera que el artículo pudiera desaparecer en cualquier instante. Por su expresión pensativa, debía de estar planteando las preguntas para la entrevista. Mia esperaba que los Hane no se enfadasen. En realidad, nunca había cruzado palabra con aquella familia de cara regordeta, pese a ser vecinos de toda la vida. Los había visto metiendo a sus hijos a presión en el coche unas cuantas veces y en una ocasión la madre había llegado a saludarla con la cabeza, pero ahí había quedado la cosa.

Mia trató por todos los medios de sacudirse el embotamiento con el que había amanecido. La noche anterior, cuando llegó de trabajar a la una de la madrugada, no logró conciliar el sueño, y a las ocho había tenido que levantarse para ir a misa. Notaba un manto de pesadumbre envolviéndola, pero se resistía. A veces, esa sensación llegaba a ser horrible y se sentía asfixiada. Tamborileó en el volante con los pulgares al compás de la radio.

—¿Te preocupa lo que pueda decir Frank? —preguntó, incapaz de soportar el martilleo de sus pensamientos.

Rose la miró con resolución.

—No.

—¿De verdad? Se va a pillar un mosqueeeooo. —Mia alargó la palabra, tratando de imitar la magnitud del enfado de Frank.

Rose se rio y Mia sintió aligerarse el peso que la aplastaba.

—Merecerá la pena.

Rose volvió a mirar el periódico. Mia la conocía hasta el punto de casi poder leerle el pensamiento: Rose no iba a dejar escapar esa oportunidad, se pusiera Frank como se pusiera; dentro de poco, se marcharía. El desaliento envolvió otra vez a Mia. Demasiadas cosas. En cuanto hubieran terminado con los Hane, regresaría a casa y se daría una ducha. Era su pequeño ritual. Cerraba la puerta, abría el agua y se aseguraba de ponerla a la temperatura perfecta. Entonces atenuaba la luz y, tras desnudarse, se sentaba en el suelo de porcelana, con la cortina corrida. Era una de las pocas cosas que la hacían sentirse mejor cuando experimentaba tal abatimiento. El chorro de agua acallaba el resto de los sonidos y un velo de oscuridad lo cubría todo. Era como si el agua y las tinieblas se la tragasen. Se dejaba purificar, se hacía un ovillo e intentaba ordenar sus pensamientos. A veces, llegaba a hablar en voz alta; oírse la tranquilizaba. Otras, lloraba. Al salir de la ducha, con la piel rosácea y limpia, tenía la cabeza despejada. Para ella, era una especie de terapia con la que sentirse mejor y recuperar su personalidad alegre y risueña. El simple pensamiento de la ducha la animó.

Su ritual era un secreto. Si salía a la luz, se metería en un lío monumental. En Colmstock había restricciones de agua desde que tenía uso de razón.

—¿Estás segura de lo de la entrevista? Tengo la sensación de que nos vamos a meter donde no nos llaman —preguntó.

—Sí. ¿O prefieres que vayamos a ver a los Cunningham?

—¿A su hija también le han dejado una muñeca?

A Mia, Steve Cunningham, con su voz suave, le caía bien; le gustaba su acento. Sin embargo, su mujer, Diane, era una persona ruidosa y difícil de tratar que siempre estaba acelerada. Por la mañana, en la iglesia, la había fulminado con una mirada asesina por haberse reído.

—Sí —contestó Rose con una risita.

—¿También te lo ha contado Bazza?

—No puedo revelar mis fuentes —dijo Rose con una sonrisa.

Mia giró hacia la calle de los Hane y pasaron frente a cinco viviendas consecutivas en venta. Todos los anuncios estaban deteriorados en distinto grado, pero en el último apenas se distinguían las imágenes. Cerca de una cuarta parte de las casas de Colmstock estaban vacías, y la inmobiliaria, que estaba en la ciudad, enviaba de vez en cuando a un matón para expulsar a los okupas.

—¿Es aquí? —preguntó Mia cuando se detuvieron delante de una casa blanca y cuidada.

—Sí. Mira, ahí está el espantajo de coche que tienen —dijo Rose señalando el Auster de color naranja tostado en el que se había montado antes la señora Hane.

—¿Les habremos dado tiempo suficiente? —preguntó Mia, remoloneando.

—Sí, seguro que quería recoger la casa un poco. Espero que sepa que no va a haber sesión de fotos.

—A lo mejor solo quería hablar con su hija y asegurarse de que esté de acuerdo.

Rose se rio dando un bufido.

—Anda ya, solo está emocionada. Seguro que piensa que va a tener sus quince minutos de fama.

—Siempre piensas lo peor de la gente —dijo Mia riéndose, aunque en el fondo pensaba que Rose estaba siendo demasiado fría.

—Y tú siempre te pones en lo mejor, así que estamos empatadas —afirmó Rose sonriendo.

Mia se acercó al bordillo de la acera y el coche se detuvo chirriando y con un ruido sordo. Le encantaba su tartana, pero era consciente de que le quedaba poco tiempo. Cuando se bajaron, le dio una palmadita al capó y notó el calor de la chapa en las yemas de los dedos.

La casa de los Hane era como la mayoría de las viviendas de la calle, solo que con algunos juguetes desperdigados en el patio delantero. Se dirigieron juntas hacia la puerta. Mia no entendía por qué Rose la quería allí, pero nunca había sido capaz de decirle que no.

Rose llamó. No contestaron.

—A lo mejor no están —susurró Mia justo cuando se abrió la puerta.

Seguro que para algunas personas los Hane vivían en una especie de casa modelo: todo desprendía calor de hogar, desde los retratos familiares hasta el sofá desgastado con motivos florales; sin embargo, para Rose se parecía más bien al infierno. Tomaron asiento en el sofá y se quedaron mirando a la familia. La señora Hane era casi idéntica a su marido. Como corgis a los que les costara respirar, los dos estaban fofos y tenían extremidades cortas, mirada lela y sonrisas amplias y tontas. Con semejantes padres, era un misterio que su hija, Lily, tuviera un rostro tan angelical. Detrás había un niño mocoso, Denny dijeron que se llamaba, tumbado en el suelo jugando a un videojuego de lo más violento.

—Nos sorprendió mucho, ¿a que sí, cari? —dijo el señor Hane.

—Sí, mucho —añadió su esposa—. Es lo último que esperas encontrarte en la puerta.

Rose buscó en su cuaderno la siguiente pregunta.

—¿Llamaron a la policía de inmediato?

La señora Hane se quedó pensativa, con la cara pequeña y fea arrugada como un puño.

—No. Lo hicimos cuando nos enteramos de que a nuestra amiga Liz también le había pasado, ¿verdad, cari?

—Eso es. Cuando nos enteramos de que a la hija de los Riley le habían dejado otra, nos pareció raro, ¿no?

—Sí, pensamos que era raro.

Rose pensó que, si su vida llegara a ser así alguna vez, se suicidaría. Se fijó en el niñato que tenían detrás, Denny, que estaba matando a un hombre a palos en el videojuego.

—Por eso, cuando mi mujer pensó en llamar a la policía, nos pareció una buena idea —prosiguió el señor Hane.

—Y menos mal. Pensar en tener esa atrocidad en casa toda la semana… Es perturbador, ¿verdad?

—Sí, cari. Tienes toda la razón.

Rose trató de relajar el rostro, de no traslucir irritación. Se obligó a evitar los ojos de Mia para no echarse a reír.

—Muy bien, perfecto. —También podía ir al grano; necesitaba más enjundia—. Y ¿piensan que la policía está haciendo todo lo posible?

—Bueno, no; no desde que leí tu artículo esta mañana —contestó la señora Hane, que frunció el ceño, preocupada. Sus arrugas parecían una ristra de salchichas.

—La verdad es que nos hemos quedado patidifusos.

—Pero ya has llamado a otros padres, ¿no, cari?

—He hablado con toda la gente que conozco con hijas pequeñas —susurró él con seriedad—. Se trata de nuestras hijas.

—¡Nuestras hijas! —gimoteó la señora Hane.

—Se lo contaba a tu padrastro anoche. Somos los padres los que vamos a tener que ponerle remedio.

¿Su padrastro?

—¿Rob? Está de viaje —dijo Rose desconcertada.

Entonces el señor Hane desvió la mirada.

—Es verdad, tienes razón.

Mentía. Y muy mal.

—¿Se lo encontró en el bar? —indagó Rose.

—Eso es. Nos tomamos una cerveza la semana pasada.

Rose se dio cuenta de que debía dejarlo correr; ese no era el motivo de la entrevista. Pero las palabras del señor Hane eran incongruentes y quería saber por qué mentía.

—Pero a Laura aún no le habían dejado la muñeca la semana pasada —dijo.

El señor Hane levantó las manos y sonrió.

—Creo que me pasé con el alcohol esa noche… Me cuesta recordarla.

Si su madre descubría que Rob la estaba engañando, lo mataría. Aunque entonces su problema con la vivienda mejoraría considerablemente. Detrás de sus padres, Denny se ensañaba a tiros con un cadáver.

Antes de que Rose pudiera volver a la carga, Mia se inclinó, a su lado.

—¿Tú qué opinas, bonita? —preguntó mirando a Lily a los ojos—. ¿Qué te parece la muñeca?

Bien jugado. Contar con la opinión de la niña sería ideal. Rose debía centrarse en el motivo de la entrevista. Como estaba claro que el señor Hane no iba a soltar prenda sobre lo de Rob, sonrió a la pequeña y esperó a que contestara la pregunta de Mia. Estaba casi segura de que los ojos del director del *Star* harían chiribitas con las declaraciones de una niña asustada. Pero Lily no abrió la boca.

—Ay, no puede oírte, guapa —dijo la señora Hane despreocupadamente.

—Es sorda —añadió su marido, por si no lo habían captado—. Hemos estado ahorrando para unos implantes cocleares.

—Moneda a moneda —aseguró la señora Hane, y le dio a Lily una palmadita en la cabeza—. Lo primero que oirá será lo dulce que es mi voz.

Lily miró a Rose a los ojos, como si fuera plenamente consciente de lo que la aguardaba.

—Bueno, muchas gracias por su tiempo —se despidió Rose.

La señora Hane se levantó con dificultad y las acompañó a la puerta.

—Aquí estaremos, guapa. Todos queremos lo mismo.

Denny apartó la vista del videojuego y le lanzó una mirada desagradable a Rose, que le correspondió con otra. La señora Hane abrió la puerta.

—Saluda a tu padre de mi parte —le dijo a Mia dándole una palmadita en el brazo—. El pobre.

—De acuerdo —contestó Mia incómoda.

—Te estás portando muy bien con él. Eres muy buena.

—Gracias —dijo Mia mirando al suelo.

—Ojalá nuestros hijos se porten tan bien con nosotros cuando llegue el momento —afirmó la señora Hane, y después añadió—: ¿Verdad, cari?

Rose salió al exterior. No podía soportar ni un segundo más el ambiente opresivo de esa casa.

12

Desde que había recibido el correo electrónico del *Star,* a Rose las noches en el Eamon's se le hacían aún más largas, casi infinitas. Debía de ser porque se sentía distinta. Rebosaba entusiasmo y energía, y le parecía ridículo que, hasta hacía un par de días, hubiera pensado en la granja avícola y el poblado de los buscadores de piedras preciosas como sus dos únicas salidas.

Por dentro estaba pletórica, pero fuera todo seguía igual: el mismo calor, los mismos clientes molestos, propinas escasas, encimeras pegajosas; Mia parloteando a su lado con su típica alegría inagotable, y Jean espetando órdenes acompañadas de sonrisas con la boca pequeña. Al parecer, nadie se daba cuenta de que ya no era la misma, de que todo había cambiado.

Se dirigió al trabajo arrastrando los pies. Sabía que sería una noche como otra cualquiera. El cansancio le pesaba sin siquiera haber llegado. No se había despegado del ordenador ni un minuto. Había transcrito la entrevista a los Hane con pelos y señales, intentando recordarlo todo, con la esperanza de montar algo interesante a partir de las tonterías que habían dicho. Necesitaba un nuevo punto de vista, un nuevo enfoque que despertase una curiosidad irresistible por la situación. Pero entre sus pensamientos no dejaban de resonar las palabras del señor Hane sobre Rob.

Cuantas más vueltas le daba a la conversación, más extraña le parecía. Carecía de sentido. Había gato encerrado.

Notaba el aire caliente en la piel y el olor a ceniza del juzgado. Sudaba y, cuando el bolso se le resbaló del hombro, volvió a colocárselo y aceleró el paso para no llegar tarde. Se llevó una mano a los ojos para protegérselos; las hojas secas y la pelusa algodonosa que el viento arrastraba chocaban contra sus hombros desnudos. Ese día, el lago apestaba más de lo habitual y los moscardones zumbaban a ras del agua. Dentro de poco, no tendría que volver a ver ese paisaje horrible; dejaría atrás la decadencia perpetua de Colmstock para recorrer avenidas que se extendían entre rascacielos.

Cuando llegó a la calle Union, miró la hora. Por una vez, iba sobrada de tiempo. Pero, mientras esperaba a que cambiase el semáforo, tuvo una idea. Observó que las luces del otro bar estaban encendidas y, aunque las probabilidades eran ínfimas, tal vez mereciese la pena intentarlo.

En comparación con ese antro, el Eamon's parecía un palacio. Hedía a vómito, las carreras de perros estaban a tal volumen que apenas se oían los anuncios de la radio y los rollizos culos de los hombres que levantaron la mirada cuando Rose entró parecían haberse fundido con los taburetes por llevar tanto tiempo posados allí.

—Hola —saludó al camarero—, ¿qué tal?

—Bien —contestó él pasándole una bayeta a la barra—. ¿Has venido a investigar a la competencia?

Rose le sonrió. Estaba casi segura de que era tío de Bazza. Los había visto charlando en la iglesia. Además, compartían la anchura de hombros y la mirada de tonto.

—No —dijo apoyándose en la barra—, estoy buscando a Rob James. ¿Lo conoces?

La sonrisa del camarero se desvaneció. Se dio la vuelta y empezó a colocar jarras.

—No tengo nada que decir. Estás perdiendo el tiempo.

—¿Qué? —dijo Rose, pero el camarero siguió a lo suyo—. Es mi padrastro… Estoy intentando llamarlo, pero tiene el móvil apagado.

El camarero giró la cabeza y la miró, de nuevo con una expresión más afable.

—Lo siento, guapa. No lo sabía.

Rose se encogió de hombros.

—¿Se ha pasado por aquí en las últimas dos semanas?

—Qué va, llevo siglos sin verlo.

Volvió a centrarse en las jarras. Rose observó el bar; todos los hombres la miraban boquiabiertos sin disimulo alguno. Todos menos uno, que estaba en un rincón y fijaba la vista en la cerveza: el señor Riley. Rose volvió a dirigirse al camarero:

—Bueno, si viene…

—Claro, claro, no te preocupes —contestó.

Durante un segundo, se quedó mirándole la nuca, pensando cómo sonsacarle lo que obviamente ocultaba, pero no se le ocurrió nada, así que se marchó con la mirada de todos los parroquianos clavada en la espalda.

Cuando abrió la puerta del Eamon's, notó que la frustración la sobrepasaba. En los grifos, Mia tamborileaba y cantaba *The Promised Land*, mientras que en la caja registradora resonaban las monedas que Jean dejaba caer. Los rótulos que anunciaban marcas de cerveza parpadeaban; se hacía de noche y se avecinaba una jornada idéntica a la anterior.

—¡Hola! —la saludó Mia sonriente, contenta de verla.

Rose se sintió como una mierda.

—Solo cinco minutos tarde —anunció Jean mirando la hora—. Debes de haber batido tu récord, Rosie.

Rose le sonrió resignada y se dirigió al almacén a por un

barril nuevo. Un día más, el zumbido de los frigoríficos le taladró los oídos, pero al final de la noche se habría acostumbrado y no podría oírlo ni aunque quisiera.

Lanzó el bolso al despacho minúsculo que había junto a los servicios del pasillo y dejó atrás la habitación de Will sin inmutarse. Entre las tres, habían llegado a un acuerdo tácito por el que Mia se encargaba de atender la barra y ella, de casi todo lo demás. A Rose le parecía perfecto: le pesaban menos los barriles que los borrachos.

El viento soplaba cálido y había arrastrado hacia el pasillo varias hojas secas, que se quebraron cuando las pisó de camino al almacén. Barrerlas no serviría de nada: el viento traería más. Rose tumbó un barril y lo sacó rodando desde el rincón estrecho hacia el pasillo.

Cuando empujaba el barril, oyó el crujido de algo más consistente que una hoja seca. Retrocedió para ver qué había pisado.

—¡Mierda!

Había espachurrado una rata gorda contra el cemento. Al menos, no había sido en la moqueta.

—¿Qué pasa?

Era Will, que miraba desde la puerta de su habitación. Rose volvió a empujar el barril para esconder la rata y se estremeció ante el sonido pegajoso de las vísceras y de los huesecitos rompiéndose.

—Nada.

Will se rio.

—Entonces, ¿a qué ha venido eso?

Rose se enderezó, con un pie sobre el barril para sujetarlo.

—A nada…

—Bueno, vale. —Él seguía sonriendo y Rose se descubrió haciendo lo mismo.

—El edificio está embrujado… A lo mejor has oído un fantasma.

—¿Embrujado? —Will se rio.

—¿No te has enterado? —preguntó ella fingiendo un gran asombro.

—No —contestó él. Y le siguió el juego—: ¿Alguna desgracia?

—En realidad, no debería contarte nada.

—Soy una tumba. —Will se apoyó contra la puerta y se cruzó de brazos.

—Bueno, si insistes… ¿Sabes que antes de que fuera un hostal vivía aquí la familia más rica del pueblo? Los Eamon.

—¿Esos?

Miró el cuadro agrietado que había detrás de Rose.

—Esos son, sí.

Rose hizo una pausa dramática, pero Will no se dio por aludido. Siguió mirándola, sonriendo, hasta que ella prosiguió:

—Por estos lares, la gente a veces pierde la cabeza por culpa del dinero, pero los Eamon fueron la excepción. Sus hijos eran guapísimos y un verdadero encanto, la madre tejía mantas para los pobres y el coronel había vuelto de la guerra con honores.

—¿Y murieron aquí?

Rose imprimió un tono oscuro y sombrío a su voz.

—Los asesinaron.

—¿En serio?

—La casa de los Eamon siempre había sido un hervidero de gente, así que cuando pasaron tres días sin que nadie contestara a la puerta, los vecinos empezaron a preocuparse y rompieron la cerradura a mazazos. Se encontraron un panorama tan cruel que al principio pensaron que había sido obra de algún animal. Pero se equivocaron. Había sido el coronel. Cuando volvió de la guerra, no estaba en sus cabales. La señora Eamon y sus hijos hicieron todo lo posible para disimular, para fingir normalidad absoluta, y aparentaron ser felices hasta la mañana en que el coronel los despedazó, uno por uno, en busca de su alma. Pero solo halló sangre y sesos. Y entonces se pegó un tiro en la boca con su pistola.

—Joder, qué fuerte.

Will no parecía nada consternado. De hecho, seguía sonriendo. ¿Sería una especie de psicópata? Por lo general, el final de la historia estremecía a la gente, que preguntaba si había pasado de verdad. A veces llegaban a mirar a todos lados, como si fuese a aparecer un fantasma gritando «¡bu!».

—Supongo —contestó Rose encogiéndose de hombros, todavía con el barril sujeto firmemente con el pie.

—Ah —dijo Will—, me acabo de acordar de una cosa. Te quería hacer una pregunta. Espera un momento.

Se metió en su habitación. Hasta su forma de andar era distinta a la de los hombres del pueblo: al contrario que los habitantes de Colmstock, se movía con ligereza y no parecía soportar una carga constante. Rose trató de atisbar el interior de su habitación, pero, al no poder quitar el pie del barril, no lo logró. Si Will veía la rata aplastada, pensaría que el Eamon's daba asco y seguramente, por extensión, opinase lo mismo de ella. Y no le faltarían motivos. Pero, por alguna razón, Rose no quería que Will pensase eso.

Él regresó con un ejemplar del *Star*.

—¿Lees esa sarta de tonterías? —preguntó Rose arqueando las cejas.

—Normalmente no, pero hoy el asunto estaba en boca de todo el mundo.

—¿De quién? ¿De tu familia?

Will comenzó a hojear el periódico hasta que encontró el artículo de Rose.

—¿Esto es tuyo?

Ella se encogió de hombros; no estaba segura de si debía sentir orgullo o vergüenza. Intentó mostrar indiferencia.

—Sí.

Will la miró con detenimiento.

—¿Es verdad?

—¿El qué?

—Que la policía piensa esto.

—¿Que es un pederasta? —La palabra pareció turbar a Will—. ¿A ti qué te importa?

Él ladeó la cabeza.

—Yo he preguntado primero.

Rose se estremeció. Will le clavaba la mirada y su voz ya no sonaba tan agradable. Estaba deseando mandarlo a la mierda y marcharse, pero no podía dejar que viera la rata.

—Averígualo tú mismo. Esto siempre está lleno de policías.

—Te estoy preguntando a ti.

—¡Yo qué sé! —Rose estaba irritada—. Es lo que se rumorea.

Will asintió con la cabeza.

—Bueno, gracias por el interrogatorio, pero, si no necesitas nada más… —dijo ella con desdén—, tengo mucho que hacer.

—No, no necesito nada más —contestó Will sonriendo de nuevo—. Gracias por preguntar.

Y se metió en su habitación y cerró la puerta.

El anochecer trajo consigo la rutina de siempre: Jean en el despacho, Mia con su horóscopo y sus conversaciones sobre lo divino y lo humano, y el goteo de parroquianos en el bar. Pero Rose se dio cuenta de que algo no encajaba. Le costó averiguar qué era, pero, en cuanto lo hizo, le pareció obvio: Frank, que siempre se sentaba en el mismo sitio, había cambiado de asiento esa noche. Al principio, Rose pensó que tal vez no había ido al bar a por su enésima borrachera. Pero se equivocó: allí estaba, dándole la espalda, cosa que jamás había hecho. Siempre se sentaba en el mismo sitio, el que le ofrecía las mejores vistas de Rose tras la barra. Rose odiaba esa actitud, como si ella fuera un objeto de admiración. Sin embargo, esa noche, por algún motivo, que le diera la espalda le resultó un comportamiento más exasperante aún.

104

Se sintió mal. Frank se había portado muy bien con Laura y con ella cuando fue a por la muñeca. Aunque, por otro lado, si estaba enfadado por lo del artículo, tal vez dejara de mirarla de arriba abajo y se diera cuenta de que la incomodaba. Pero también quería que supiera que el artículo no llevaba mala intención. Al fin y al cabo, Frank era un habitual del bar y a Rose no le apetecía que la tensión se mascara en el ambiente.

Tenía que hacer algo, quitarle hierro al asunto como fuera.

Sin embargo, para una vez que quería hablar a solas con él, se percató de que iba a ser difícil.

—¿Tú crees que se ha dado cuenta? —Rose se apoyó en la barra junto a Mia para observar a los hombres.

—¿De qué?

—De que es el centro de atención del grupo —contestó Rose mientras Mia se apoyaba en su hombro—. Baz no se pierde ni una palabra de lo que dice. Perdón, pero es verdad.

Mia se encogió de hombros.

—Y mira a Steve, que no le quita ojo. No para de sonreír y asentir a todo lo que dice Frank. Fíjate, hasta Jonesy.

—El gilipollas de Jonesy.

—Sí. Es tan gilipollas que cree que solo es necesario esforzarse delante de Frank.

Se quedaron observándolos. A Rose le parecía increíble no haberse dado cuenta de la situación hasta esa noche.

—Incluso el sacerdote —añadió Mia—. Los consejos siempre se los da a Frank.

Rose asintió con la cabeza, atenta a la forma en que todos lo miraban.

—Tenías razón —dijo Rose al final—. Está cabreado conmigo.

—Ya.

—¿Qué hago?

Mia le dio con el hombro.

—Dos palabras. La primera es «lo…».

105

—Pero es que no lo siento.

—¿Y qué más da? Solo se dice para que la otra persona se sienta mejor.

Rose refunfuñó. No llevaba muy bien tener la culpa.

—Bueno.

Se echó un trapo al hombro. Para hablar con él a solas, tendría que esperar toda la noche, pero el turno se le haría eterno si seguía rumiando el asunto.

—¡Ánimo! —le dijo Mia pegándole con un trapo cuando se decidió.

Se acercó a la mesa, acobardada pero sin aparentarlo, y la conversación cesó. Empezó a reunir las jarras vacías. El sonido del vidrio entrechocando rompió el silencio forzado. Frank rehuyó su mirada.

—Estás enfadado conmigo, ¿no?

Él la miró de una forma que cogió a Rose desprevenida: estaba irritado, y no ofendido. Rose sintió que empequeñecía.

—Sí —fue su única respuesta.

—Lo siento, ¿vale? No pensé…

Pero Frank ya tenía la vista fija en la mesa. El resto trató de evitar por todos los medios el contacto visual con Rose.

Ella llevó las jarras al fregadero y las lavó, enfadada; la espuma le salpicó la camiseta y le dejó manchas oscuras. Frank no tenía derecho a hacerla sentir mal. ¿Qué les pasaba a los tíos esa noche? Gracias a Will y a él, se estaba empezando a sentir como una mierda.

—No te preocupes, respira hondo —le dijo Mia sonriendo.

—No entiendo por qué se ha enfadado conmigo… Solo he escrito sobre lo que ha pasado.

—Pensaba que te daba lo mismo.

—Así es.

—Pues yo diría que no.

Rose captó el tono burlón de Mia y la miró.

—Venga ya, sabes que me da igual.

—Eso te lo tendría que decir yo a ti. Lo que digo es que a Frankie podría pasarle más factura de lo que crees.

—¿Frankie? —se burló Rose, pero Mia arqueó las cejas y esbozó una molesta sonrisa de sabelotodo, pese a no tener ni puta idea.

Se quedaron en silencio cuando vieron a Will salir del Eamon's.

—¿Dónde crees que irá? —preguntó Rose.

Mia se inclinó y susurró:

—Seguramente esté harto de la comida de Jean.

—Sí, pero tampoco hay mucho donde elegir.

El único restaurante de la zona que no servía comida grasienta para llevar era el Milly's Café, pero quedaba a unos treinta minutos andando.

A Rose le apetecía seguirlo, lanzarse a la puerta para ver dónde iba. De haber estado el bar menos concurrido, lo habría hecho, y no solo por curiosidad, sino por impaciencia. Necesitaba que el tiempo corriera de alguna forma para poder regresar a casa y sentarse a escribir en el ordenador. Además, así no tendría ni que aguantar a Frank enfadado ni que pensar en el dolor que notaba en las plantas de los pies, en la contractura que tenía en la espalda o en el cansancio que siempre arrastraba.

—¿Has limpiado ya su habitación? —le preguntó a Mia, aun sabiendo la respuesta.

—No. No quita el cartel de *No molestar* de la puerta, pero mejor para mí.

—¿No sientes curiosidad por él?

—No tanto como para querer limpiarle los restos de mierda del váter.

—Qué asquerosidad.

Rose empezó a picarla.

—Oye, ¿te atreves a hacer una cosa?

—Ay, no, que nos conocemos.

—Voy a echar un vistazo rápido.

—¿Qué? ¿Ahora?

—Sí. ¡Voy a por la exclusiva!

Mia miró hacia la puerta.

—¿Y si vuelve?

—Me avisas. —Rose le sonrió y le dio una palmadita en el hombro.

—Espera, para… —comenzó Mia, pero Rose ya había descolgado las llaves de repuesto y se dirigía hacia las habitaciones.

Había algo en Will que no le cuadraba y estaba dispuesta a averiguar qué era, a descubrir por qué le había hablado con tan mala educación y a dejarle claro que, aunque tuviera un trabajo de mierda, no era menos que él. La nube en la que estaba por la publicación del artículo volvió a infundirle ánimos; se sintió imparable.

Ese tío se comportaba de manera sospechosa, ocultaba algo, y ella iba a descubrirlo. El pasillo estaba en silencio, pero aun así comprobó que no había nadie; intentó no mirar la mancha, todavía húmeda, que había dejado la rata reventada e introdujo la llave en la cerradura. Se oyó un roce metálico.

La luz estaba apagada. Rose se quedó en la oscuridad, vislumbrando la cama, el armario y el abismo negro de la pantalla de la televisión. Cerró los ojos e inspiró lentamente: a diferencia del resto del Eamon's, la habitación estaba impregnada de la suave esencia masculina que le había puesto la carne de gallina aquel día en el ayuntamiento.

Cuando encendió la luz, la habitación cobró un aspecto más normal, pero Rose se sintió vulnerable. Imaginar que Will la sorprendiera de repente en una estancia tan pequeña, con la cama como única barrera, le provocó escalofríos, pero no de miedo. En realidad, casi lo deseaba.

Había visto esa habitación en multitud de ocasiones, pero con el equipaje de Will parecía otra. Se sentó en la cama deshecha, donde el olor de su cuerpo era más intenso. En la mesita de noche tenía *La canción del cielo* en tapa dura y unas gafas de lectura de montura negra. Se las probó y el resto de la habitación se deformó. La maleta estaba encima de la cómoda, al lado de la vieja televisión, sobre la que había tres camisetas arrugadas. A través de las gafas, también distinguió un periódico y algo que sobresalía de la maleta. Se veía porque reflejaba la luz.

Pelo rubio. Joder.

Se levantó poniéndose las gafas encima de la cabeza y se acercó a la maleta. El corazón le iba a mil por hora. Sintió náuseas. Quiso escapar, llamar a la policía, salir de allí. Pero ese centímetro de pelo rubio que sobresalía de la maleta entreabierta la tenía paralizada. Se le pasó por la cabeza que hubiera una niña dentro. Podía gritar; pese a su cabreo, Frank acudiría de inmediato. No. Respiró hondo y trató de calmarse. Supuestamente era periodista. Y los periodistas investigaban. En un abrir y cerrar de ojos, extendió y recogió el brazo: había abierto la maleta.

Podía haberse echado a reír. No era más que un oso de peluche amarillo de pelo largo y suave con un lazo grande y rojo. Sin embargo, la sonrisa se le borró de inmediato, tal y como había aparecido, y se le quitaron las ganas de reír. ¿Por qué tenía Will un juguete? ¿Era suyo? ¿O era un señuelo? Resultaba muy extraño. Junto a la maleta, el *Star* seguía abierto por la página de su artículo. Joder. Todo empezaba a encajar. No había tratado de sonsacarle las fuentes porque quisiera ridiculizarla, sino porque buscaba averiguar si estaban tras su pista.

—Rose.

Mierda. Dio un respingo. Era Frank, y no Will, quien la miraba desde la puerta.

—¿Qué haces?

—Nada. Limpiar. Mi trabajo, vaya.

Por lo general, se le daba mejor mentir. Frank la miró de arriba abajo. Ella seguía con las gafas de Will en la cabeza. Se las quitó.

—Mientes.

Rose, asustada por el tono de Frank, sintió el corazón martilleándole en el pecho.

Dejó las gafas en la mesita de noche y se dispuso a salir de la habitación. Pero Frank no se movió.

—Lo siento, pero me veo en la obligación de detenerte. —Tenía la mirada sombría.

—¿Cómo? —chilló Rose antes de darse cuenta de la broma.

Frank le sonrió, amable. Ella sintió alivio, aunque también cierta vergüenza.

—No deberías husmear entre las pertenencias de tus huéspedes —le dijo él, serio de nuevo—. Está mal.

—Lo sé —respondió Rose con sinceridad.

Frank volvió a mirarla, ceñudo aún, pero se apartó de la puerta para dejarla salir.

Rose cerró con llave. Vio que Frank seguía pendiente de ella y que tenía sentimientos enfrentados.

—Mira, siento si te he metido en un lío.

—No me mientas.

Rose lo miró con prudencia; no sabía si bromeaba.

—Pero ¡si es verdad! —protestó.

Frank hizo un gesto con la mano.

—Rose, me has cabreado, pero sabes que soy incapaz de estar enfadado contigo mucho tiempo. —Esbozó una sonrisa apagada—. Por favor, no te metas donde no debes.

Rose se quedó mirándolo mientras se marchaba, roja como un tomate y con los vellos de punta de irritación y miedo.

De regreso a la barra, vio a Mia arrancándose la piel seca de alrededor de las uñas.

—Menuda vigilante estás hecha.

—¿Eh? No ha vuelto todavía. He estado atenta a la puerta.

—Puede, pero Frank me ha pillado.

Mia se encogió de hombros.

—¿Has descubierto algo?

Rose se frotó los brazos. Aún tenía la carne de gallina. Miró a su alrededor para asegurarse de que no hubiera nadie pegando la oreja, se acercó a Mia y empezó a hablar en voz baja.

Más tarde, cuando el último de los parroquianos por fin se hubo marchado, Mia limpió a fondo la barra, y a Rose, que estaba barriendo el suelo, empezó a picarle la nariz por culpa del olor a lejía. Era increíble la suciedad que se acumulaba a lo largo de la jornada: capas de polvillo gris, tierra y pelos. Algunos de los policías debían de estar quedándose calvos a gran velocidad. Al final de la noche, siempre había polillas muertas, atraídas por los neones, cerca de la entrada o pegadas a las suelas de los zapatos. Algunas aleteaban un poco cuando las barría. Por lo general, Rose las miraba y se planteaba una y otra vez si recogiéndolas y dejándolas fuera sobrevivirían. Era espantoso tratar a seres vivos como a pelusas o suciedad. No obstante, esa noche la cabeza le zumbaba y era incapaz de sentir pena por los inútiles esfuerzos de las polillas. Rob se traía algo entre manos, pero no sabía qué ni cómo averiguarlo. Y Will... Tal vez, solo tal vez, no exageraba en su artículo. Quizá las muñecas las había dejado alguien con un interés inmoral por las niñas. En cuanto saliera de allí, se marcharía a casa a escribir. La mera probabilidad de haber acertado la inquietaba.

La puerta se abrió y Will entró junto con el frío de la noche. Rose sintió un pinchazo en el estómago cuando la miró como si hubiese visto a una figura imaginaria. Will le sonrió.

—Perdón —se disculpó y dio un saltito para esquivar la porquería que Rose había acumulado cerca de la puerta.

Mia y ella lo vieron regresar a su habitación.

Rose guardaba silencio en el coche de Mia. Sus pensamientos se arremolinaban y apenas podía diferenciarlos. Mia paró delante de su casa y apagó el motor.

—Bueno, suéltalo.

—¿El qué?

—Te noto rara. ¿Le estás dando vueltas a lo de Will o te pasa algo más?

Tenía razón. Rose tragó saliva; no estaba segura de querer contárselo. Esperaba con todas sus fuerzas que Rob estuviese tonteando con otra mujer o escaqueándose del trabajo. Así a lo mejor su madre se divorciaba de él, como ella soñaba. Pero en ese momento, mirando su casa, las habitaciones oscuras donde todos dormían, no sabía qué pensar. Rob era el padre de sus hermanos. Por mucho que lo odiara, siempre se portaba bien con los niños y ellos lo adoraban. Con sus hermanos de por medio, no quería meter la pata.

—Seguramente sean imaginaciones mías, pero lo que dijo el señor Hane de mi padrastro ¿no te pareció raro?

—Estaba esperando a que me lo preguntaras. Yo también le he estado dando vueltas.

—Tenía pinta de haberse ido de la lengua. Como si de verdad hubiera visto a Rob hace un par de noches. Hoy he ido al otro bar a preguntar y el camarero ha estado de lo más raro. —Rose miró a Mia.

—Bueno, ¿y qué? ¿Piensas que ha dejado las muñecas él? ¿Que finge estar de viaje para tener una coartada?

Rose no esperaba esa respuesta. Era demasiado raro, a la vez que repugnante, pensar que Rob tuviese alguna relación con las muñecas.

—No creo. ¿Para qué le iba a dejar una a Laura? —argumentó Rose—. Es su hija.

—A lo mejor piensa que así levantará menos sospechas.

—Qué retorcido —soltó Rose.

Periodista sorprende a su padrastro sembrando el terror en el pueblo. Sin duda, era un buen titular. Pero Rose no quería pensar en las consecuencias de la posible implicación de Rob. Ya sentía arcadas, las mismas que cuando veía vomitar a alguien.

112

—Bueno, es fácil averiguar si está trabajando o no.

—¿Cómo?

Mia sacó el móvil.

—Trabaja en Hudson's, ¿verdad? ¿No abren las veinticuatro horas?

—Sí. ¿Por?

—Menos mal que la periodista eres tú.

Rose miró a su amiga, que sonreía de oreja a oreja y tenía los ojos brillantes.

—Hola, buenas noches. ¿Qué tal? —saludó Mia con una amabilidad empalagosa— Ah, estupendo, cielo. No te molesto, solo una pregunta rápida… ¿Tienes un minuto?

Rose no podía oír bien a la persona al otro lado del teléfono; solo distinguía una voz masculina grave.

—Estupendo. Uno de tus camioneros me trajo un cargamento hace unos días y me he dado cuenta de que el muy zoquete se dejó la gorra. Se llama Rob, creo. ¿Rob James?

Mia se calló, atenta a la respuesta. Rose no se explicaba que la idea no hubiera sido suya.

—De acuerdo… No, no te preocupes. ¡Gracias, cielo! Adiós.

Mia colgó y se quedó mirando el móvil.

—¿Y? —preguntó Rose.

—Echaron a Rob hace seis meses.

EL TERROR DE PORCELANA AVANZA IMPARABLE CON LA APARICIÓN DE MÁS MUÑECAS
Rose Blakey

El municipio de Colmstock sigue envuelto en el misterio de las muñecas de porcelana. A fecha de hoy, se ha confirmado que cuatro familias han recibido estas figurillas horripilantes y prácticamente idénticas al rostro angelical de sus criaturas.

El matrimonio Hane, cuya familia se ha visto afectada por estos extraños sucesos, recibió al Star en su casa de las afueras, donde pudimos constatar que viven atemorizados. «Nos dijimos que era raro», afirmó la señora Hane, abrazando a su asustada hija de seis años como para protegerla de la peor calaña humana. «¡Se trata de nuestras hijas!», añadió su marido.

El temor de los Hane no es infundado. Una fuente interna ha revelado una posible conexión entre las muñecas y el abuso sexual infantil en la zona. Hasta el momento, la suerte no ha acompañado a la policía municipal en la búsqueda del culpable. Dicha fuente también ha aseverado que aún deben concluir las pesquisas.

La mayor pesadilla para unos padres se ha materializado para los Hane, que aseguran que su hija solo estará a salvo cuando el culpable esté entre rejas. «Es perturbador, ¿verdad?», aseguró, aterrada, la madre de la familia.

13

Rose se frotó los ojos.

—¿Te siguen molestando? —preguntó Mia.

—Sí.

Había pasado tanto tiempo delante del ordenador que tenía los ojos irritados y le picaban, y lo peor de todo era que no había logrado escribir el artículo. Sus pensamientos solo giraban en torno a Rob, y las cosas que estaba escribiendo la hacían sentirse peor aún. El artículo debía ser breve, pero tenía la sensación de que tampoco daba para más. Además, a diferencia del primero, en este no había querido centrarse en la incompetencia de la policía. No le parecía justo.

—¿Y si no lo quieren publicar?

—Anda ya. Toma. —Mia le pasó una bolsa de chucherías ácidas con forma de gusano.

—Dan un repelús… —afirmó Rose, que se llevó dos a la boca y se estremeció al sentir la acidez en el fondo de la lengua.

—Ya —contestó Mia pasando con el dedo gordo del pie la canción que acababa de empezar.

Estaban en su coche, con los asientos reclinados al máximo, escuchando uno de los discos favoritos de Mia.

—Ha quedado fatal… Sé que no lo van a querer. No he aportado nada nuevo.

—Bueno, mejor en cierto sentido, ¿no? Es decir, no han dejado más muñecas.

—Supongo.

Mia se apoyó en el reposacabezas y volvió a cruzar las piernas sobre el salpicadero.

—¿De verdad crees que Will tiene algo que ver? El peluche podría ser para su sobrina… Dijo que tenía familia en el pueblo.

—Quién sabe.

Mia no estaba del todo convencida de que Will estuviese implicado, pero Rose tenía una corazonada, por muy difícil que le resultase explicarla; iba a averiguarlo. Con Rob, en cambio, no sabía a qué atenerse.

Se relamió el azúcar dulce y áspero del labio inferior. Volvieron a mirar por la luna del coche. Habían aparcado en la calle del Eamon's y llevaban varias horas esperando a que Will saliera para seguirlo, pero aún no se había dejado ver. Rose se lo imaginó leyendo en la cama. Se llevó las manos a la nuca y suspiró resignada. Seguramente les quedase un buen rato de espera.

—¿Y si le preguntamos al señor Hane por Rob? —dijo Mia—. A lo mejor le estamos dando vueltas a una tontería.

—Ya intenté sonsacárselo, ¿no te acuerdas? No va a soltar prenda.

Se quedaron unos minutos en silencio.

—Creo que tendrías que lavar el coche —dijo Rose al final.

Los laterales de la luna, donde no llegaban los limpiaparabrisas, estaban llenos de polvo, tierra y bichos aplastados.

—Lo sé.

Del retrovisor colgaba un rosario de plástico morado. Mia le dio con el pie y empezó a balancearse. El coche era su territorio, donde parecía estar más cómoda. Tenía tampones en la guantera, carcasas de CD rotas en las alfombrillas y una polaroid de ambas pegada al parasol con cinta adhesiva.

El sol empezó a ponerse y seguían sin noticias de Will.

—¿Y si le dices al señor Hane lo preocupada que estás?

—No me va a contar nada, Mia —dijo Rose irritada. A continuación, se disculpó—: Perdón por el tono.

En realidad, aunque quería convencerse de que no existía vínculo alguno entre Rob y las muñecas, no estaba tranquila. El despido de su padrastro no significaba que estuviera implicado. Aun así, las náuseas iban en aumento.

Mia arrancó el coche.

—Esto es una estupidez. Puestas a vigilar a alguien, vigilemos a los Hane.

—Supongo que por probar no perdemos nada —contestó Rose.

No le parecía muy probable que Rob se presentase en casa de los Hane, pero tampoco se le ocurría nada mejor que hacer.

Cuando estaban a punto de llegar a la calle donde vivía el matrimonio, atisbó algo con el rabillo del ojo. Un destello naranja.

—Mierda.

—¿Qué?

—Da la vuelta.

—¿Por qué?

—¡Hazme caso!

Mia giró hacia la entrada de un garaje y dio marcha atrás. El coche chirrió con furia.

—A la izquierda —indicó Rose—. Creo que he visto el coche de los Hane por esa calle.

—¿Los seguimos? —preguntó Mia, que aceleró y dobló en la esquina.

—¡Sí! —dijo Rose riendo; seguro que iban al supermercado.

Alcanzaron al coche cuando se detuvo en un cruce y entonces vieron la cabeza del señor Hane por la luna trasera.

—Va solo.

—¡Qué emocionante! —exclamó Mia.

117

—Ya ves. ¡Y vaya depresión! Somos jóvenes. ¡Deberíamos vivir cosas más emocionantes que esto!

Mia se encogió de hombros y subió el volumen de la música mientras seguían las luces traseras rojas del coche del señor Hane. Rose se alegró. Aún tenía náuseas y acogió con alivio el fin de la conversación. Rob no tenía trabajo y se dedicaba a quién sabía qué a espaldas de su madre, que seguía en la granja. En el mejor de los casos, su padrastro no tendría ninguna relación con las muñecas, pero, aun así, ¿cómo se las arreglarían solo con el sueldo de su madre? Mientras iban dejando atrás farolas a toda velocidad, entre sus pensamientos volvió a cobrar fuerza otra hipótesis que ni Mia ni ella habían mencionado: que las muñecas significasen lo que había conjeturado en el artículo; que Rob les hubiese hecho algo a los mellizos, a Laura, en casa. La mera idea ya le pareció insufrible.

—¿Adónde coño irá? —dijo Mia elevando la voz sobre la música.

—Ni idea.

—No, en serio. —Apagó la radio—. Está saliendo del pueblo.

Rose se fijó y vio que Mia tenía razón. Colmstock iba quedando atrás.

—A lo mejor tendríamos que dejarlo —dijo Mia.

—¿No te pica la curiosidad? Es el señor Hane. No puede estar haciendo nada del otro mundo.

—Nunca se sabe… ¿Y si es uno de esos típicos padres que son asesinos en serie? Voy a dejar que se adelante un poco.

—Bueno, pero sin que lo perdamos de vista.

Mia redujo la velocidad y el señor Hane se alejó. Cinco minutos después, las farolas desaparecieron, por lo que, incluso a lo lejos, distinguieron las luces de freno y vieron las de cruce cuando giró a la izquierda.

—Joder —soltó Rose—, ya sé adónde va. Apaga las luces.

—¿Por qué? A ver si vamos a atropellar un canguro.

—Ha tirado a la izquierda… Y allí lo único que hay es la fábrica de Auster.

Mia apagó las luces y detuvo el coche sobre la gravilla del arcén. Las dos eran conscientes de que aquello no pintaba bien: la fábrica de Auster llevaba cerrada casi diez años; no existían motivos de peso para ir allí de noche.

—La verdad es que quiero saber qué se trae entre manos.

A Rose le preocupaba que Mia se echase atrás, pero no podían darse la vuelta; tenía que averiguar la verdad.

—Yo también —contestó Mia.

Las dos se sonrieron, nerviosas.

—Bueno. —Rose bajó la voz—. ¿Por qué no vamos hasta el cruce con las luces apagadas y después rodeamos la nave andando?

Mia arrancó el motor.

—Seguramente sea una tontería.

Rose dejó que pensara lo que quisiera.

Permanecieron en silencio mientras Mia se incorporaba a la carretera con prudencia. Iban a ciegas, como si se deslizaran por un agujero negro. Rose no veía la cara de Mia; apenas se veía las manos. Algo malo pasaba. La situación la dejó aturdida. Envuelta en el calor de la oscuridad, deseaba pedirle a Mia que diesen la vuelta, pero cruzó los brazos con fuerza para que no le temblaran.

Cuando llegaron al cruce, Mia aparcó con suavidad en el camino de tierra, pero las ruedas crujieron y Rose se estremeció. Salieron del coche con cuidado. Rose sintió que le temblaban las rodillas. Miró a Mia por encima del vehículo; solo pudo verle el contorno de la cara y la sombra del pelo, pero no le hizo falta más: el miedo de su amiga era palpable. Dejaron las puertas abiertas para no hacer ruido. El cielo, inmenso y negro, se perdía en el horizonte, y ante ellas la fábrica se erguía gris e imponente contra la oscuridad. Trataron de acercarse con pasos suaves. Rose sintió la mano de Mia, cálida y sudada, apretando la suya.

—Vamos por el lateral —susurró Rose. Reinaba tal silencio que parecía estar hablando en voz alta—. Así será más difícil que nos vea.

Se dirigieron agachadas y a paso rápido hacia el muro del edificio. Después, muy despacio, se aproximaron con cautela a la entrada. Rose pudo comprobar que el muro aún conservaba el calor del día. De repente, sintió un pinchazo en el brazo y se dio la vuelta reprimiendo un grito. Era Mia, que se lo había agarrado con la otra mano y le había clavado las uñas. De pronto vieron una luz; Rose pudo ver los ojos de Mia, brillantes y oscuros.

—Mira —dijo Mia moviendo los labios en silencio y Rose sintió su aliento cálido en la mejilla.

A la izquierda estaba el coche naranja. Rose contuvo la respiración: el señor Hane estaba dentro. Mierda. De allí venía aquella luz tenue, del interior del vehículo.

No había nada entre él y ellas. Pese a la oscuridad, podría haberlas visto.

El sonido de la puerta abriéndose se oyó en los alrededores del edificio. Rose apretó los labios para no dejar escapar sonido alguno. El hombre dio un paso y la gravilla crujió bajo sus pies. Rose sintió a Mia temblando a su lado. El señor Hane cerró de un portazo y pasó a zancadas junto a ellas, tan cerca que pudieron oler su loción de afeitar. Si hubiese girado un poco la cabeza, las habría visto.

El pesado portón de la fábrica se abrió con un crujido y se cerró con fuerza cuando el señor Hane entró. No las había descubierto de milagro. Ambas se miraron. Rose pensó que iba a vomitar.

—Oye, ¿lo tienes todo listo? —La voz del señor Hane desgarró el silencio de la nave.

Oyeron que alguien farfullaba una respuesta.

—Entonces, ¿cuánto? ¿Veinte kilos? ¡No está mal!

Rose le apretó aún más la mano a Mia. Las dos sabían muy bien a qué se referían.

Aproximadamente a un metro de Rose, había una ventana iluminada por una luz grisácea.

Se acercó, pero Mia seguía aferrada a ella. Se dio la vuelta, le lanzó una mirada elocuente y le soltó la mano. *Narcotráfico en Colmstock.* ¿Cómo iba a desperdiciar un titular como ese? Fue hacia la ventana en cuclillas, con las rodillas a la altura de las orejas, procurando no hacer ruido.

—¿Y todo sin problema? —oyó decir al señor Hane.

Rose estaba justo debajo de la ventana. Se levantó muy poco a poco. Vio la calva del señor Hane y un remolque de camión lleno de cortacéspedes y cajas apiladas. Su padrastro estaba sentado en la parte trasera del camión, moviendo las piernas igual que Laura.

—Enséñamelos.

A Rose le sonaba esa voz desdeñosa y estiró el cuello para ver de quién era. Justo debajo de ella, apoyada contra la pared, vio la cabeza de Jonesy.

—Bueno, relax, ¿no? —Rob se metió en el camión y quitó el panel delantero del cortacésped que tenía más cerca. Jonesy se acercó a mirarlo.

El señor Hane se giró hacia una lona y Rose se agachó a toda velocidad.

—¡Vámonos! —bisbiseó.

Volvieron en cuclillas, pegadas al muro, y después se levantaron de un salto y salieron corriendo hacia el coche.

14

Rose, sentada delante del ordenador con el ventilador al máximo, le hacía una trenza con mucha ternura a Laura, que se había colocado entre sus rodillas. El monitor irradiaba calor, pero el ventilador le enfriaba el sudor de la cara.

De vez en cuando, actualizaba el correo electrónico.

—No me tires tanto del pelo, Flor.

Rose aflojó un poco la trenza, intentando obviar el escándalo que Scott y Sophie armaban en la otra habitación. Ya les había ordenado a gritos que se callaran tres veces esa mañana, pero ni por esas: poco a poco, volvían a levantar la voz. Hasta cierto punto, los entendía. Su dormitorio era minúsculo para un solo niño, así que para dos… Esa era una de las razones por las que su madre quería que se marchara. Rose volvió a comprobar el correo. Nada nuevo.

—Te perdono —dijo Laura en voz baja.

—¿Por qué?

—Porque arrestaran a mi muñeca.

Rose fue incapaz de reprimir una sonrisa.

—Gracias.

—¿Cuándo me la van a devolver? No ha hecho nada.

—Lo sé. —Rose hizo caso omiso de la pregunta. Laura jamás recuperaría ese esperpento de muñeca.

—Entonces, ¿por qué se la llevó la policía?

Rose no sabía bien qué responderle. Laura era muy pequeña y tenía una espalda tan chica… Entrelazó otro mechón. Iba a asegurarse de que la trenza quedase perfecta.

—Creen que te la regaló un hombre malo —dijo al final.

—¿Por qué es malo?

—Un hombre malo como los de la tele. —Se lo quería explicar de forma sencilla.

—¿De verdad era un hombre malo?

Rose se detuvo con cuatro mechones entre los dedos. Volvió a pensar en Will, en cómo la había presionado para que ella revelara qué sabía la policía.

—Flor, ¿era un hombre malo?

—No lo sé —contestó despacio.

—Pero ¿cuándo me la van a devolver? —preguntó Laura girando la cabeza.

A Rose se le escapó un mechón.

—Ten cuidado.

Rose recogió el mechón y, pensativa, continuó con la trenza. Los sucesos de la noche anterior le habían impedido dormir. Si escribía un artículo, el *Star* se lo publicaría, seguro. Incluso podría probar con el *Sage Review*. Pero si Rob iba a la cárcel, su madre tendría que mantener a los niños sola. Y la ropa de Laura ya había pasado por varias manos.

Mia había querido llamar a la policía, pero le había dejado la decisión a Rose. Tampoco quería cargar con la responsabilidad de romper la familia de su amiga.

Rose dio un respingo cuando sonó su móvil. Descolgó y se lo colocó entre la oreja y el hombro. Era Mia.

—Hey —saludó Rose—. ¿Cómo has dormido?

—Mal. El señor Hane, ¿un capo de la droga? Todavía no me entra en la cabeza.

Las dos se rieron. El miedo se había disipado un poco.

—¿Entonces la señora Hane es la mujer del capo? —preguntó Rose.

—¡Supongo! ¿Le habrá pegado un tiro a alguien en la rodilla?

—Ah, venga ya, ¡para!

Mia se rio.

—¿Alguna noticia del artículo nuevo?

Rose volvió a actualizar el correo electrónico. Nada.

—Todavía no.

—Bueno, una cosa. —Por el tono de su amiga, a Rose le dio la sensación de que iba a oír algo que no quería—. Ya sé que no te gusta Frank.

—¡Nada!

—Lo sé, pero a mí sí me gusta Baz.

Rose cogió bien el teléfono y sostuvo los tres mechones de Laura con la otra mano.

—Sé que tenemos que contárselo. —Se puso seria—. Y no quiero que tengas que mentir…

—Ah, no, no era por eso —la interrumpió Mia—. Sigue siendo cosa tuya. Lo que pasa es que…

Pero Rose ya intuía por dónde iban los tiros.

—Yo sí que quiero salir con Baz.

—¡Mia, venga ya!

—Me he dejado la piel lanzándole indirectas y parece que no las pilla.

—Claro, porque es tonto del culo.

Mia ignoró el comentario.

—Frank volvió a mencionar lo de la cita doble y quiero ir, la verdad.

—¡Ni de coña! No quiero que Frank se piense lo que no es.

—¿Por qué no le das una oportunidad? No pide más.

—Además, tampoco creo que le apetezca ahora mismo, sinceramente. Fijo que sigue cabreado.

Mia se rio dando un bufido.

—Diría que todavía estás a tiempo.

—Sería raro.

—¡Venga ya! Anoche estuve a punto de palmarla por ti.

—Lo sé, tengo arañazos tuyos por todo el brazo.

—¡Venga, porfa, porfa!

Rose apenas oía a Mia. Sophie y Scott se estaban gritando como posesos. Sentía la cabeza a punto de estallar.

—Porfa, porfi, porfaplís —continuó Mia.

Rose refunfuñó.

—Bueno. Me lo pensaré. ¿Vale?

—¿Qué te vas a pensar? —preguntó Laura entre sus rodillas.

—¡Qué pedazo de amiga tengo! —chilló Mia emocionada.

—Lo sé —gruñó Rose, que ya se arrepentía.

Extendió el brazo y pulsó el botón de actualizar. Apareció un correo electrónico nuevo. Del *Star*.

—Te dejo.

Colgó y, con las prisas, el teléfono estuvo a punto de caérsele. Los tres segundos que tardó en cargar el mensaje fueron una tortura.

—¡Mamá! —gritó Scott.

—¡Mamááá! —gimoteó Sophie.

Las primeras líneas dejaron a Rose estupefacta.

—Le falta un punto macabro —leyó en voz alta.

—¿Y eso qué significa? —preguntó Laura.

—Que me han dicho que no. —No tenía claro si echarse a llorar o ponerse a romper cosas. Lo que sí sabía era que le dolía el estómago como si se lo hubieran abierto en canal—. Piensan que es un refrito del anterior.

—¿Quién?

El *Star* no era más que un tabloide. ¿Qué clase de periodista era si ni siquiera ellos le publicaban un segundo artículo? Tendría que dedicarse a otra cosa.

Rose oyó que llamaban a la puerta abierta. Era su madre. Los mellizos debían de haberla despertado. Más que cansada, estaba agotada; Rose supo por qué estaba allí.

—Rob vuelve mañana.

Rose le tapó las orejas a Laura.

—Mamá, creo que Rob te está ocultando algo… ilegal.

Esperaba que su madre se quedara a cuadros; se había pasado la noche imaginándoselo. Aunque odiaba reconocerlo, aquello podía cambiarle la vida. Su madre echaría a Rob y ella se quedaría en casa para ser su paño de lágrimas. Además, ofrecería su silencio a Rob a cambio de una buena manutención para sus hermanos.

Pero su madre se limitó a torcer un poco el gesto.

—Todavía no has hecho las maletas.

Rose se quedó mirándola, tan aturdida que retiró las manos de las orejas de Laura.

—¡Rose! —Su madre estaba enfadada—. Has tenido meses para buscar casa. ¿Aún no has encontrado nada?

—¿No has oído lo que te he dicho?

Su madre la miró primero a ella y después a Laura, y a continuación se marchó por el pasillo. Con cuidado, Rose le llevó a Laura la mano a la nuca para que aguantase la trenza.

—Voy a hablar con mamá un segundo. No te muevas para que no se te deshaga, ¿eh?

Seria, Laura asintió con la cabeza. Rose se lanzó tras su madre.

Había vuelto a su dormitorio, contiguo al de Rose. Rose empujó la puerta. Su madre estaba sentada en la cama, cabizbaja. Rose se sentó con ella.

—Lo despidieron hace seis meses —susurró—. Está traficando con drogas.

—Mentira —contestó su madre sin mirarla.

—Es verdad.

Su madre la miró. Hacía mucho que Rose no estaba tan cerca de ella. En los últimos meses, casi siempre habían hablado desde los extremos de una habitación o con una pared de por medio. La vio envejecida.

—Quiero a Rob, Rose —dijo—. Es el hombre de la casa y tenemos que respetarlo.

—¿No me estás oyendo?

—¡Flor! —oyeron gritar a Laura—. ¿Vienes?

Su madre volvió a desviar la mirada.

—Acordamos una cosa, Rose. Que te irías antes de que él regresara del viaje. No me pongas entre la espada y la pared. Ya eres mayor; hay cosas que tienes que resolver tú sola.

Rose se levantó en silencio, consumida por la ira.

Volvió a su habitación y continuó con la trenza de Laura. Oyó a su madre suspirar. Rose se había enterado de que las paredes eran de papel cuando comenzó a salir con Rob. Por las noches, se tenía que poner unos auriculares para no oír los tímidos gemidos de ella y los gruñidos de él, cuerpo contra cuerpo. Pensaba que era lo peor que podía oír procedente de aquella habitación, pero estaba equivocada.

Hacía unos años, se había quedado durmiendo más de lo normal después de una noche muy dura en el Eamon's. Su madre debía de pensar que no estaba en casa. Hablaban entre susurros y sus palabras se mezclaron con el sueño de Rose. De pronto, oyó que la mencionaban.

—¿Y él era el padre de Rose?

Aguzó el oído.

—Sí.

—¿Se lo llegaste a decir?

—¿Lo de Rose?

—Mmm.

Rose contuvo el aliento.

—Sí, claro. En cuanto supe que estaba embarazada.

—¿Y?

—Me dio doscientos pavos para que abortara.

Rose soltó el aire; la cabeza le daba vueltas.

—Pero no lo hiciste.

—No.

—Eras muy joven. ¿Por qué no?

Oyó cómo se movían, poniéndose el uno sobre el otro.

—Con doscientos no me llegaba para abortar.

Se rieron y a Rose se le vino el mundo encima.

—¡Rose! ¡Para! —gritó Laura entre sus rodillas—. Me estás haciendo daño.

—Perdón —musitó.

15

—Plutón, el caballero de la oscuridad, ha entrado en tu espacio con una fortuna misteriosa.

—¿Qué coño significa eso?

—Ni idea —dijo Rose examinando el horóscopo del *Star*—. Aunque lo de la fortuna suena de maravilla.

Esa noche, el Eamon's estaba más tranquilo de lo habitual, y no porque estuviera vacío. Los policías estaban allí, como siempre, pero por una vez hablaban en voz baja, con las cabezas muy juntas. Rose volvía a sentir el dolor del rechazo en el estómago. La decepción formaba parte de su vida desde hacía tanto tiempo que se había acostumbrado a ella. La falta de esperanza tan solo le había concedido un respiro mínimo, pero había sido tan bonito…

Necesitaba recuperar esa sensación. Tenía que descubrir de qué hablaban los policías.

—¿Te has enterado de qué ha pasado? —le preguntó a Mia.

—No. ¿Por qué no vas a averiguarlo?

Rose trató de acercarse en silencio a la mesa grande, pero, en cuanto la conversación estuvo al alcance de sus oídos, los policías se callaron. Mientras recogía los vasos vacíos, echó un vistazo a lo que miraban: un archivador que Frank cerró de golpe. Sin embargo, alcanzó a ver una fotografía de una niña rubia y una muñeca idéntica a ella.

—Por mí no paréis.

—Ya no te vamos a dejar curiosear más —contestó Frank sonriendo.

Rose arqueó una ceja y llevó el montón de vasos a la barra. Mia estaba mirando la fotografía de los Eamon.

—¿Qué ha pasado? —preguntó con la vista puesta en el cuadro.

—Más muñecas.

—¿En serio?

—Sí.

Rose comenzó a meter los vasos en el lavavajillas. Mia seguía sin quitarle ojo al cuadro.

—El señor Eamon no estaba mal.

—¿No asesinó a su esposa?

—Ni idea. Me he estado informando en internet sobre lugares embrujados. Según he leído, las paredes y las habitaciones contienen recuerdos, y no solo del pasado, sino también del futuro. Guardan el mal; es como si fuesen atemporales. Conservan todas las desgracias habidas y por haber.

Rose trató por todos los medios de mostrar interés. Quería que Mia ganara algo de confianza; la ponía de los nervios que careciese de seguridad en sí misma y que siempre pusiese por delante las necesidades y las opiniones de los demás, fueran cuales fueran. Pero Mia la conocía demasiado bien.

—Crees que es una tontería.

—No, para nada. Es que… —¿Cómo explicarlo?—. Supongo que soy más bien práctica. Me parece genial que te interese el tarot. Puede dar dinero. Pero todo el rollo de la magia… no lo termino de entender. ¿Qué vas a conseguir con eso?

—Nada, supongo. Me parece interesante, ya está.

Rose se sintió culpable.

—Tienes razón. Interesante es.

—No, la que tiene razón eres tú.

Rose pensó que debería haberse callado.

—Comanda lista —gritó Jean y Mia fue a por los filetes renegridos que alguien, o famélico o imprudente, había pedido.

Mia echó a caminar hacia la mesa, dolida, con los hombros tensos, como siempre que se ponía a la defensiva. Rose no pudo evitar sentir cierta rabia. La sensiblería de su amiga la frustraba. Hablaba como si no se viera fuera de Colmstock, como si por algún motivo, a fuerza de contarla tantas veces, se hubiese acabado creyendo la tontería de los fantasmas del Eamon's. Mia carecía de cualquier tipo de ambición; siempre lo aceptaba todo, hasta las injusticias. Una parte llena de inquina de su cerebro pensó que Mia era un poco patética.

Entonces volvió a ver claramente a Mia, a su Mia, a la de la chispa y el ingenio, a la que derrochaba amabilidad, y de repente se sintió mal por ser tan cruel. Mia estaba molesta, y la culpa era de Rose por ser tan desagradable.

Sin embargo, estaba en sus manos hacer que su amiga se sintiera mejor: la cita doble con Frank y Bazza. Miró a Frank, que levantó una ceja. Había dejado de mirarla con deseo, lo cual era una buena noticia, pero ella sabía que seguía gustándole. Mia le había dicho que le diera una oportunidad. Tal vez tuviera razón. Podría ser cosa de una sola vez. Mia estaría contenta y Frank sabría que ella al menos lo había intentado. Para Rose, siempre había habido dos opciones: o el poblado de buscadores de piedras preciosas, o la granja avícola. Pero, en realidad, también había una tercera: Frank. Eso supondría renunciar a sus sueños, aunque quizá fuera hora de despertar.

Frank seguía en el Eamon's a última hora de la noche, en un taburete en la barra, sin disimular las miradas que le lanzaba a Rose. El sacerdote estaba a su lado, pero ambos llevaban un rato en silencio. De un modo u otro, Frank terminó dándose cuenta

131

de que tenía la boca entreabierta y la cerró. Le dio un trago a la cerveza, que ya apenas le sabía a nada, y se tambaleó. Rose se afanaba limpiando los grifos. Bajo la luz rojiza, parecía más perfecta aún. La siguió con la mirada, recreándose: sus piernas torneadas, sus rodillas pecosas; su sujetador marcado levemente bajo la camiseta, a la altura de las costillas, envolviéndole el busto; su cabello sedoso rozándole el hombro desnudo; su piel perfecta e inmaculada en contraste con la tinta negra del tatuaje; la elasticidad de sus labios… ¿Cómo sería sentirlos en la polla?

—Estás muy guapa. —Sus palabras le sonaron raras, como si las oyera por un altavoz—. No entiendo por qué no quieres salir conmigo.

Porque le había salido barriga, ¿verdad? Seguro. Debería correr o hacer algo de deporte. ¿Cómo iba a gustarle en aquel momento, con treinta y tantos tacos encima? Se dio cuenta de que Mia se aclaraba la garganta de forma extraña y de que le lanzaba a Rose una miradita. Volvió a darle un trago a la cerveza, que le chorreó un poco por la barbilla.

—Bueno, los martes cerramos —le dijo Rose.

—Sí, lo sé. Aprovecho para hacer cosas, para ver a gente.

Se negaba a inspirarle lástima. Tenía amigos, policías en su mayoría, pero bueno, amigos, al fin y al cabo.

—¿Entonces ya tienes plan para el martes por la noche?

—Sí.

Qué iba a saber ella. Podía tener una cita. Aunque no le gustara a Rose, podía gustarles a otras mujeres.

—Una pena.

—¿Eh?

—No das una —soltó el sacerdote a su lado.

Frank los miró a todos. Le daba la sensación de que se estaban burlando de él. Pasaba algo, pero no sabía qué. De hecho, estaba empezando a marearse. Sintió la necesidad imperiosa de sentarse en el suelo, pero parecería un imbécil. Mia se apoyó en la barra y en su cara se dibujó una sonrisa enorme. Ella también era muy guapa.

—Rosie, tú, Bazza y yo. Mañana aquí a las ocho.

—¿En serio?

Frank miró a Rose esperando el «no». Pero le contestó con una sonrisa. ¡Tenía una cita con ella! El martes por la noche había quedado con Rose.

—¡De puta madre!

Levantó el vaso y se derramó encima un poco de cerveza. Todo era magia y color. Rose seguía sonriendo. Sonreía porque habían quedado. Quizá hasta pudiera besarla. Era increíble.

El sacerdote le puso la mano en el brazo a Frank e hizo tintinear las llaves del coche.

—Bueno, cielo, toca acostarse.

—¿Qué me has llamado?

Mia y Rose vieron cómo el sacerdote guiaba hacia la salida a Frank, que seguía mirándolas con una sonrisa. Cuando la puerta se cerró, rompieron a reír.

—Eres la mejor.

—Me debes una.

—Lo sé.

Mia empezó a colocar los taburetes sobre la barra y Rose fue a por la fregona.

—Por cierto, no hace falta que me acerques hoy —dijo cuando regresó con el cubo, que olía a friegasuelos—. Mi madre me dijo que me recogería.

—¿Intenta compensarte por llevar veinticinco años pasando de ti?

—Sí, más o menos.

* * *

Jean cerró el bar y la cerradura giró con tanto estrépito en medio del silencio de la noche que se pudo oír desde los setos. Se dirigió a su coche, el único que quedaba en el aparcamiento del Eamon's, pero, cuando estaba a punto de llegar a la puerta, con las llaves entre los dedos, se detuvo. Había oído un ruido; algo que se movía, el crujido de una rama. Volvió la mirada hacia los setos en tinieblas, como si hubiera visto algo, y luego se subió aprisa al vehículo.

Cuando las luces del coche se perdieron en la espesura de la noche, una sombra se enderezó. Una farola iluminó el rostro de Rose mientras se dirigía al Eamon's. Seguía latiéndole el corazón a mil por hora. Si Jean la hubiera pillado, no habría sabido explicarle por qué se escondía entre los setos como una perturbada.

Echó un último vistazo a su alrededor antes de abrir la puerta del Eamon's. El bar era su segunda casa, pero a deshora, con todo cerrado y oscuro, le pareció siniestro. De nuevo con un nudo en la garganta, se apresuró.

Recorrió sigilosa el pasillo, procurando no hacer ruido al pasar junto a la habitación de Will. Tenía la luz apagada. Debía de estar dormido. No lo había visto en toda la noche. De no ser por el cartel de *No molestar*, habría pensado que se había ido. De pronto, oyó un fuerte crujido y ahogó un grito tapándose la boca con la mano; había sido el cuadro de los Eamon, que se había vuelto a caer. En vez de recogerlo, se metió directamente en la habitación contigua a la de Will y cerró la puerta.

Se agachó y sacó de debajo de la cama una bolsa que había ocultado allí antes de empezar a trabajar. Cogió su cepillo de dientes, se dirigió al pequeño cuarto de baño y se lavó los dientes con los ojos clavados en el espejo, tratando de evitar preguntarse cómo coño había terminado así. Tratando de no llorar.

TERCERA PARTE

No gana quien se aferra a la victoria,
sino quien se opone al fracaso.
—Anónimo

16

El agradable silencio de la mañana, interrumpido tan solo por el gorjeo de los pájaros y el rumor distante de un cortacésped, se vio alterado por los gritos de una mujer. Lucie Hoffman había abierto la puerta para recoger la edición matutina del *Star,* pero se había encontrado una muñeca de porcelana, con abundante cabello negro y ojos verdes y vidriosos, sentada sobre el periódico, con la vista clavada en ella. Fue entonces cuando empezó a gritar. Su hija, Nadine, corrió hacia ella sin saber por qué chillaba y rompió a llorar; los gritos y el malestar de su madre le bastaron para estallar en lágrimas.

La policía se personó en menos de una hora y la muñeca ni siquiera llegó a estar en manos de Nadine. La fotografiaron donde estaba, en la puerta, y luego la metieron en una bolsa de recogida de pruebas. Lucie Hoffman se sentó en el sofá con su hija y su madre, ya anciana, para responder las preguntas de la policía y tomarse el té que le habían preparado. Había leído el artículo de Rose, y en ese momento se arrepentía de haberlo hecho. Las frases resonaban en su cabeza. Intentó ignorar la muñeca de la bolsa de plástico mientras respondía; se parecía mucho a su hija. Cuando Frank se la llevó, se sintió aliviada. Se quedó mirándolo por la ventana mientras él guardaba la muñeca en el maletero del coche.

Lucie Hoffman no era la única que observaba a Frank. Mia y Rose estaban agachadas en los asientos delanteros del coche de Mia, reprimiendo la risa. En Colmstock, las noticias volaban.

—¿Sabes que llamé a Lucie cuando volvió al pueblo? —dijo Rose con la cara contra las rodillas—. No me lo cogió y después nunca me devolvió la llamada.

Apretujada, Mia sonrió.

—Una vez hablé con ella en la iglesia, pero ahí quedó la cosa. Qué raro va a ser ahora.

Se asomaron por el salpicadero cuando Frank pisó el acelerador.

—¿Crees que nos ha visto?

—No. —Rose se enderezó—. Venga, vamos a por esas lágrimas, que están recién exprimidas.

Ambas cerraron de un portazo y se dirigieron a la casa. La conocían a la perfección; habían pasado allí horas y horas.

Rose llamó y, casi de inmediato, se abrió la puerta.

—Hola.

—Hola, Lucie —saludó Rose—. Cuánto tiempo.

Lucie Hoffman se encogió de hombros.

—Supongo. Queréis hablar de la muñeca, ¿no?

Rose asintió con la cabeza y Lucie, dejándoles la puerta abierta, se encaminó adentro. Mia dudó, tan incómoda como Rose.

Rose entró primero. Se fue hacia el salón y se sentó en el sofá. La habitación seguía oliendo a tabaco, como siempre. Lucie se sentó en una silla, cabizbaja. Rose no pudo resistirse a buscar en la moqueta la mancha de vino. Casi diez años antes, cuando la casa era aún de la madre de Lucie, se había tumbado en medio de aquel salón, con la boca abierta, intentando tragar, casi ahogándose de la risa, mientras Lucie, de pie, le echaba vino de garrafón. Lo habían salpicado todo.

—No entiendo por qué la gente siempre te ofrece un té cuando ocurre alguna desgracia —dijo Lucie—. Hace tanto calor en la calle que se podría freír un huevo en la acera… Lo que menos me apetece es un té.

Rose se encogió de hombros.

—Ni idea.

—¿Qué tal estás? —preguntó Mia—. Hoy mal, lo sé, pero, en general, ¿cómo te va la vida?

—Tirando. ¿Y a vosotras?

—Mmm, igual, supongo. —Mia miró a su alrededor y Rose se dio cuenta de que estaba a punto de hacer que la situación fuera más incómoda aún—. Perdona que no me esforzara un poco más por contactar contigo cuando volviste.

A Lucie pareció darle igual.

—No es que yo me esforzara mucho tampoco. Había pasado mucho tiempo.

Un silencio tenso se apoderó del salón.

Rose decidió dejarse de rodeos.

—¿Cómo lleva Nadine lo de esta mañana?

—Bien. No se ha enterado de nada.

—Has leído mi artículo, ¿no?

Lucie asintió con la cabeza.

—Entonces sabrás que estoy intentando darle voz al pueblo, para que la policía deje de ocultar información.

Lucie se rio dando un bufido.

—Tú y tu mierda de siempre.

—¡Es verdad! —contestó Rose, pero se le escapó una sonrisa. Había olvidado lo que le gustaba la crudeza de Lucie.

—Sí, ya, claro.

—¿Qué tal con la policía?

—Bien. Creo que intentan buscar una conexión entre las niñas o algo así.

—¿Y la han encontrado?

—Creo que no, y, si lo han hecho, no me lo han dicho.

—Entonces, ¿Nadine no conoce a las otras niñas afectadas?

Rose no se lo creía. Con el tamaño del pueblo era imposible que la gente de la misma edad no se conociese.

Lucie se encogió de hombros.

—Nadine es amiga de la hija de los Hane, Lily. A veces se la llevan a la iglesia, cuando a mí no me apetece ir.

—Los Riley viven en esta misma calle. ¿Es amiga de ellos?

Lucie volvió a encogerse de hombros.

—De vez en cuando se junta con su hija en el colegio y le encantaba jugar con Ben en la iglesia.

—¿Va a su casa? —preguntó Mia con voz aguda.

—No.

—¿Por algún motivo?

En vez de responder, Lucie miró a Rose detenidamente.

—Estás deseándolo, así que ¿por qué no me lo preguntas ya, Rose?

—¿El qué?

Lucie la miró arqueando un poco las cejas.

—Bueno, vale —dijo Rose—. ¿Por qué volviste?

—¡Rose! —la reprendió Mia.

Pero Lucie hizo un gesto de desdén con la mano.

—No hace falta que te metas. Esa etapa ya pasó.

—¡Si es que siempre terminabais peleándoos! —soltó Mia.

Rose y Lucie se sonrieron. En aquel momento, bien podrían haber vuelto a los dieciséis años.

—Te crees que yéndote se solucionará todo —comenzó Lucie mirando solo a Rose—, pero, te lo digo yo, no es así. La ciudad puede ser lo peor. Tenía un trabajo horrible y no le encontraba sentido a nada. Yo no le importaba una mierda a nadie. Un día, me dio una contractura en el cuello y me desmayé en medio de la calle. La gente me esquivaba. Estaba con un tío que tampoco me volvía loca y me quedé embarazada.

—Decías que no querías hijos —la interrumpió Rose. Siempre habían coincidido en eso.

—Ya, bueno. Supongo que lo acepté como una especie de motivación, algo por lo que vivir. Fue entonces cuando volví. Y no me arrepiento.

—Genial —dijo Mia—, me alegro de que al final todo te vaya bien.

Rose se quedó en silencio. No les veía sentido a las palabras de Lucie.

—Habrán pasado años desde la última vez que nos vimos, pero sé lo que piensas, Rose. Y ese es tu problema: que siempre crees saber más que nadie, pero te equivocas. Si quieres ser periodista, más te vale aprender a escuchar.

Rose apartó la mirada con exasperación. Lucie solo lo decía porque se había rendido.

Trató de obtener más información, en vano, porque Lucie no tenía nada más que aportar. Así que cerró el cuaderno y alegó que tenían que marcharse. Cuando iban hacia la puerta, Nadine se asomó desde lo alto de las escaleras.

—¡Adiós! —gritó con una sonrisa, despidiéndose con la mano.

—¡Adiós! —la correspondió Mia, que cuando estuvieron fuera dijo en voz baja—: ¡Qué mona!

—Menuda pérdida de tiempo —se lamentó Rose.

—¿En serio? A mí me ha encantado volver a verla. Me alegra que le vaya bien.

—Sí, supongo. ¿No te ha parecido raro que no quiera dejar a su hija ir a casa de los Riley?

—En realidad, no. Con todo lo que les ha pasado, seguramente quiera dejarlos tranquilos.

—Puede ser.

—¿Te ha afectado? —dijo Mia metiéndose en el coche y estirándose para abrir la puerta del acompañante.

—¡No! —contestó Rose al entrar—. Bueno, sabes adónde nos toca ir la próxima vez, ¿verdad?

—Ay, no, no me digas que a casa de los Riley. —Mia arrancó el coche y la radio retumbó. Bajó el volumen mientras se ponían en marcha—. Va a ser muy duro.

—Ahí está la clave. Cuando lo vi con Frank, el señor Riley echaba humo. Él sí va a querer que sus palabras se escuchen.

—Sí, pero va a ser horrible. Los pobres lo han perdido todo y ahora también les ha salpicado toda esta mierda.

—Parece como si alguien los tuviera en el punto de mira —aseguró Rose dándole vueltas a la cabeza para intentar descubrir el porqué.

—Puede ser, o eso —dijo Mia frenando en el semáforo, pese a que el suyo era el único coche en la calle—, o que tienen muy mala suerte.

—Quiero averiguarlo.

Mia se quedó en silencio, con la boca apretada. Rose se percató de que no estaba de acuerdo.

—¿Qué te apetece hacer ahora? —preguntó Mia cambiando de tema.

—Tengo que ir al ayuntamiento a buscar alquileres.

—¿Cuánto tiempo te queda en tu casa?

—Una semana, más o menos, creo —mintió.

—¿Te acompaño? —le preguntó Mia preocupada.

—No, no pasa nada. Estoy bien, de verdad. Nos vemos en el trabajo.

Rose se despidió de Mia y se bajó del coche en la puerta del ayuntamiento. La situación era deprimente, pero estaba segura de que no la pillarían mientras no hiciera ruido por la noche y no se acercara al Eamon's de día. La experiencia había sido rara. Esa mañana, se había despertado con un sobresalto, sin saber dónde coño estaba, y había tardado un par de segundos en reconocer aquellos muebles: la mesita de noche cuarteada, la lámpara rota, el ventilador dando vueltas con lentitud sobre su cabeza. Poco a poco, fue consciente de los sucesos del día anterior: la negativa del *Star,* su madre, la cita con Frank. Menudo marrón.

Comprobó el correo electrónico. Nada. No le habían respondido de ninguna de las ofertas de trabajo en la ciudad. Siempre había soñado con marcharse para trabajar como periodista, así que nunca se había imaginado enviando su currículum a ofertas de otro tipo, pero en ese momento aceptaría cualquier cosa con tal de irse. Una vez en la ciudad, no le pasaría como a Lucie. No le hacía falta un bombo para tener una motivación en la vida.

Si encontrase un nuevo punto de vista para el caso de las muñecas, el *Star* le daría otra oportunidad, seguro. Las respuestas de Lucie, tan inútiles como las de los Hane, no le habían aportado nada, y necesitaba algo más, algo extraordinario. Si lograba resolver el caso, dar con el responsable…, probablemente le ofrecerían un puesto en el acto. Por suerte, estaba casi segura de quién era el culpable: Will. Había algo raro en él, algo que no le cuadraba, pero no sabía qué era exactamente. Por lo que fuera, siempre que se cruzaban, acababa enfadada. Y tenía que deberse a algo. A lo mejor su instinto periodístico la estaba alertando.

Cuando entró en el ayuntamiento, se lanzó a las escaleras. Ni siquiera se detuvo a disfrutar del aire acondicionado. Por culpa de Rob, había dejado en segundo plano lo que sabía con certeza: que Will estaba implicado.

Por suerte, seguía sin haber nadie en la oficina de los archivos públicos, en la que reinaba tal silencio que se podía oír el débil zumbido del aire acondicionado, pese a que no circulaba con la fuerza necesaria como para disipar el olor del papel en descomposición. Colándose por el estrecho hueco del lateral del mostrador, se fue adonde Will había estado buscando. Había toda una pared de archivadores. Cerró los ojos y trató de recordar en cuál había mirado él, qué cajón había abierto. Tercer archivador, segundo cajón empezando por abajo. Volvió a ver a Will mirándola con condescendencia. Se fue hacia el archivador y abrió el cajón, que chirrió con un ruido metálico.

Dentro, ordenadas alfabéticamente, había matrículas escolares. Sacó una hoja y leyó el nombre de una niña, el de sus padres y su dirección. En el cajón había cientos de matrículas con información de niños de la escuela de primaria. Ya era suyo.

Entró al Eamon's por la puerta trasera y llamó a la habitación de Will. Cruzó los brazos, deseando plantarle cara. En el bolsillo llevaba el móvil con la grabadora en marcha. Cualquier cosa incriminatoria que dijera Will quedaría registrada. Informaría a Frank, claro, pero la exclusiva sería suya.

Will no contestó. Rose volvió a llamar. Silencio. Entonces oyó movimiento en el bar. Debía de andar por allí. Se lanzó a por él…, aunque se dio cuenta de que tal vez no fuese la mejor idea. Enfrentarse a una persona y acusarla de un posible delito quizá no fuera lo más sensato estando sola.

Asomando la cabeza por una esquina, oyó como si aplastaran algo. Retrocedió de un salto. Volvió a oír el sonido, esa vez acompañado de un tintineo metálico que reconoció al instante.

—Hola —saludó entrando en la cocina, aliviada.

—Qué pronto has llegado —contestó Jean metiendo otro montón de cubiertos en el lavavajillas.

—Ah, ¿sí? —dijo Rose mirando a su alrededor.

Vio a Will sentado solo a una mesa, leyendo.

—Voy a sentarme un poco hasta que llegue la hora.

Jean la vio mirando a Will y sonrió.

—Donde te apetezca.

La presencia de Jean la dejaba más tranquila. Se acercó a Will, pero antes comprobó que la grabadora siguiese en marcha.

—Hola —lo saludó y se sentó con él.

Will la miró extrañado. Tenía puestas las gafas de lectura y se estaba tomando una copa de vino tinto.

—¿De dónde ha sacado Jean eso? —preguntó Rose señalando el vino.

—La botella tenía un poco de polvo —contestó él, y volvió a enfrascarse en la lectura.

La estaba ignorando sin cortarse un pelo.

—Aquí nadie pide vino.

Will no se dio por aludido.

—¿Dónde vive tu familia? —le preguntó ella echándose hacia delante.

Por fin captó su atención. Will dobló la esquina de la página por la que iba y soltó el libro. Rose se percató de la longitud de sus dedos. Manos de pianista. Él se recostó en la silla y sonrió.

—Solo me preguntas cosas raras.

—Mia me dijo que estabas visitando a tu familia, pero no te he visto con nadie —prosiguió Rose.

—Bueno, si lo dice Mia, será verdad.

—¿Es verdad?

—¿Que estoy visitando a mi familia? Claro.

—Entonces, ¿por qué evitas tanto el tema?

—Porque no te incumbe.

Así no llegaría a ningún lado. Tendría que ganarse su confianza, camelárselo.

—¿Por qué no me cuentas a qué te dedicas? Tú sabes en qué trabajo.

Will meneó la cabeza incrédulo.

—¿Para qué lo quieres saber?

Rose levantó un poco un hombro y sonrió.

—Simple curiosidad.

Tontear con él. ¿Por qué no se le había ocurrido antes? Will se quedó mirándola, no muy convencido.

—Soy diseñador gráfico.

—¿En serio? —No conocía a nadie de ese mundillo.

Will asintió con la cabeza.

—Sí, claro.

—Joder, ¡¿por qué eres tan condescendiente!? —soltó Rose sin poder contenerse.

Sin embargo, por suerte, Will rompió a reír.

—No soy condescendiente, Rose. Es que me haces unas preguntas…

—¡Bueno, venga! Ahí va otra. ¿Por qué estabas mirando matrículas escolares?

Will se puso serio.

—Ya no respondes con tanta chispa, ¿verdad?

—No. Y sigo sin entender por qué quieres saber qué estoy haciendo.

—Me da igual lo que hagas, siempre y cuando no vayas haciendo daño a la gente.

—¿Qué? —contestó estupefacto—. ¿Qué daño estoy haciendo?

Rose le clavó la mirada en los ojos, con el corazón en un puño.

—Sé de sobra en qué andas metido. Solo quiero tu versión de la historia.

Will desvió la mirada. Ya estaba, era suyo. Él se levantó y cogió la copa de vino.

—Si de verdad lo sabes, también sabrás que no te incumbe para nada. Más te vale dejarme en paz. —Se inclinó acercando su rostro al de Rose, que durante un segundo de locura pensó que iba a besarla—. ¿Lo captas? Déjame en paz.

Se fue y Rose se quedó sola en el bar, con el corazón a mil, hasta que la puerta se abrió y entró Mia.

—¡Qué pronto has llegado!

17

Al día siguiente, en torno a las tres de la tarde, Rose esperaba en la puerta del colegio. Siempre disfrutaba de esos segundos previos a la salida: el patio en silencio, la gorra perdida y el táper olvidado en la zona de juegos desierta y el olor a césped seco del campo de fútbol australiano. Se apoyó con el antebrazo en la verja, que se le clavó en la piel.

El sonido del timbre lo revolucionó todo. Los niños salieron gritando en tromba del edificio. A Rose se le hacía raro haber ido a ese colegio, haber sido una de esas personitas. Divisó a Laura, que iba con un grupo de niñas sonrientes con la mochila rebotándoles en la espalda. Entonces su hermana pequeña levantó la mirada y la vio. No había nada como esa carita iluminándose, corriendo hacia ella y dándole un abrazo, casi un placaje, para disipar cualquier preocupación.

—¿Te apetece ir a la biblioteca? —le dijo Rose cuando recuperó el equilibrio.

Laura sonrió hundiéndole con fuerza la barbilla en el estómago.

—¿Las dos solas? ¿O con Scott y Sophie?

Rose los vio ya de camino a casa, haciendo el payaso y sin darse cuenta de que se habían dejado a Laura.

—¡Las dos solas!

Cerca de Scott y Sophie, Rose vio a alguien que no tendría que estar allí. Destacaba entre tantas madres: un hombre. Tardó un segundo en reconocerlo, y no lo hizo antes porque jamás se hubiera imaginado que se lo encontraría allí: Will. Cuando había salido a hurtadillas del Eamon's, estaba segura de que seguía en su habitación, pero allí estaba, en el colegio, junto a la acera, entre el torbellino de niños, observando a madres e hijos. Al parecer, no vio a Rose, que empezó a preguntarse si la habría seguido.

Diseñador gráfico acosa a una periodista. No tenía gancho. Will no estaba allí por ella. Rose no creía que fuese un delincuente, era imposible, pero ¿por qué, si no, dejaría las muñecas? Y, sobre todo, ¿cómo podría demostrarlo?

Laura le tiraba de la mano.

—Venga, vamos —dijo intentando arrastrar a Rose hacia la calle Union.

Rose se había sentido culpable por haber tenido tan poco tacto con Will, pero en ese momento deseaba haber insistido más.

—¡Rose! —chilló Laura.

Entonces Will miró en su dirección. Sus miradas se cruzaron. Will la saludó con la cabeza, sin atisbo de vergüenza o sorpresa; tan solo hizo ese gesto y volvió a desviar la mirada.

De camino a la biblioteca, Laura seguía sonriendo a Rose. Iban despacio y de la mano; Laura no dejaba de hablar de un niño del colegio, en tanto que Rose, sin prestarle mucha atención, reflexionaba sobre Will.

—¡Bu!

Alguien les salió al paso y las dos ahogaron un grito. Era uno de esos niños con las máscaras de marras.

—¡Fuera! ¡Sois un pesados! —gritó Laura.

Los niños se fueron riéndose a todo correr y el que les había dado el susto volvió el rostro. Rose vio su máscara, coloreada de azul y con unas cejas grandes y naranjas sobre los orificios de los ojos. Tendría unos diez años y resultaba perturbador.

—No me gusta que hagan eso —dijo Laura enfurruñada antes de proseguir con su historia.

Rose esperaba que ni Scott ni Sophie empezaran a juntarse con los niños de las máscaras. Le daba igual lo que dijera Mia; eran inquietantes.

Cuando pasaron junto a los restos del juzgado, en la calle Union, Laura se calló de repente. Rose la entendía. El estado del edificio resultaba espeluznante.

—Aquí se murió Benny —dijo Laura.

—Sí. ¿Te sigue poniendo triste?

Laura asintió con la cabeza.

Aunque Ben tenía trece años, jugaba con los niños pequeños después del oficio dominical en la iglesia: corrían por el cementerio, se reían a carcajadas y se ponían perdida la ropa de domingo. Una vez había llevado a Laura a caballito y ella le había dicho que se casaría con él. Cuando se produjo la desgracia, Rose no supo explicárselo a su hermana. Ni ella ni nadie. Fue el sacerdote, el pobre, quien tuvo que apañárselas con la situación. Aquel día, en la parroquia, fue horrible. Todos los niños lloraban, y entre los bancos y el altar había una fotografía enorme de Ben y un ataúd pequeño con cenizas.

Rose le apretó la mano a su hermana.

—Ahora es feliz… Juega en el cielo.

—Ojalá viniera a jugar conmigo también.

—Oye, Laura. —Rose se puso en cuclillas a su lado—: ¡La última en llegar a la biblioteca huele a huevo podrido!

Se levantó de un salto y echó a correr, y Laura la persiguió chillando. Rose redujo el ritmo y se dejó adelantar.

—¿Cuándo has aprendido a correr así? —dijo fingiendo jadear cuando llegaron a la puerta de la biblioteca.

—¡Eres una tortuga vieja y gorda! —le contestó Laura, que le volvió a coger la mano y la llevó hacia el silencio del interior.

Toda la biblioteca estaba recubierta de pino. No había aire acondicionado, solo unos ventiladores de techo que removían el aire caliente, pero Rose agradeció poder resguardarse del sol. Pese a no ser bonita en sí, la biblioteca le encantaba. Atesoraba conocimiento por doquier. Los libros nuevos, de páginas blancas y esquinas rectas, estaban junto a la entrada. El ambientador con aroma a limón ocultaba el leve olor a sudor. Sin pensárselo, Laura se lanzó hacia la sección infantil, repleta de pufs rojos y azules. La mayoría estaban ocupados por madres que les leían en voz baja a sus hijos, muchos de ellos más pequeños que Laura. Rose se dio cuenta de que algunas eran más jóvenes que ella; sus caras le sonaban solo vagamente, porque no habían coincidido en clase en el instituto.

En un rincón se sentaba la señora Hane, con Lily en el regazo. Estaba leyendo un cuento ilustrado. Rose jamás se la hubiera imaginado en silencio, ni siquiera en la biblioteca. Laura corría de un lado para otro cogiendo libros.

—Ahora vengo —le dijo Rose en voz baja, con la esperanza de que la señora Hane no la viera.

Acarició el lomo de los libros de la sección de ficción. Encerraban tantas historias e ideas que seguramente nunca llegaría a leer… Cuando llegó a la letra «F», sacó de la balda el libro que buscaba, *La canción del cielo*, el que estaba leyendo Will. Quería leer las mismas palabras que él, imaginar la misma historia que él moldeaba en su mente.

A continuación, subió las escaleras para ir a la sección de Psicología, en el entresuelo. La luz del sol se derramaba por las ventanas e iluminaba el lomo de grandes volúmenes. Por desgracia, no había mucho donde elegir, apenas medio estante. Rose esperaba encontrar algún libro sobre crímenes, alguno que la pudiera ayudar a entender las motivaciones de Will, tanto las presentes como las futuras. Por suerte, encontró uno titulado *Análisis criminológico de casos notorios: de Al Capone al asesino del Zodiaco*. Seguramente se acercase a lo que buscaba.

Rose se metió los libros bajo el brazo y regresó a la sección infantil. Se sentó con Laura, que por suerte había escogido el puf más alejado de la señora Hane y su hija. Laura apoyó la cabeza en el hombro de su hermana, con un ejemplar de *La zarigüeya mágica* entre las manos. Rose abrió el volumen de criminología por la primera página y empezó a leer.

Cuando se despertó en la habitación del Eamon's a la mañana siguiente, sentía náuseas. Miró la hora. Más de las doce. Joder. Ya debería haberse ido. Abandonó de un salto las finas sábanas, sacó el cuaderno de la mesita de noche y lo colocó bajo la almohada, metió la bolsa bajo la cama de una patada y estiró la colcha.

Salió de la habitación a todo correr y se tropezó con Will.

—¡Perdón! —chilló—. Estaba limpiando esa habitación.

Will primero la miró a ella y después miró la habitación. No se lo tragaba. Le iba a preguntar si había dormido allí. Qué vergüenza. «No preguntes, por favor».

—Me muero por un café… ¿Tenéis? —preguntó él.

Rose soltó una risa falsa y nerviosa.

—Voy a ver qué hay.

Se dirigió a la barra y él la siguió.

Will sabía que estaba tras su pista. ¿Qué coño hacía sola con él? No se había sentido en peligro habiendo una puerta cerrada entre ellos, pero en ese momento estaba a su merced. Probablemente fuera un psicópata.

—Me tengo que ir —dijo Rose cuando llegaron a la barra.

—¿Y el café?

Los ojos de Rose iban de la puerta a él.

—Perdona por lo del otro día, Rose. Te hablé fatal. Fui un capullo.

—Estoy de acuerdo.

—Perdón —dijo él con una sonrisa.

Rose nunca lo había visto tan agradable. Lo miró con detenimiento, intentando averiguar si lo decía en serio. Mientras no se interpusiera entre la puerta y ella, estaría a salvo.

Se dirigió al frigorífico, se dejó espabilar un poco por el frío y sacó dos latas de Coca-Cola. Abrió una delante de Will y luego dudó si ejercer de camarera o no. Si se sentaba con él, seguiría estando más cerca de la puerta; sin embargo, también estaría a su alcance y, si se abalanzaba sobre ella, no podría escapar.

—Siéntate —le dijo él.

Rose se sentó. En lugar de mirarlo a los ojos, se fijó en la gota de condensación que resbalaba por la lata.

—Anoche oí ruidos —comentó Will—. Parecían pasos, como si alguien entrara y saliera.

Ella abrió la boca para contestar, pero se dio cuenta de que Will esbozaba una mueca con los labios.

—Ratas —dijo—. Son grandes.

—Tienen que ser enormes —repuso él.

—Sí.

Rose se rio y entonces, de repente, la barbilla empezó a temblarle. Se había jodido todo tan rápido… Ni siquiera sabía qué estaba haciendo. Pero no, no era el momento. ¡No podía romper a llorar delante de él! ¿Qué estaba haciendo? Se llevó una mano a la cara.

—No se lo voy a decir a tu jefa —dijo Will.

Rose se puso colorada; menuda humillación. Evitó su mirada dándole un sorbo a la Coca-Cola y se la tragó de golpe, fría y dulce.

Will se inclinó sobre la mesa y Rose se quedó paralizada, pero por la lentitud de sus movimientos no parecía que fuese a atacarla.

Con suavidad, él le puso una mano cálida en la mejilla. Los ojos de ambos estaban muy cerca.

—No te preocupes: de todo se sale —le dijo.

Entonces se levantó, cogió su Coca-Cola y regresó a su habitación. Rose lo miró marcharse, sintiendo aún su mano en la mejilla. Después se fijó en el cerco que había dejado la Coca-Cola de Will en la mesa. Mojó un dedo en él y trazó una línea, cruzándolo.

18

El martes, Frank estaba ansioso porque llegara la hora de la cita. Había tenido un día muy duro en el trabajo y no debería tomarse la noche libre, pero bajo ningún concepto pensaba dejar a Rose plantada.

—¿Qué estás haciendo ahí dentro, Francis?

—Nada.

—Pues ¡llevas media hora sin hacer nada! Ya sabes cómo tengo la vejiga.

—Perdón, mamá.

Frank estaba a unos centímetros del espejo, tan cerca que casi lo rozaba con la nariz. Se estaba aplicando gomina con los dedos. Gracias a su ascendencia italiana, conservaba un pelo negro y abundante, y aunque la calvicie distaba de ser una amenaza, sí que se veía algo más de frente que antes.

Se puso de pie en el váter para verse de cuerpo entero. No estaba mal. Metiendo barriga ganaba, pero qué se le iba a hacer. Tenía los nervios a flor de piel.

—¿Frankie?

Frank suspiró, se echó un poco más de colonia y abrió la puerta. Su madre se llevó una mano a la boca con gesto teatrero.

—*Cuore mio!* ¿Con quién has quedado? ¿Con tu camarera?

A Frank no le quedó más remedio que sonreír. Se dejó abrazar por su madre, que era incluso más baja que él, aspiró contento su perfume de señora mayor y notó en la mejilla su pelo áspero.

—Estás guapísimo.

—Gracias, mamá.

—Acuérdate: del caso ni pío, ¿eh? —le dijo Frank a Bazza de camino al Eamon's.

—Claro, claro —contestó Bazza, atento.

Si Baz la cagaba, lo mataría. No quería ni un comentario sobre las muñecas. Antes le hubiera dado igual, pero, con Rose publicando artículos en el periodicucho ese, tenía que medir sus palabras. El último le había complicado la vida. El día que salió, se duplicaron las llamadas a la comisaría y, con los medios haciéndose eco, los padres lo atosigaron con teorías paranoicas. La brigada estaba buscando el registro de todas y cada una de las personas que no fueran naturales de Colmstock para asegurarse de que no se hubiese colado ningún indeseable sin que se dieran cuenta, pero el teléfono sonaba a todas horas y eso ralentizaba el proceso y multiplicaba el trabajo. Por tanto, cuanto menos se hablase del asunto, mejor. El problema era que Frank se aturullaba estando con Rose: si ella le hacía alguna pregunta relacionada con el caso, le costaría horrores no responderle algo que hiciera que lo mirara como aquel día en su casa, como si pudiera protegerla.

Pararon en el aparcamiento del Eamon's y Frank se desabrochó el cinturón. Baz no hizo movimiento alguno.

—Vamos, ¿no?

—Sí —contestó Bazza, inmóvil—. Es que estoy nervioso, tío.

Frank se recostó en el asiento.

—El de los nervios debería ser yo.

—En realidad, no. Es decir, quien quiso quedar fue Rose. Seguro que Mia solo aceptó para no dejarla sola.

155

Frank le dio una palmadita a Bazza en el hombro.

—Es lo que hay. Si no le gustas ya, conquístala.

Salió del coche y se dirigió al Eamon's, aunque no pudo evitar mirar hacia la comisaría. Vio ajetreo dentro a través de la ventana y sintió remordimientos por haberse escaqueado. El caso de las muñecas se había recrudecido. La noche anterior, habían recibido una nota donde se confirmaban los peores pronósticos: se enfrentaban a un verdadero psicópata y él debía encontrarlo antes de que llevase a cabo sus amenazas.

Frank y Bazza se sentaron en unos taburetes, de espaldas a la barra y mirando a Mia, que estaba apoyada en el borde de una mesa. El resto de las sillas estaban bocabajo sobre las mesas. Frank volvió a mirar la hora.

—No te preocupes, Frank. Siempre llega tarde —dijo Mia.

—No he dicho que esté preocupado —soltó él, aunque empezaba a venirse abajo. Le partiría el alma que Rose le diera plantón.

—En el coche sí que lo has dicho.

—Cállate, Baz.

La risa de Mia se escuchó en todo el bar, aunque sus voces no llegaban hasta el cuarto de baño de la habitación número dos, donde Rose se estaba secando el pelo.

Llevaba todo el día con una mezcla de emoción y pánico. La cita iba a ser incomodísima, pero extrañamente también sentía una curiosidad que intentaba ignorar por todos los medios. Iba a contemplar otra vida, la que todo el pueblo esperaba de ella: que se casara con Frank, que no se marchase, que formase una familia y que se quedara allí para siempre. Se estremeció; antes muerta, llegaba a pensar a veces.

Pero en otras ocasiones, cuando todo se le hacía muy cuesta arriba, reflexionaba sobre lo fácil que le resultaría rendirse y entregarse a una vida tranquila, cómoda y llena de arrepentimiento en la que sus sueños no serían más que anhelos.

Esa noche, como estaba segura de que la cuenta correría a cargo de Frank y Bazza, disfrutaría de una cena en condiciones.

Se había pasado el día en la cama enfrascada en *La canción del cielo*, el mismo libro que estaba leyendo Will. Quería entenderlo, averiguar si era posible que él fuese quien dejaba las muñecas. Tal vez encontrara alguna pista, como que Will estuviese llevando a cabo algún tipo de experimento social u obra de arte extraños; al fin y al cabo, venía de la ciudad. El libro no arrojó luz sobre sus conjeturas, pero le sorprendió tanto romanticismo. Se imaginó a Will leyendo sobre la nostalgia que el protagonista sentía por la mujer a la que amaba, pero a la que no podía tener.

Esa noche se había esforzado. La falta de un techo hizo que quisiera verse bien, verse guapa, tal vez para demostrarse que no era una vagabunda. Se había puesto un vestido bonito y hasta se había pintado los labios. Además, con un secador viejo y hecho polvo, se estaba haciendo ondas en el pelo. Le dio un calambrazo y reprimió una palabrota: «¡Puto secador!». Dejó el secador en su sitio en la pared y se pasó los dedos por el pelo. No estaba mal.

Salió del Eamon's por la puerta trasera y, cuando se acercó a la principal, oyó la voz de Mia:

—A lo mejor te deberías lavar, para quitarte un poco de colonia.

—¿Eh? —oyó decir a Frank.

Rose inspiró hondo y abrió la puerta.

—Hola —los saludó sonriendo.

—¡Hola! —contestó Frank, que saltó del taburete, empezó a acercarse a ella y, de pronto, se quedó paralizado.

Joder, aquello iba a ser peor de lo que Rose había imaginado. Nunca lo había visto tan engominado; su pelo reflejaba las luces rojas y azules de los rótulos de neón.

Mia los miró.

—¿Nos vamos?

—Sí.

Se apretujaron en el coche de Frank, ellos delante, en sus asientos habituales, y ellas detrás. Rose ya se estaba arrepintiendo. Qué situación más incómoda. Frank la había mirado como si fuera una belleza. Ojalá no se hubiera arreglado; ojalá no hubiera cedido. Miró a Mia, que esbozó una leve sonrisa. Por supuesto, su amiga le leía el pensamiento.

Trató de distraerse pensando en los presos y asesinos que se habían sentado allí con las manos esposadas a la espalda. Le hubiera encantado entrevistarlos, a todos y cada uno de ellos. Cuando pasaron por la estación, vio un autobús con destino a la ciudad. Dentro de poco, ella sería uno de sus pasajeros.

Se detuvieron para girar hacia el aparcamiento del Milly's Café, un restaurante situado en un local blanco, grande y achaparrado que servía unas hamburguesas con patatas fritas bastante buenas. El intermitente emitía un sonido raro: tip top, tip top, tip top. Mia miró a Rose.

—Ya vale —murmuró Frank y el sonido cesó de forma abrupta.

Entraron en el aparcamiento.

—Voy a aparcar cerca. No quiero que estas bellezas anden mucho con esos taconazos —dijo Frank.

Rose se contuvo para no poner los ojos en blanco; ni siquiera llevaba tacones.

—Por nosotras no te preocupes.

—¡Mira, un hueco! —exclamó Mia señalando una plaza junto a la entrada.

Cuando Frank se dirigió hacia allí, volvió a oírse el extraño sonido del intermitente. Rose se echó adelante y vio a Bazza chasqueando la lengua.

—¡Eres tú!

Mia estalló en carcajadas y a Bazza le dio la risa tonta.

Frank se disculpó con la mirada y Rose le correspondió con una sonrisa tensa.

Rose mojó su último trozo de hamburguesa en kétchup y se lo metió en la boca. Ese día tan solo había comido una bolsa de patatas fritas que había rapiñado del Eamon's. Masticó saboreando la mezcla de dulce y salado antes de tragar. Era su primera comida en condiciones desde hacía unos días y notaba el estómago encogido, pero, si hubiera tenido oportunidad, no le habría importado pedir algo más. Todos los platos estaban vacíos, menos el canastillo del centro, donde quedaba una última patata frita que nadie se atrevía a coger.

—¡La de la vergüenza! ¿La quieres, Baz? —dijo Mia sonriendo.

—No, para ti.

Bazza la quería. Rose se lo veía en la cara. Su amiga también.

—Abre —le dijo Mia.

Él le hizo caso y ella le lanzó la patata a la boca. Eran vomitivos. ¿Por qué se hacía Mia la tonta con el tío ese? Se había pasado toda la comida acercándose a él poco a poco, hasta estar prácticamente encima, riéndole chistes sin gracia.

Frank se aclaró la garganta y miró a Rose. A diferencia de los otros dos, estaban cada uno en una punta del pequeño banco corrido. O, más bien, era Rose quien se mantenía alejada.

—Entonces ¿cuánto te queda para pirarte? —le preguntó él.

—Bastante todavía, me parece.

—Me alegro. —Frank sonrió—. Si el plan de Steve sale adelante y la mina de pizarra vuelve a abrir, el pueblo podría cambiar mucho.

—¿Cuántas probabilidades hay de eso? —preguntó Mia.

—Bastantes. Va a depender de los precios del petróleo. Si siguen subiendo, la abrirán. En Brasil reabrieron una el año pasado. El técnico viene el mes que viene, así que solo queda esperar.

—Sería una maravilla —contestó Mia. Y prosiguió mirando a Rose—: Aunque no creo que a Rosie le baste.

Rose se encogió de hombros.

—Meter la cabeza en los medios de comunicación es complicado. Que me hayan publicado un artículo no implica nada más.

—De eso no tengo ni idea, pero, y odio reconocerlo, escribir se te da muy bien —dijo Frank.

Rose le dedicó una sonrisa enorme. Ojalá lo dijera de verdad y no fuera una treta para que echaran un polvo.

—Quieren que escriba otro —anunció Mia orgullosa—. Ellos también se dan cuenta de que lo hace de maravilla.

Rose quiso cambiar de conversación; Mia no sabía que le habían rechazado el segundo artículo y ella se esforzaba por no darle vueltas al asunto.

—Sí, puede. Oye, ¿ha habido novedades? —preguntó.

—¿Extraoficialmente? —Frank le guiñó un ojo.

—Claro.

—Nada nuevo, por desgracia.

Bazza lo miró desconcertado.

—¿Y lo de la nota?

—¡Baz! —lo reprendió Frank.

—¿Qué nota? —preguntó Mia mientras Baz se disculpaba.

Frank los miró primero a él y después a ella. Parecía un poco sobrepasado.

—¿Por qué no vamos a dar un paseo? —le propuso Rose.

Se levantó del banco y se dirigió a la puerta. El ambiente de fuera, caluroso y opresivo, contrastaba con el del restaurante y su aire acondicionado. El sol estaba a punto de ponerse y el cielo tenía un color rosa metálico.

—Creo que esos dos han hecho buenas migas y deberíamos dejarlos un rato a solas —le dijo a Frank cuando la alcanzó.

Él se metió las manos en los bolsillos.

—Oye, ya sé que quieres irte de aquí y ser una periodista importante en la ciudad, pero…

Rose se paró en seco y lo miró, enfadada.

—No te olvides de que a mi hermana le dejaron una muñeca.

Frank bajó la mirada.

—Lo sé. Perdón.

—Bueno.

—No te preocupes… Yo creo que es una broma de mal gusto. Pero, aun así, no puedo comentar nada…

—¿Te he preguntado? —contestó Rose, y siguieron caminando.

Frank le sonrió y Rose se preguntó cómo la vería en ese momento, bajo el rosa del cielo. Estaba dispuesta a seguir indagando y tenía la certeza de que, haciendo las preguntas adecuadas, él soltaría prenda. Pero antes quería seguir andando sin rumbo, disfrutando del silencio.

19

—Siempre meto la pata —aseguró Bazza enfurruñado, con la vista fija en los platos sucios.

—¿Crees que se habrá enfadado? —preguntó Mia.

—Sí, como siempre, sobre todo si está Rose. Por lo que sea, cuando sé que tengo que andarme con cuidado, termino cagándola.

Era muy mono. Y grande, seguramente el doble que ella, pero aun así Mia tenía la extraña sensación de que debía protegerlo.

—No te preocupes. A mí también me pasa.

Era verdad. A menudo, cuando volvía tarde de trabajar, era incapaz de conciliar el sueño porque empezaba a pensar si habría ofendido a alguien o habría dicho algo que no debía. Comenzó a quitar las migas de la mesa y a recoger granitos de sal para dejarlos en el plato. Se dio cuenta de que Bazza la miraba y se detuvo. Estaba acostumbrada a limpiar, tanto en el Eamon's como en su casa, y le costaba dejar que otros lo hiciesen por ella.

Pero no estaba allí para ponerse a limpiar, así que tiró las migas sobre el banco y le rozó el brazo a Bazza. Él solía llevar camisetas, pero esa noche se había puesto una camisa de color azul claro remangada hasta los codos. Tenía unos antebrazos fuertes y morenos. Mia le pasó un dedo por el puño de la camisa y Bazza la miró y sonrió. Se habían pasado la cita jugueteando y sobreactuando.

Mia le había dado de comer y había tonteado con descaro, pero ese era el momento de la verdad. Se palpaba la tensión.

—¿Por qué has quedado con alguien tan torpe como yo? —dijo Baz sonriendo, aunque ella notó que lo decía en serio.

Mia acarició su camisa apretada y le rozó el codo con los dedos. Su piel era áspera pero cálida. Se inclinó hacia él y lo besó con suavidad en la comisura de los labios; los notó suaves y el corazón se le desbocó.

—Guau —susurró Bazza.

Cogió la cara de Mia ahuecando sus enormes manos, la atrajo hacia sí y la besó con una ternura que la hizo derretirse. Después esbozó una sonrisa radiante, radiante de verdad, como si emitiera luz. Parecía tan vulnerable que Mia estuvo a punto de apartar la mirada.

—Hacía tanto que deseaba esto…

Se refería a ella. La deseaba a ella. Nadie la había deseado nunca. Mia se inclinó y volvió a besarlo, esa vez con los labios entreabiertos para sentir la humedad de su boca. Bazza apartó la mano de su cara y le acarició el brazo. La suave lengua de él entró en la boca de ella y ambas se rozaron con delicadeza.

—Que corra el aire —los interrumpió Frank con brusquedad.

Bazza se separó de inmediato. Mia miró a su alrededor y de manera instintiva se limpió de los labios los restos de saliva, aún caliente. Rose le sonrió y se sentó en el banco, seguida de Frank. Él también sonrió. A lo mejor Baz y ella no habían sido los únicos en disfrutar de un momento dulce.

Una camarera se acercó a la mesa.

—¿Queréis tomar algo más, Frank?

Frank los miró. Mia se encogió de hombros. No parecía que allí hubiera mucho más que rascar.

—Tráenos la cuenta, Molly, por favor.

Por debajo de la mesa, Baz le cogió la mano a Mia. Sus dedos se entrelazaron y Mia notó que el corazón se le aceleraba de nuevo.

—Tú eres Rose Blakey, ¿no? —preguntó la camarera.

Rose se sorprendió.

—Eh, sí.

La camarera le sonrió y se dio la vuelta.

—Ya eres famosa —dijo Frank con un tono de broma que ocultaba cierto malestar.

De camino al coche, Rose le dio un codazo a Mia.

—¿Qué tal ha ido? —susurró.

—De maravilla. ¿Y tú qué tal?

Rose se encogió de hombros y se quedó mirando al infinito. Rose dando largas, lo típico. Mia abrió la puerta del coche sonriéndole a Baz, que estaba al otro lado.

—¿Qué es eso? —preguntó Rose.

—¿El qué? —Mia siguió la dirección de su mirada, pero solo vio casas de ladrillo blanco, verjas feas y el reflejo del sol del atardecer en el asfalto.

—Eso —señaló Rose y Mia lo vio: un hilillo grisáceo zigzagueando detrás de un tejado de tejas rojas.

—Mierda —soltó Frank, que lo acababa de ver—. Al coche.

Se precipitaron adentro y cerraron de un portazo. Frank salió marcha atrás sin que les diera tiempo a ponerse el cinturón y giró en una esquina a tal velocidad que se chocaron hombro contra hombro.

—Seguramente a alguien se le haya quemado una tostada y tenga la ventana abierta —dijo Mia.

—No —murmuró Frank—, es el hijo de puta ese otra vez.

El coche dobló otra esquina sin dejar de acelerar. Mia se dio un mal golpe en el codo con el reposabrazos y empezó a frotárselo. No quería ir. No quería saber de quién se trataba. Miró a Rose, que había bajado la ventanilla e iba con la cabeza por fuera, atenta y con los ojos iluminados. Seguro que ya estaba imaginándose las palabras de un artículo. Mia hubiera querido volver al restaurante.

Pero ya era imposible. El humo estaba espesándose y, conforme se acercaban, Mia empezó a olerlo; acre y tóxico, le irritaba la garganta. Se aferró a su colgante de cuarzo rosa. Los frenos chirriaron, el freno de mano crujió y Frank salió del coche a todo correr, con Rose y Bazza pisándole los talones.

A Mia le temblaba la mano cuando abrió la puerta. No quería acercarse ni un solo centímetro, pero tampoco quería quedarse sola. Salió corriendo tras ellos, hacia el humo gris que provenía del costado de la casa. Esperaba que todo el mundo estuviera a salvo y se acordó del pobre Ben Riley. Sintió el humo en la garganta.

Lo que ardía era un contenedor de reciclaje verde cuyos laterales, medio derretidos, cedían hacia dentro. Rose tenía una tos seca y pegajosa, y estaba doblada por la cintura. Se había acercado demasiado, como siempre. Baz se precipitó hacia el jardín a por la manguera. Abrió el grifo y, agarrando con fuerza la boca naranja, apuntó al contenedor. De inmediato, el fuego empezó a remitir. Frank aporreó la puerta trasera de la casa.

—¿Hay alguien?

Mia oyó un ruido a su lado. Unas ramas se rompieron y una voz siseó: «¡Silencio!».

Miró hacia unos setos altos. Una cara blanca le devolvió la mirada, una luna blanca con ojos de cráteres oscuros. Mia chilló y retrocedió de un salto tapándose la boca con una mano.

—¡Mia! —Baz soltó la manguera y se lanzó hacia ella mientras la cara volvía a perderse en el seto.

—¡Está ahí! —chilló Mia.

Frank apareció a su lado y examinó el seto, atento a cualquier ruido.

—¡Ya te tenemos! —jadeó.

Entonces volvió a oírse el crujido de las ramas, esta vez en la verja trasera. Dos niños, de no más de once años, salieron de un salto de los setos. Las máscaras de cartón les rebotaban en la cara mientras corrían, saltaban a otra verja y trepaban por ella. Ya arriba, uno de piernas delgaduchas, sentado a horcajadas, se dio la vuelta, les hizo un gesto obsceno con el dedo y saltó al otro lado.

20

—¿Te puedo acompañar? —preguntó Frank al desabrocharse el cinturón de seguridad.

—No hace falta —contestó Rose abriendo la puerta—. ¡Gracias! Hasta mañana.

Bazza sonrió y Mia musitó un «adiós» con la cabeza apoyada sobre el hombro de Bazza. Habían estado una hora en el lugar del incendio y estaban agotados.

Rose salió del coche, se dirigió hacia la casa y luego se dio la vuelta y se despidió con la mano para que se marcharan. De cara a la puerta, metió la mano en el bolso, como si buscara las llaves.

El coche de Frank se perdió tras una esquina y Rose se alejó con la esperanza de que su madre no se hubiera percatado de nada. Humillada por tener que guardar las apariencias, se quedó observando la casa. Parecía un estercolero, con desconchones en las paredes, el césped alto y seco, muebles rotos y viejos y una caseta vieja, la de su perro, que había muerto hacía seis años, y de la que supuestamente Rob se iba a encargar. Con todo, prefería mil veces vivir allí a colarse por las noches en el Eamon's.

El cielo estaba grisáceo, pero seguía haciendo un calor asfixiante. Al anochecer, nubes de mosquitos inundaban las calles. Rose sintió una picadura y respondió con un manotazo, dejándose una mancha de sangre en la piel. Las paredes de las casas por las que pasaba emanaban el calor del día. Rose aceleró. Recorrer las calles a aquella hora era peligroso, y con el vestido se sentía una presa fácil. Cuando llegó a la esquina, estuvo a punto de tropezarse; iba distraída y no se dio cuenta de que un periódico enrollado sobresalía de entre el césped marchito de una casa. Lo apartó de la acera de una patada y se fijó en la vivienda, aún más ruinosa que la suya. La hierba le llegaba casi a la altura de las rodillas e invadía el camino de entrada, que estaba llena de periódicos enrollados. Rose pensó en coger uno, ya que era obvio que nadie los iba a leer, pero, como en la penumbra no pudo distinguir el más reciente, siguió adelante.

Antes de subirse al coche, Frank se la había llevado aparte y le había pedido que no escribiera sobre el incendio ni sobre los niños de las máscaras.

—Puede que no tengan que ver con el fuego —dijo Rose.

—Eso es —contestó Frank.

Ninguno sonó convincente. Sabían que, de un modo u otro, tenía que haber una relación: si los niños no habían provocado el fuego, sí habrían visto al responsable. A Rose se le pasó por la cabeza preguntarle a Frank si le contaría la verdad cuando los hechos se esclarecieran, aunque seguramente no lo haría. De todas formas, le daba igual. Tenía una noticia más jugosa.

Cuando llegó al Eamon's, se sintió aliviada. En líneas generales, la cita había ido bastante bien, y además se había reafirmado en su opinión: nunca tendría nada con Frank. Podría ser una buena solución a sus problemas, la más sencilla, pero jamás se enamoraría de él. Y meterse en una relación no correspondida sería cruel. Sería un error.

Subió los escalones de la parte trasera y abrió la cerradura de la puerta principal. Era una suerte no tener que preocuparse en exceso por el ruido. También había dejado de tenerle miedo a Will. Quizá debería, pero no se lo tenía. Una vez en el pasillo, vio luz por debajo de su puerta. Seguía despierto. Se lo imaginó tumbado en la cama, descalzo, con las gafas de lectura, recorriendo el libro frase a frase, dejándose inundar por aquel mundo. O tal vez estuviese peinando a alguna muñeca de porcelana.

Se rio con disimulo mientras metía la llave en la cerradura de la habitación número dos.

—¿De qué te ríes?

Rose dio un respingo. Will, con una camiseta de tirantes blanca, estaba apoyado en el marco de su puerta.

—¿Eh?

—Te estabas riendo.

—Qué va. Habrá sido el fantasma.

Will sonrió y las arrugas en torno a sus ojos se acentuaron.

—¿De dónde vienes?

Ella arqueó las cejas.

—De una cita.

—¿En serio?

—Sí.

—¿Con ese poli gordo que no te quita ojo?

—¡No está gordo!

Will se encogió de hombros.

—Si tú lo dices…

Rose entreabrió la puerta de su habitación, pero en vez de entrar se quedó apoyada en la pared, al lado.

—¿Y tú qué has estado haciendo?

—Nada. Leer.

Se sonrieron.

—¿Te ha contado algo sobre esas muñecas?

La magia del momento se desvaneció. Rose le clavó la mirada.

—¿A ti qué te importa?

Él levantó las manos, molesto.

—Solo preguntaba.

—Te veo muy interesado.

Rose se acercó. Will negó con la cabeza.

—La periodista eres tú. Intuyo que has quedado con ese tío por eso, para sonsacarle información.

—¡Qué dices!

—Bueno, vale.

Él puso la mano en el pomo, pero Rose, de manera instintiva, se le adelantó y sujetó la puerta de un manotazo para impedir que la cerrara. Will miró esa mano y después a la propia Rose.

—¿Qué haces?

—No, qué haces tú.

—Pensaba que ya lo sabías.

—Y lo sé. —Ella tragó saliva—. Pero quiero saber por qué.

Will trató de cerrar la puerta, pero Rose la bloqueó con el codo. Si quería encerrarse, tendría que pasar por encima de ella.

—No te incumbe en absoluto —dijo Will elevando la voz.

Rose sentía el calor de su habitación, su olor a sudor.

—Sí que me incumbe.

—¿Por qué? ¿Te crees importante porque has pasado de simple camarera a escribir en un periodicucho?

—¡Vete a la puta mierda! —exclamó ella plantándole cara—. Le dejaste una a mi hermana, así que sí me incumbe, cabrón.

—¿Qué? —soltó—. Vaya forma de desvariar.

—No se lo voy a decir a la policía —mintió—, pero quiero saber el porqué. ¿Por qué les cortas el pelo para que se parezcan a las niñas?

Will la miró con los ojos entornados. Y entonces hizo lo que Rose menos se esperaba: rompió a reír y las arrugas en torno a sus ojos reaparecieron.

—¡¿Qué?! —exclamó ella.

—¿Piensas que soy el de las muñecas?

Rose lo miró con detenimiento. ¿Le estaba tomando el pelo?

—No soy yo —dijo él. Por su tono de voz, se estaba divirtiendo—. De verdad que no.

Rose se acercó más a él, tratando de leerle la mentira en los ojos.

—Rose, no estoy dejando esas muñecas.

Sus ojos no mentían. Lo tenía tan cerca que podría besarlo. Así que, sin pensárselo dos veces, lo hizo. Quitó la mano de la puerta, le agarró la nuca y lo atrajo hacia ella. Sus bocas se fundieron. La de él desprendía calor y sabía dulce. Will la apretó contra su pecho agarrándola por la cintura y se dejó caer contra el marco de la puerta. Rose sintió un cosquilleo cálido en el estómago. Will respiraba con pesadez. Entonces echó la cabeza a un lado.

—No debería —dijo con la cara todavía muy cerca de la de Rose, abrazándola aún.

Rose retrocedió y sintió que la soltaba.

—¿Por qué?

—Lo siento —dijo él sin mirarla. Y añadió—: De verdad que no estoy dejando las muñecas.

Cerró la puerta.

Rose se quedó sola en el pasillo, con los labios encendidos e impregnados de su sabor. Sintió un pinchazo en el estómago. Menuda idiota estaba hecha. ¿Por qué coño lo había besado? A él no le gustaba ella. Solo se había mostrado agradable y ella se le había echado encima, literalmente.

La puerta de su habitación seguía abierta. Entró y cerró de un portazo. Iba a empezar a escribir su nuevo artículo esa misma noche. Tenía la nota: se lo publicarían sí o sí.

21

Lo primero que hizo Frank al día siguiente fue informar a los maestros de que quería preguntar a los niños sobre las muñecas. La directora se mostró de acuerdo al instante y le cedió su despacho para las «charlas», como las había llamado Frank, que duraron todo el día. Gracias a que Rose había difundido el caso en el periódico, había cundido el pánico, y Frank sabía manejarse en ese tipo de situaciones: la gente confiaba más en él y le hacía menos preguntas.

Sin embargo, la actitud de los mocosos lo sorprendió. Esperaba que se measen encima de miedo: un interrogatorio a solas con un poli de verdad; la gravedad de mentir a las autoridades y todos los problemas que acarrearía... Pero apenas se inmutaron. Alguno palideció un poco, pero nada más. Ya se había reunido con seis niños y, aunque no había dudado en presionarlos, no había obtenido resultados. En ese momento, tenía delante al hijo de los Hane, Denny, que, en lugar de mirar a Frank, estaba pendiente de la costra de su rodilla.

—¿Te preocupa que le hayan dejado una muñeca a tu hermana?

Denny se encogió de hombros. Le daba exactamente igual.

—Mira, vamos a hablar de hombre a hombre. Si me dices quién ha provocado los incendios, no se lo diré a tus padres. Te lo prometo.

Denny seguía entretenido con la costra. Metió una uña por debajo y, poco a poco, empezó a levantar la capa de color rojo oscuro.

Así no iba a ningún lado. Si quería obtener información de esos niños, tendría que pensar como ellos. Intentó recordar su infancia en ese colegio: aquella época en la que todo era cuestión de rumores, de quién era amigo de quién y de qué niña quería ser tu novia en el recreo.

—Sé que has sido tú. Me lo ha dicho Sam.

Por fin captó la atención de Denny.

—¿Qué Sam? ¿Sam Hodgkins o Sam Long?

Frank solo había utilizado ese nombre porque era muy común.

—Me ha dicho que la idea fue tuya.

—¡No! —chilló Denny.

—Eso me ha dicho.

—¡Eso es mentira! Yo no soy de ellos.

—Ah, ¿no?

—¡Solo cuenta si llaman a la policía! El mío se apagó a los cinco minutos. ¡Pregúntale a quien quieras!

El rostro de Frank reflejó desconcierto; vio que Denny se había dado cuenta.

—¿Qué quieres decir con que no eres de ellos?

Denny se encogió de hombros y volvió a centrarse en la costra.

Las palabras del niño le habían recordado a una especie de rito de iniciación para entrar en una banda. Se decía que esas cosas ocurrían en las grandes ciudades, donde adolescentes conflictivos peleaban a sangre fría por controlar el territorio y el trapicheo de drogas. Sin embargo, vivían en un pueblo pequeño y Denny no tenía ni doce años.

—¿Tienes que quemar algo para entrar en la pandilla? —preguntó, aunque no obtuvo respuesta—. ¿Los niños que llevan esas máscaras absurdas son una especie de banda?

Mirándose la rodilla, Denny soltó una risita. Aquello era ilógico, estúpido, ridículo. Y, sin embargo, Frank se había dado cuenta; él mismo lo había visto. La chulería con la que iban por la calle, pavoneándose, despreocupados, no era normal en los niños de su edad. Habían sido ellos. Habían provocado todos los incendios, habían reducido a cenizas el juzgado y habían matado a Ben Riley. ¿Qué cojones podía hacer Frank?

Denny se arrancó la costra, que supuró un poco.

Frank dejó el coche aparcado en el colegio y regresó andando a la comisaría, algo poco habitual en él. Sin embargo, ese día necesitaba que le diera el aire. Tenía mucho que asimilar.

En ese momento, era el único que sabía qué coño estaba pasando, y menos mal. En cuanto hubiera puesto al corriente a la brigada, todos empezarían a opinar. Pero primero debía aclarar sus ideas.

Aun así, siguió echando la vista atrás. No solía recordar su infancia a menudo, pero al hacerlo sonreía. Ya de niño le encantaba Colmstock: el olor, el asfalto, el calor constante y el sudor en la frente. Era lo único que amaba más que a Rose.

No tenía ni idea de cómo iba a devolverle la normalidad a la situación, a un pueblo que, sin él saber por qué, había tocado fondo. Pero tenía que encontrar una salida. Se trataba de su casa, de su mundo, y no había nada más importante.

En el Eamon's, esa noche parecía que todos querían agarrarse una buena cogorza: Frank, Bazza, Jonesy y Steve. Por suerte, el sacerdote probablemente haría de taxista para los cuatro.

—Joder, llevan una racha… —dijo Mia mirando al grupo, que tenía un aspecto lamentable—. Este bar ha perdido su gracia.

—¿La ha tenido alguna vez? —preguntó Rose.

—¡Claro! ¡Las noches de los viernes nos lo pasábamos de maravilla! ¿No te acuerdas?

Rose apenas recordaba sus inicios en el Eamon's, cuando el bar no le parecía tan deprimente, cuando todavía lo veía como un trabajo temporal. El bar se llenaba los viernes. La gente jugaba a los dardos o tomaba chupitos en la barra. A veces, Rose los acompañaba. Pero últimamente se le habían torcido tanto las cosas que no tenía nada que celebrar, y menos un viernes.

La noche anterior, se había colado en el despacho de Jean para escribir y enviar otro artículo al *Star*. Aún no había transcurrido un tiempo prudente como para obtener respuesta, pero el silencio había traído consigo la sensación de rechazo.

No quería seguir en el Eamon's. Y menos con ese imbécil a pocos pasos. Además, sabía que terminarían pescándola.

Aspirante a periodista y okupa al descubierto: pierde su empleo y el techo donde se refugiaba. Nadie querría leer ese artículo. Volvió a sentir una punzada de pánico en el estómago. Ya no le preocupaban su futuro ni de qué iba a vivir el resto de su vida. Solo le preocupaba llegar al final del día.

Mia, con una sonrisa de oreja a oreja, no hacía más que cuchichear sobre Bazza. No se cansaba. Rose intentó desconectar. Estaba hasta las narices del tema. Se chupó el dedo y lo hundió en la esquina de la bolsa de patatas fritas vacía para tratar de recoger las migas mientras Mia parloteaba sin descanso. Si robaba solo una bolsa al día, Jean no debería darse cuenta.

—Ese tío es imbécil profundo, Mia —estalló por fin—. De verdad, no entiendo qué le ves.

Mia se quedó de piedra.

—No lo es.

—¿Qué coño ganarías casándote con un tío así? Te quedarías encerrada aquí para siempre.

Tensa, Mia se encogió de hombros.

—Nos merecemos algo mejor —afirmó Rose, aunque en ocasiones le preocupaba que Mia no pensase lo mismo.

A veces, su amiga decía tonterías, como si se olvidara de que ellas eran distintas, como si fuera una más entre el resto de los idiotas de ese pueblo de anormales.

—No todo el mundo es tan listo como tú —contestó Mia, seria, mirando al suelo.

—¿Qué dices? ¿Que no crees que nos merezcamos algo mejor que esto? —preguntó Rose señalando a su alrededor con la mano. Al Eamon's, a Bazza.

—Siempre hablas de nosotras, pero en realidad solo hablas por ti —dijo Mia sin mirarla.

—¿Qué dices?

—Estoy harta de oír lo tontos que son todos menos tú. Te crees mejor que nadie.

—¿Y según tú no debería pensarlo? ¿Que no soy mejor que la panda de retrasados que vienen aquí? —dijo Rose bajando la voz, pese a que tenía ganas de gritar.

Cuando Rose la insultaba, Mia siempre apartaba la cara, pero en ese momento la miró con dureza.

—¿Por qué lo dices en voz baja? —Y alzó la voz—: Si eso es lo que piensas, venga, dilo. Dilo en voz alta, que nos enteremos todos.

Varias cabezas se giraron hacia ellas.

—Mia…

—Ya decía yo.

Mia se marchó a la cocina dándole un golpecito al pasar. Rose hizo una bola con la bolsa de patatas y la tiró a la basura, pero cayó en el hueco de detrás. Encima. Joder.

Quitó el cubo. Nadie lo había movido en años y encontró pelusas enormes y restos de basura. Alrededor de Rose, todo era mugre y sordidez.

Sacó con estrépito el cepillo y el recogedor, y se agachó. ¿Cómo podía parecerle bien a Mia la situación? ¿Cómo podía parecerle bien tener que arrodillarse y limpiar con sus propias manos la mierda de detrás de un cubo de basura a cambio de una miseria?

Las pelotas de suciedad y polvo se amontonaban; Rose las barrió con furia. Se fijó en una que se había dado la vuelta. Era una rata. Otra puta rata muerta. La metió en el recogedor, la tiró a la basura y se marchó a su habitación. La barra no se podía quedar desatendida, pero ¿qué más daba? De todas formas, el bar estaba infestado de policías.

Abrió la puerta de la habitación sin tomar precaución alguna y cerró de un portazo. Se sentó en el suelo, delante de la cama, hundió la cabeza entre las rodillas y empezó a respirar hondo. Enfadarse no le iba a servir de nada. Se había volcado por completo en su último artículo. Si no se lo publicaban, podría olvidarse de su sueño casi con total seguridad.

Suplicando para sus adentros, cogió el móvil con la esperanza de que el teléfono hubiera vibrado sin que ella lo notara y tuviera una llamada perdida del *Star*. Nada. Comprobó el correo electrónico. Tenía uno nuevo del *Star*, de hacía diez minutos. Vio la dirección. La misma del «no» de la semana anterior. Joder. No quería abrirlo. Joder. Pulsó en el correo. Lo leyó por encima en busca del «lamentamos», pero lo que encontró fue un «muy interesados». Le dio un vuelco de alegría el corazón, respiró hondo y leyó el mensaje atentamente, desde el principio.

Sonreía cuando regresó a la barra. Mia ya estaba allí, de espaldas a ella. Rose la abrazó por detrás y le apoyó la barbilla en el hombro.

—Perdóname. Sé que me he portado como una gilipollas.

Mia no contestó. Estaba tensa.

—Si Baz te gusta, no hay más que hablar. Lo que quiero es que seas feliz.

—Me hace feliz.

—Pues eso es lo importante.

Rose la dejó apartarse y sacó una botella de Bundy.

—Jean está con las cuentas. Yo también echo de menos los viernes.

Mia no la miró.

—¡Se acabó este ambiente tan serio! —Los hombres miraron a Rose, que estaba alineando vasos de chupito sobre la barra—. Lo que sea que pase puede esperar a mañana.

Frank se levantó de la silla, sonriéndole de un modo nuevo. Sus ojos emanaban confianza, seguridad. Rose debía hablar con él cuanto antes. Su nuevo artículo saldría el domingo. El *Star* parecía creer que a la gente le gustaban las lecturas ligeras sobre posibles pederastas después de ir a la iglesia.

—¿Frank? —lo llamó Rose mientras sostenía la botella de ron sobre uno de los vasos.

—Venga, ¿por qué no?

Ella comenzó a llenar los vasitos puestos en fila: sabía que todos se unirían a Frank. Cuando llegó al último, el olor a Bundy era inconfundible. Steve Cunningham se dirigió a la barra a por el suyo. Al igual que en otras ocasiones, Rose estuvo tentada de preguntarle cómo llevaba su familia el asunto de la muñeca, pero prefería no hacerlo delante de Frank.

—¿Le pongo uno con zumo de manzana? —le preguntó al sacerdote.

En su rostro barbudo se dibujó una sonrisa amplia.

—Con Coca-Cola, mejor.

Rose vio que Mia seguía molesta. Se estaba arrancando esos trozos de piel seca tan desagradables que tenía alrededor de las uñas y le salió una gotita de sangre. Normalmente, cuando la veía así, Rose le daba un codazo y le llamaba la atención, pero esa vez pensó que lo mejor sería no decirle nada.

—Toma. —Deslizó el chupito por la barra hacia Mia—. Después, si te apetece, echamos una partida de dardos.

—Por favor, chicas —intervino Frank—, no quiero que matéis a nadie, ahora mismo no tengo tiempo para lidiar con un homicidio.

Steve y Baz ahogaron una risita y Rose arqueó una ceja. Se tomó el chupito echando atrás la cabeza y el alcohol le abrasó la garganta; luego se dirigió a la diana a por un dardo.

—Era broma —dijo Frank.

—Ya, seguro.

Rose retrocedió tres pasos. Sentía encima todas las miradas. Llevaba jugando a los dardos siete años, pero aún se ponía nerviosa. Si fallaba, quedaría en ridículo. Pero, por algún motivo, supo que acertaría. Era por la sensación de éxito, que para ella era una droga que la hacía sentirse segura, imparable, como si nada pudiera interponerse en su camino, como si, por fin, nada fuera imposible.

Colocó el dardo a la altura del hombro, tomó impulso y lo lanzó recto. Sonó al clavarse en la diana. No en el centro, pero casi.

—¿Qué decías?

Antes de que Frank pudiera desdecirse, sonó su móvil. Descolgó de inmediato.

—¿En serio? —dijo sorprendido, y a Rose le pareció que miraba fugazmente a Steve Cunningham—. Bien, de acuerdo. Voy para allá. —Se guardó el móvil en el bolsillo, cogió el chupito y se lo bebió de un trago—. Gracias. —Se relamió el ron del labio inferior y se dio la vuelta para marcharse.

—Espera un segundo —le dijo Rose.

Aquello no iba a resultar fácil. A Frank se le borró la sonrisa, como si por la expresión de Rose supiera qué se avecinaba. Ella salió de detrás de la barra y lo cogió del brazo para llevarlo aparte.

—Muchas gracias por lo de ayer —empezó—. Me lo pasé muy bien.

Frank miró primero sus propios zapatos y después miró a Rose.

—De verdad, me tengo que ir.

—Lo sé, pero…

Frank se dio la vuelta y echó a andar.

—Ya hablaremos.

«Siempre las rompo».

UNA NOTA ESPELUZNANTE RECRUDECE EL TERROR DE PORCELANA
Rose Blakey

La noche del martes, una nota anónima conmocionó a la policía municipal de Colmstock. Carente de firma y fecha, todo apunta a que su autor es la misma persona que ha dejado una serie de muñecas de porcelana a la puerta de las casas, aterrorizando a las familias del municipio.

«No soy un perturbado. Tan solo me gustan las muñecas. Siempre las rompo. Las veo y quiero coleccionarlas. Quiero ponerlas en fila, puras e impolutas. Quiero que sean perfectas, pero soy incapaz.

—C. M.»

Los padres de las niñas que han recibido las muñecas están muy preocupados por la seguridad de su familia, y algunos han llegado a pensar que la policía no pone todos los medios para proteger a sus hijas. «Es perturbador, ¿verdad?», afirmó Jillian Hane, madre de Lily Hane, una criatura de seis años que ha recibido una muñeca. «¡Se trata de nuestras hijas!».

Hasta el momento, no hay detenidos ni sospechosos en este

caso, que no deja a nadie indiferente. «No son capaces de encontrar una conexión», aseguró Lucie Hoffman, madre de otra víctima. La policía municipal de Colmstock se niega a revelar información sobre un caso que amenaza a los miembros más queridos del municipio.

22

Mia no había podido dormir.

Al igual que otras veces, se había puesto a ver anuncios de licuadoras en la teletienda para dejar de pensar. Le resultaba raro pelearse con Rose; solo había pasado en contadas ocasiones y, al final, siempre era ella quien terminaba disculpándose. No soportaba estar enfadada con su amiga.

Ese día tocaba ir a la iglesia, así que tuvo que madrugar. Su padre ya no la acompañaba. Antes era capaz de llegar desde el coche hasta la parroquia apoyado en el bastón, pero ya no podía. O tal vez no quisiera.

—Rose se comportó como una imbécil anoche —le contó Mia mientras le daba una buena cucharada de papilla—. No sé si está celosa de Bazza y de mí o qué le pasa.

Su padre estaba sentado a la mesa con un trapo de cocina al cuello. Mia ya se había acostumbrado a su aspecto, con la mitad del rostro casi paralizado. Ese era su padre. El de las fotografías viejas de la pared solo era un desconocido guapo y fuerte.

—Siempre me habla como si fuera tonta y manipulable.

Su padre le puso una mano en el brazo. Tampoco podía hablar, pero no importaba: Mia sabía qué le habría dicho si pudiera.

—Lo sé, no tengo que menospreciarme. Estoy hasta las narices de que se crea por encima de todo el mundo. Como si el resto no nos esforzáramos lo suficiente. ¿Por qué tiene ella que ser mejor que los demás? —Le dio otra cucharada—. Dice que Baz es idiota, pero, como nos vaya bien, nos va a cambiar la vida, papá. Nos podría ir mucho mejor.

Su padre dejó caer la mano.

—¡Además, es muy guapo! De todas formas, Rose se marcha. Si se va a la ciudad a por esa vida maravillosa, ¿por qué no me deja disfrutar a mí? No para de repetir que nos vayamos juntas, pero ni me ha preguntado qué quiero hacer yo.

Se levantó para guardar la comida en el frigorífico y dejar la cuchara en el fregadero. Fuera como fuese, Rose estaba a punto de irse. Debía empezar a planear su vida sin ella. Se miró en el espejo de la puerta, se recolocó varios mechones sueltos detrás de las orejas y volvió a mirar a su padre.

—¿Tienes que ir al baño antes de que me vaya? —le preguntó.

Él negó con la cabeza.

—¿Seguro?

Su padre no la miró. La semana anterior también le había dicho que no, pero, cuando volvió del trabajo, Mia se lo había encontrado tirado en el suelo, junto a la puerta del cuarto de baño, con los pantalones manchados.

Mia le limpió la barbilla con el paño de cocina y le sonrió. Se volvió hacia la televisión y puso el canal de deportes.

—Hoy vuelvo directamente, ¿vale? Que se las apañe Rose para volver a casa. —Le dio un beso en la mejilla y se fue.

Sabía que era demasiado temprano para ir a la iglesia. Iba en sentido contrario, hacia la casa de Rose. Cuando llegó al lago, dio un volantazo a la izquierda.

Aparcó en el descampado, se bajó del coche y se dirigió a la valla de metal. En un lateral había un hueco abierto entre la tela metálica y el poste de hierro, por donde solía colarse con Rose cuando eran pequeñas. Aunque por poco, todavía cabía.

La tasa de suicidios del pueblo era alta, sobre todo entre los varones jóvenes. Mia no entendía el porqué. Dave no fue el primer compañero de clase en suicidarse, ni tampoco el último.

Al llegar a la boca de la mina, se detuvo. Se agachó delante de ese agujero negro y cerró los ojos. Del interior salía una brisa fresca; si se concentraba, podía sentir el murmullo refrescante del aire en las mejillas.

Cuando Dave saltó, debió de pasar unos segundos suspendido en el aire, flotando en medio de la oscuridad. Mia se preguntó, como siempre que acudía a la mina, si Dave habría pensado en ella en aquel momento; en la boda que no celebrarían o en el rostro de los hijos que nunca tendrían. Se preguntó si ella, de saltar, pensaría en Rose.

Ojalá que no. Ojalá que durante esos segundos en la nada, antes del sueño final, se sintiera flotar, sin la pesadez que siempre parecía llevar a cuestas. Aunque fuese un instante, se sentiría ligera.

Se dio la vuelta y regresó al coche. No quería llegar con el sermón empezado.

184

23

Como ya no vivía en su casa, Rose no tenía que ir a la iglesia. Hacía años que no creía en Dios, pero eso, al fin y al cabo, era lo de menos. Sabía que tendría remordimientos si se pasaba el domingo durmiendo en lugar de estar con los demás.

Ese día había mucha humedad. Mientras recorría apresuradamente la calle, con los hombros empapados en sudor, vio en el paso de peatones a la anciana a la que había esquivado delante del ayuntamiento. Parecía angustiada por la velocidad a la que pasaban los coches. En un principio, Rose estuvo tentada de seguir su camino, pero, a juzgar por la situación, o intervenía, o la mujer no llegaría a la iglesia.

—¿Quiere que la ayude?

La anciana respondió aferrándose a su brazo. ¿De dónde sacaban tanta fuerza esas personas tan frágiles? La mujer miró a Rose. Por el brillo de sus ojos tras las gafas, parecía a punto de echarse a llorar. Rose esperaba que no lo hiciera.

—No dejan de pasar. No se paran —dijo mirando a Rose.

—No van a parar hasta que no se baje de la acera —le contestó.

—¿Qué?

Rose la cogió del brazo y pisaron juntas el asfalto. Los coches se detuvieron. Algunos, impacientes, avanzaron unos centímetros cuando ellas empezaron a cruzar. El bastón de la anciana, de madera y color rojo oscuro, hacía un ruido sordo a cada paso que daban.

—Antes siempre se paraban cuando estabas esperando para cruzar —aseguró la anciana.

Rose se preguntó cuánto tiempo hacía de eso, porque ella no lo había visto nunca.

—Supongo que los tiempos cambian.

—¿Qué?

Rose elevó la voz.

—¡Que los tiempos cambian!

—No, no —contestó la mujer, aferrándose aún más a su brazo—. Es el corazón; la gente ya no es como antes.

Rose vio a una muchedumbre a las puertas de la iglesia. Muchos llevaban un periódico. Contuvo la respiración. Ejemplares del *Star*. Se soltó de la mano de la anciana.

—Gracias, cariño —le dijo la mujer cuando Rose se lanzó hacia la multitud.

Las dos mujeres que habían acompañado a la señora Hane el domingo anterior formaban parte del gentío. Cuando Rose se acercó, las oyó decir:

—Creo que me va a dar algo.

—¡No!

—Sí.

Rose le quitó a una el periódico de las manos.

—¡Qué poca educación! —le espetó la mujer, pero Rose hizo caso omiso.

Su artículo estaba en la portada. Ni en sueños se lo hubiera imaginado. Se quedó aturdida. Lo había conseguido. Una portada. No era una tontería. Todo iba a cambiar. Tenía que decírselo a Mia.

—¡Tú! —La señora Cunningham le salió al paso arrastrando a su marido—. ¡Vas a decirme ahora mismo a qué estás jugando! —rugió furiosa, y se le acercó tanto que estuvo a punto de pisarla.

Rose dobló el periódico con cuidado y se lo metió debajo del brazo.

—¿Que a qué estoy jugando?

—Sí —dijo la señora Cunningham con el rostro encendido—. No hace falta que todo el estado se entere. Esto es cosa del pueblo y lo vamos a resolver nosotros.

A modo de disculpa, Steve sonrió a Rose por detrás de su esposa.

—¿No tienes ningún respeto por mi marido? ¿Ni por Frank?

—A ver, tampoco es eso —intervino la mujer a la que Rose le había quitado el periódico—. Tenemos derecho a saber qué está pasando. ¿Por qué no informó la policía en cuanto lo supo? ¡Son nuestras hijas! Deberíamos saber si corren peligro.

A su alrededor, la gente asintió con la cabeza y la señora Cunningham forzó una sonrisa.

—Ay, no te preocupes, Fiona, en eso coincidimos —le dijo a la otra mujer—, pero esta lo único que hace es meter cizaña. Es nuestro pueblo y resolveremos las cosas a nuestra manera.

—Pero, si no hubiera escrito el artículo, no sabríamos que tenemos que preocuparnos. Y yo habría dejado a mi… —la mujer tragó saliva—, a mi niña, la pobre, ir sola al colegio.

—Nadie secuestraría a tu niña, créeme —aseguró la señora Cunningham, que a continuación se dirigió a Rose—: Lo que me gustaría saber es cómo puñetas te has enterado de lo que decía la nota.

A Rose no le caía bien esa mujer. Siempre le había parecido una bruja.

—No puedo desvelar mis fuentes.

—Qué tontería. De todas formas, no hace falta que lo digas. Aquí todos sabemos cómo consiguen las putas lo que quieren.

Rose iba a abrir la boca para replicarle, pero entre la multitud se levantó un murmullo.

—Ay, no. ¿Lo habrán visto?

—Seguramente se habrían enterado.

La gente volvió la vista tratando de atisbar por encima de la muchedumbre lo que pasaba al otro lado. La señora Cunningham y Rose hicieron lo mismo. Habían llegado los Riley, con el desolador silencio que parecían arrastrar allá donde fueran. Iban vestidos de domingo: el señor Riley, con unos pantalones negros; la señora Riley, con un vestido azul hasta las rodillas del mismo tono que sus ojos, y su hija, Carly, con una blusa abrochada hasta la barbilla. Rose intentó recordar su aspecto antes del incendio. Siempre había ido a su tienda. Recordaba a Ben, con una sonrisa enorme, detrás del mostrador, haciendo torres de monedas plateadas. Trató de visualizar el rostro de sus padres, pero no lo consiguió. Ver esas bocas sonreír se le antojó imposible.

El señor Riley llevaba un ejemplar del *Star* y el matrimonio estaba leyendo las palabras de Rose en la portada. Sus ojos se desplazaban aprisa por la página y Rose se percató del momento exacto en el que llegaron a la nota. La señora Riley levantó la vista y la dirigió a la multitud con una expresión de pánico, como si alguien fuese a atacarla. Entonces atrajo a su hija hacia sí, se dieron la vuelta y regresaron por donde habían venido sin pronunciar palabra.

La multitud reanudó sus conversaciones. La señora Cunningham se volvió a Rose, negó con la cabeza y se marchó con aire ofendido. Steve masculló una disculpa y se apresuró tras ella.

—Qué pena me da esa familia —oyó Rose que decía la mujer que tenía detrás—. Esto es lo que menos necesitan ahora.

—¿Qué ha querido decir con que nadie secuestraría a mi hija?

—Con todo lo que han pasado… ¿Adónde vamos a ir a parar?

—Mi hija es guapísima.

—Se va a enterar Frank.

—Me parece que vas a tener que ponerte a la cola.

Rose vio que las mujeres miraban hacia el aparcamiento. El

señor Hane estaba hablando con Frank y Baz. Apenas se parecía al hombre al que Mia y ella habían entrevistado la semana anterior; estaba irreconocible. Encendido y fuera de sí, se encaraba con Frank. En ese momento, considerarlo peligroso ya no parecía tan ridículo. Rose hubiera querido oír la conversación, pero estaban demasiado lejos. Detrás de su marido, la señora Hane aferraba a Lily y, a su lado, Denny, con el dedo en la nariz, le devolvía la mirada a Rose.

Ella se dio la vuelta. Más valía que Frank no la sorprendiera mirándolos. Ojalá hubiera podido hablar con él la noche anterior. Mia estaba junto al portón de la iglesia, charlando con uno de los hermanos de Bazza. Rose fue a acercarse, pero su amiga apartó la mirada cuando la vio. Rose se detuvo; Mia debía de seguir enfadada. Pensó que era una tontería quedarse, tenía mucho que hacer. Oír un sermón aburrido sería una pérdida de tiempo. Abandonó el patio de la iglesia y se lanzó tras los Riley.

Tardó unos veinte minutos en llegar a su casa. Por el camino había sudado tanto que llevaba el pelo pegado al cuello y la camiseta húmeda. Le hubiera gustado tener un aspecto profesional, pero en la calle, con tanta humedad, era imposible refrescarse. Abanicándose la cara con la mano, llamó a la puerta.

Abrió la señora Riley. Rose esperaba que se sorprendiera, pero permaneció impasible.

—Hola, me llamo Rose. Soy la autora del artículo de esta mañana. ¿Podría pasar para hablar con ustedes?

La señora Riley la miró, inexpresiva. Entonces se giró.

—Es la periodista —gritó hacia el interior de la casa—. Quiere entrar.

—Si les viene bien… —añadió Rose mientras la señora Riley seguía con la cabeza ladeada.

—De acuerdo —oyó decir a una voz masculina, y la señora Riley le permitió entrar.

—Gracias —contestó Rose, aliviada por apartarse del sol.

El señor Riley estaba sentado en el salón, aún con la ropa de domingo. Se levantó y extendió el brazo para estrecharle la mano. Su palma fría contrastaba con la de ella, pegajosa de sudor. Avergonzada, Rose retiró la mano y se la secó en los pantalones cortos.

—Siéntate.

Ella se sentó en un pequeño sillón junto a la puerta.

—¿Quieres tomar algo? —preguntó la señora Riley en un tono tan bajo que Rose tuvo que esforzarse por oírla.

—Un vaso de agua, por favor.

La señora Riley asintió con la cabeza y salió de la habitación.

Rose no estaba segura de qué iba a encontrarse, de cómo sería el día a día en una casa azotada por la tragedia. La disposición de las habitaciones era similar a la de la casa de los Hane. A un lado de la puerta principal había un saloncito y, al otro, una cocina. Dio por sentado que los dormitorios se encontraban al final del pasillo. Se preguntó si el de Ben seguiría tal y como lo había dejado.

El salón estaba limpio y su decoración era sencilla. El único adorno eran tres fotografías enmarcadas sobre la repisa de la chimenea. Las tres eran de la hija. Rose apartó la mirada. Observándolas, se sentía como una intrusa. Le extrañó la ausencia de fotografías de Ben, aunque tampoco sabía qué podía considerarse extraño en una situación como la de aquella familia. El matrimonio se había visto obligado a no intervenir mientras su hijo moría quemado. ¿Quién era ella para calificar de extraño su modo de actuar? El señor Riley estaba en el sofá, mirándose las rodillas. Rose tenía la sensación de estar abusando, de que no debería estar allí.

—Lamento que mi artículo los molestara esta mañana —le dijo al señor Riley.

Él asintió con la cabeza.

—No te preocupes.

—¿No le habló Frank de la nota?

—No —dijo él, y Rose vio un destello de ira en sus ojos. Sacó el cuaderno.

—¿Le importaría hacer algunas declaraciones para mi próximo artículo?

—Preferiría no hacerlo —dijo el señor Riley sin rodeos.

—Ah. —Ella se apresuró a guardar de nuevo el cuaderno en el bolso—. Claro, no se preocupe. Lamento haberlo dado por hecho. —Se sintió como una gilipollas.

Como no supo qué decir, miró sonriendo al señor Riley. Aún se veía que había sido un hombre apuesto, de nariz recta y llamativos ojos azules, aunque tenía la piel agrietada por el sol, la punta de la nariz rosácea y la frente surcada por grandes arrugas.

—Aquí tienes.

Rose estuvo a punto de dar un respingo; no se había percatado del regreso al salón de la señora Riley, que sostenía un vaso de agua con hielo, lleno de gotitas de condensación.

—Gracias.

Rose lo cogió y, bebiéndose la mitad de un trago, disfrutó del frío que le recorría la garganta y el cuerpo.

La señora Riley se sentó junto a su marido. Estaba muy delgada. Seguramente solo era seis o siete años mayor que Rose, pero aparentaba haber entrado ya en los cuarenta. Cuando se sentó, el vestido se le levantó un poco. Estaba tan delgada que sus rodillas parecían demasiado grandes y nudosas. Rose levantó la vista y, cuando sus miradas se cruzaron, se sonrojó. ¿Qué hacía mirándole las piernas a esa pobre mujer?

—Siento si me he metido donde no me llaman —aseguró, rompiendo el silencio pegajoso—. Tan solo quería asegurarme de que están bien, de verdad. No sabía que se enterarían de lo de la nota por mi artículo.

El señor Riley asintió con la cabeza.

—En realidad, no creo que deban preocuparse —prosiguió Rose. Joder, ojalá estuviera Mia allí—. Es decir, Frank no está

191

preocupado, y él sabría si es necesario preocuparse. No tiene por qué significar nada.

Volvió a beber agua y tragó haciendo ruido. Se sentía arrogante, desagradable y ofensiva en esa casa. Quería terminar y marcharse.

—Me preguntaba si... —¿Cómo decirlo?— si creen que hay alguna conexión entre los sucesos. O sea, entre el incendio y esto. La muñeca.

—Creo que deberías irte —afirmó el señor Riley.

—¿Qué? Perdón... No era mi intención ofender.

—Pues lo has hecho.

La señora Riley pasó junto a Rose, sin mirarla siquiera, y le abrió la puerta. Sintiéndose lo peor del mundo, Rose se levantó.

—De verdad que lo lamento.

No pudo mirarlos a los ojos mientras salía al calor abrasador.

24

—¿Rose Blakey? —preguntó una voz masculina al otro lado del teléfono.

Rose estaba en el almacén, sentada encima de un barril, con el móvil apretado contra la oreja. Un número desconocido la había llamado mientras preparaban la barra y se había escaqueado para contestar.

—Soy Damien Freeman, redactor jefe adjunto del *Sage Review*.

Rose dejó escapar una especie de graznido extraño; era la primera vez que le pasaba.

—Leí tu artículo ayer, antes de que fuera a imprenta. Ha causado sensación entre los redactores. No se habla de otra cosa.

—Gracias —fue todo lo que Rose logró responder.

—Rich, del *Star,* me pasó tu contacto. Espero que no te moleste que te haya llamado.

—¿Del *Star*? —repitió Rose, que, estupefacta, ni siquiera pensaba en lo que decía.

—Sí, su redacción está debajo de la nuestra. Los dos pertenecemos al grupo Bailey.

El borde del barril se le clavó en el muslo, pero Rose ni se inmutó. En un primer momento, el nombre no le dijo nada, pero entonces cayó en la cuenta de quién era: Jonathan Bailey, el magnate de los medios de comunicación. Había oído hablar de él cientos de veces y sabía que era dueño de periódicos, cadenas de televisión y emisoras de radio, pero le pareció ridículo que el *Sage Review* y el *Star* perteneciesen al mismo grupo. Tragó saliva, obligándose a centrarse en la conversación.

—Gracias. Es un placer hablar con usted.

—El placer es mío.

—Gracias —contestó sin terminar de creerse lo que le decían.

—¿Has escrito para otros diarios? ¿Para alguno más —titubeó— intelectual que el *Star*?

—No, la verdad.

—De acuerdo, no pasa nada. Bueno, Rose, la verdad es que pensamos que esta noticia tiene mucho potencial. En nuestra opinión, se ajustaría mejor al *Sage*.

—¿En serio? —No se lo creía. Su sueño se estaba haciendo realidad.

—En casos como este, enviamos a un periodista con experiencia para que escriba un artículo de fondo. Por supuesto, te pagaremos por haber descubierto la noticia.

Esas palabras le sentaron como un puñetazo en el estómago.

—He escrito artículos en blogs y otros medios —mintió.

—Bien, perfecto. —Le estaba dando largas—. Bueno, creo que Chris podría ir la semana que viene. Nos vendría muy bien que le enseñaras la zona y le recomendaras dónde alojarse.

El único alojamiento de Colmstock era el Eamon's. Si mandaban a ese tío, se quedaría, primero, sin noticia y, después, sin cama.

—De acuerdo —contestó.

¿Qué otra cosa podía decir?

Mia y Bazza estaban enrollándose en la barra. Los labios de ambos se recorrían con suavidad, subiendo y bajando, y la punta

194

de las lenguas aparecía y desaparecía. Cuando notaron la presencia de Rose, se detuvieron de golpe.

—Por mí no os cortéis.

Con la expresión de Bazza, a Rose se le encogió aún más el estómago. La miraba con un odio acérrimo, como si estuviese a punto de darle una paliza, pero, en lugar de eso, se dio la vuelta y regresó a la mesa de los policías. Jonesy clavaba la vista en ella con una aversión idéntica. Hasta el sacerdote la miraba decepcionado. Por su parte, Steve Cunningham no le quitaba ojo a su cerveza, avergonzado seguramente porque su mujer hubiera insultado a Rose por la mañana. Frank no se dio la vuelta. Estaba encorvado y, de nuevo, le daba la espalda. Rose pensó que esa vez no le resultaría tan fácil que la perdonara.

—¿Qué pasa? —le preguntó en voz baja a Mia, que estaba secándose la boca con el dorso de la mano.

La noche anterior apenas habían hablado mientras recogían. Rose estaba molesta porque la hubiera ignorado en la iglesia, pero esperaba que su amiga no siguiera enfadada; bastante tenía ya con lo suyo.

—Están cabreados por el artículo. Por tu culpa, Frank está de mierda hasta las cejas.

Rose ya sabía lo que la esperaba, pero aun así le dolió.

—No he dicho que sea él el que me contó lo de la nota.

—Ni falta que hacía. Es obvio.

—No quiero meterlo en un marrón.

—Pues ya es tarde.

La frialdad de Mia era patente. Rose prefirió callarse. Seguro que su amiga se disculparía después, cuando se le hubiera pasado un poco el enfado.

Asumiendo el daño que le había hecho a Frank, Rose cogió varios cubiertos y empezó a envolverlos en servilletas. Jean no había ido a trabajar esa noche. Los domingos nunca había jaleo. Debían asegurarse de que todo estuviera perfecto para cuando ella llegara al día siguiente.

Rose alzó la vista cuando Will entró en el bar y ocupó su sitio de siempre. Sus miradas se cruzaron y a Rose se le aflojó un poco el nudo del estómago. Volvió a centrarse en los cubiertos e intentó, desesperada, trazar un plan.

Al otro lado de la barra, los hombres hablaban entre susurros.

—Menuda zorra —soltó Jonesy.

—No es una zorra —protestó Frank.

—No, es una guarra.

—Ahora mismo tenemos cosas más importantes entre manos —contestó Frank reprendiendo a Jonesy con la mirada.

Jonesy se dirigió al sacerdote:

—Hoy no le habrán confesado nada interesante, ¿no?

—No —respondió el sacerdote con seriedad—, y sabes que, aunque fuera así, tampoco os lo diría.

—C. M., le sigo dando vueltas —intervino Steve—. Sería muy obvio que fueran unas iniciales, ¿no?

—Vete a saber —contestó Baz—. Podrían ser cualquier cosa.

—¿Cuál es tu segundo nombre? —le preguntó Jonesy a Steve—. No será Mark, ¿no? ¿O Melvin?

—Qué va.

Todos le dieron un buen trago a la cerveza.

—Entonces, ¿tú qué piensas, Steve? ¿Que es alguien de aquí? —preguntó Frank.

—No creo… No veo a nadie de Colmstock haciendo esto —respondió Steve mirando directamente a Will.

—Nosotros sí sospechamos que sea alguien del pueblo —susurró Bazza.

El sacerdote y Steve levantaron la mirada, atónitos.

—¿Y en qué os basáis?

—¿Qué motivos podrían existir para hacer esto, padre? —le preguntó Jonesy al sacerdote sin quitarle ojo a Steve.

—Ni idea.

Jonesy insistió:

—Pero ¿si tuviera que decir uno?

Dejaron de hablar cuando Rose empezó a recoger vasos de la mesa. Todos evitaron mirarla.

Una vez que estuvo a una distancia prudencial, el sacerdote respondió:

—Diría que se trata de alguien que ha empezado a perder poder.

—¿Perder poder sobre qué? —prosiguió Jonesy.

—No lo tengo claro. Está mandando notas y aún no ha pasado nada. Se lo está pensando.

—¿Tú qué dices, Steve? —preguntó Baz.

Pero Steve había desconectado de la conversación. Iba por la cuarta cerveza.

—Ni idea. Solo sé que ahora mismo me tienen cogido por los huevos. Mi mujer está cabreada y todo el mundo quiere información, pero no la tengo.

Dándole un trago a la cerveza, Jonesy se fijó en Steve y luego miró al sacerdote.

—Entonces, ¿por qué envió la nota? ¿Quiere que sepamos que va en serio?

—Quiere que sepáis con quién estáis tratando —contestó el sacerdote despacio.

—¿Con alguien con impulsos? —preguntó Frank, que no dejaba de mirar a Steve.

—Impulsos repugnantes —añadió Baz.

—Puede.

Jonesy se relamió la cerveza del labio superior.

—Pero ¿cómo se podría averiguar quién tiene esos impulsos repugnantes?

Frank sonrió.

—La tecnología actual es una maravilla.

—Una auténtica maravilla —matizó Baz.

—Puedes encontrar lo que quieras.

Todos miraban a Steve.

—Creo que me he perdido. ¿Tenéis alguna pista o algo?

—Algo así —afirmó Jonesy, echándose hacia delante.

—Bueno, genial entonces.

Steve soltó una risita, aunque en el fondo se estaba empezando a irritar. Le daba la sensación de que estaban hablando en clave.

—Tenemos a los novatos investigando los registros de todos los adultos de Colmstock que vienen de fuera. Se tarda, pero hemos descubierto cosas que no sabíamos —aseguró Frank.

—Por ejemplo, que la directora del colegio tiene trece multas por exceso de velocidad y que le han retirado el carné tres veces.

—¿De verdad? —preguntó Steve, que ya no sonreía y tenía la vista clavada en las manos de Frank, como embobado ante el abundante vello de sus dedos.

—Sí. No sé si querría a esa mujer a cargo de mis hijos —dijo Frank.

—Por suerte, no los tienes —contestó Jonesy.

—Ahora no, pero los tendré algún día. No hablan bien de ella todas esas multas.

—Ni de su sentido de la responsabilidad —añadió el sacerdote.

—¿Tú qué opinas, Steve? Tus hijas van a ese colegio.

Steve se encogió de hombros.

—Bueno, por hoy creo que estoy servido. Mi mujer quiere que vuelva a casa un poco antes.

—¿De verdad? —dijo Frank, mostrando todos los dientes en una amplia sonrisa, aunque con una expresión sombría en los ojos.

—Y ahí no acaba la cosa —intervino Baz.

—Antes de comprar el Eamon's, Jean aseguró que había sido víctima de un delito —afirmó Jonesy—, pero a mitad del juicio retiró la denuncia.

—No la hubiera tomado por una mentirosa, pero ahí la tienes —dijo Frank—. Hemos descubierto muchas cosas de la gente de este pueblo.

—Un montón —añadió Bazza.

—En un pueblo como este, crees que lo sabes todo de todo el mundo, pero nada más lejos de la realidad. Aquí también hay gente de fuera… y a veces se te olvida —aseguró Jonesy con su voz dura y monótona.

—¿De dónde decías que eras, Steven? ¿De Londres? —le preguntó Frank, aún con la sonrisa en la cara.

—De Nottingham.

—Ah, sí… Es verdad. Te detuvieron en un cuarto de baño de Nottingham, ¿no?

Steve no contestó. Miró suplicante al sacerdote, que desvió la mirada mientras se ponía de pie.

—Me voy —afirmó.

—Aprovecho para que me acerques —contestó Steve mientras empezaba a levantarse. Pero Frank lo cogió del brazo.

—Si no te has terminado la cerveza.

—Ya, pero me tengo que ir —dijo Steve con voz débil.

La puerta ya se había cerrado. El sacerdote se había ido.

—Bueno —prosiguió Frank—. Ahora que no está nuestro sacerdote, ¿me vas a contar qué es lo que le gusta de un baño público a un perturbado como tú, Steve?

—¿Te pone que te la chupen desconocidos? —preguntó Jonesy en voz baja, arrastrando las palabras.

Steve los miró a uno y a otro.

—No sé —dijo Frank—. Dicen que una boca es una boca, pero no me atrae que me irriten los huevos con la barba.

—¿O es porque los niños entran solos? —lo presionó Jonesy.

199

—¿Niños? ¡Qué decís! —La voz de Steve sonó estridente y chillona.

Jonesy se levantó arrastrando la silla.

—Voy a echar un cigarro.

—Te acompaño. —Bazza también se puso de pie.

—Creo que os estáis confundiendo.

—Vamos —dijo Frank—. No vamos a hablar de estas cosas delante de las señoritas, ¿no?

Bazza agarró a Steve por el hombro con cierta dureza y todos se dirigieron hacia la puerta trasera.

Rose, que había notado el ambiente enrarecido, los vio marcharse. Pasaba algo. Steve estaba lívido y Baz lo llevaba cogido por el hombro.

—¿Se lo llevan detenido? —le preguntó a Mia.

—Baz dice que es un pervertido.

Oyeron un grito amortiguado procedente del pasillo. Will se levantó de un salto y su silla cayó al suelo.

—¿Qué pasa? —preguntó.

Solo quedaban ellos tres en el bar.

—Creo que le van a dar un escarmiento —contestó Mia asustada.

—¡No lo dirás en serio!

Otro grito. Rose echó a correr por el pasillo, hacia la puerta trasera.

Steve estaba tirado en el suelo, al lado del contenedor. Bazza, Jonesy y Frank lo estaban moliendo a patadas, empleándose a fondo contra las costillas, mientras Steve intentaba arrastrarse hacia dentro.

—¡Ya vale! —chilló Rose.

Agarró a Frank, tratando de apartarlo. Él tenía los hombros empapados en sudor caliente. Era más fuerte de lo que pensaba. No logró moverlo ni un centímetro.

Steve estaba muy cerca de los escalones, pero Rose sabía que no le serviría de nada. Jean hubiera logrado poner paz, pero ella no sabía cómo intervenir. Will y Mia aparecieron en la puerta.

—¡Parad! —gritó Will al ver lo que ocurría.

Cuando se acercaron, Mia vio a Steve en el suelo y se tapó los ojos.

—Dios mío —musitó.

—Ya decidiremos nosotros cuándo parar. —El pecho de Frank subía y bajaba, agitado.

Will se acercó a él apretando los puños.

—No, parad ya.

Bazza se interpuso entre ellos.

—¿O qué? ¿Vas a llamar a la policía?

Mia se aproximó a él y le puso una mano en el pecho.

—Vámonos, Baz. Ya.

Lo agarró del brazo y trató de arrastrar aquella mole.

—Vete —le ordenó Frank, que no apartaba la mirada de Will—. Lo tenemos controlado.

—Venga —dijo Mia en voz baja y Bazza se dejó llevar.

Mientras los demás los veían marcharse, Rose miró a Steve. Seguía arrastrándose, con la ropa hecha jirones y dejando escapar gemidos de dolor. Iba a tener que llevarlo al hospital.

—¿Te puedes levantar? —le preguntó en voz baja.

Steve, indefenso, se volvió hacia ella con la mirada perdida. A Rose le recordó a una vaca justo antes de entrar al matadero.

—Ah, joder, ¡mierda! —Se agachó junto a Steve.

Jonesy se acercó a ellos.

—¿Me ayudas a llevarlo? —le preguntó Rose a Will. No quería dejar a Steve tirado en el suelo.

Notó que algo le pasaba zumbando por delante.

El pie de Jonesy.

Se estrelló contra la cara de Steve. La nariz crujió. Se le partieron los dientes. La sangre salpicó a Rose, que chilló.

Jonesy, riéndose, se limpió la sangre del talón contra el borde de las escaleras.

—Se acabó —soltó Will, que miraba con dureza a Frank.

Frank dio un paso al frente para plantarle cara. Jonesy se llevó la mano a la pistola.

—¡A vuestra puta casa! —gritó Rose.

Frank se dio la vuelta y su mirada se reblandeció.

—Es un pervertido, Rose.

—Me importa una mierda. Que os vayáis. ¡Ya!

A regañadientes, Frank retrocedió.

—Vámonos.

Los dos se dirigieron al aparcamiento, Jonesy con actitud chulesca, y Rose y Will se quedaron solos con el hombre inconsciente.

25

Entre ambos levantaron a Steve. No podían dejarlo tirado en el suelo duro y sucio. Will lo cogió por debajo de los brazos y Rose, por los tobillos. Cuando giraron para entrar en la habitación dos, la cabeza de Steve se golpeó contra el marco de la puerta. Con cuidado, lo dejaron en la cama.

Rose intentó no mirarlo. Lo que antes había sido una cara sin barba y aseada, en ese momento recordaba a la carne cruda. Steve se retorció emitiendo un sonido ronco y horrible, y luego tosió y salpicó la colcha de sangre y trozos de dientes.

—Voy a llamar a la ambulancia —dijo Will saliendo de la habitación.

Rose se dirigió al cuarto de baño a por una toalla. La colocó bajo el grifo y esperó a que saliera agua caliente. Se miró en el espejo. Tenía la cara blanca y manchas de sangre en la barbilla, la mejilla y el cuello. La ira que la había invadido durante la pelea se había desvanecido por completo para dejar paso a un temblor y un martilleo en la cabeza. Se mojó la cara y se restregó bien la sangre mientras trataba de recomponerse.

Con la toalla empapada en agua caliente, regresó a la habitación y se sentó junto a Steve. Empezó a limpiarle la sangre con cuidado. Tenía la nariz tan torcida que su forma era inverosímil y parecía tener rota la mandíbula, que le colgaba contrahecha.

Mientras se la limpiaba con suavidad, se percató de que tenía la boca desencajada y le habían machacado los dientes.

De su boca burbujeó sangre. Estaba intentando hablar.

—No hables —le dijo Rose.

Una burbuja estalló en la comisura desgarrada de la boca de Steve. Estaba a punto de llorar mientras luchaba contra el delirio para hacerse entender. Rose tragó saliva. Oía a Will en la habitación contigua.

—Al hotel Eamon's Tavern, en la calle Union. No, no sé el número.

—¡Setenta y dos! —gritó ella, desesperada porque volviera.

Steve volvió a mover los labios. Rose se estremeció, pero se inclinó hacia él.

—Dime. —Sin embargo, quería que dejara de intentar hablar.

—Ella lo sabe. No son… no son niñas… ¿Cómo han podido…?

Rose no sabía muy bien a qué se refería, pero estaba segura de que Steve no era un pederasta ni mucho menos.

—Lo sé —le contestó, evitando al máximo mirarlo—. Tú descansa.

Siguió limpiándole la cara con la esperanza de que al menos lo estuviese aliviando. Tampoco podía hacer más. Will regresó y se sentó con ella. Le puso una mano en la rodilla. Rose prosiguió su tarea con suavidad, viendo cómo a Steve se le amorataban e hinchaban los golpes, hasta que, a lo lejos, oyó la sirena de la ambulancia.

Los técnicos de emergencias se llevaron a Steve y Rose y Will se quedaron solos en el pasillo, en silencio.

—Buenas noches —dijo ella al final, entró en su habitación y cerró la puerta.

Se sentó en la cama y observó las manchas de sangre en la sábana. Aún veía el rostro de Steve, aún oía el zumbido del pie de Jonesy… y el crujido de la nariz.

Cerró los ojos y se tapó las orejas con las manos, pero no sirvió de nada. Eran casi las dos de la madrugada; tenía que intentar dormir. Una vez disipada la adrenalina, sintió el peso de las extremidades y una punzada en la cabeza. Tiró al suelo la sábana ensangrentada con el pie, se tumbó y cerró los ojos. La habitación empezó a darle vueltas, como si estuviera bebida, así que volvió a sentarse y se apoyó contra la pared.

Más tarde, oyó que llamaban a la puerta con suavidad.

—¿Rose? —Era la voz de Will.

Se levantó con las piernas temblorosas y abrió la puerta. Will parecía haber rejuvenecido de pronto.

—¿Estabas dormida?

Rose negó con la cabeza.

—Vente a mi habitación si quieres, si no te apetece estar aquí con… —Sus ojos se posaron en la sábana ensangrentada sobre la moqueta—. Si no te apetece estar sola.

Ella lo miró sin saber qué decir.

—No quiero estar solo —prosiguió Will. Y añadió—: Solo dormir. Sin segundas intenciones.

—De acuerdo.

Rose le rozó el pecho con el hombro cuando salió al pasillo. Will la siguió y cerró la puerta.

Se quedó de pie junto a Rose mientras ella se sentaba en la cama. Luego se fue al otro lado y se acostó. Se echó una sábana por encima y la levantó por el lado de Rose, que se metió debajo y se tumbó. No se tocaban, pero las sábanas y el olor cálido de Will la reconfortaron. La cabeza dejó de darle vueltas.

—Nunca había visto nada igual —afirmó él con la vista clavada en el techo.

Rose cerró los ojos.

—Yo tampoco.

* * *

Se durmió de inmediato, sin darse cuenta. El olor de Will era como un tranquilizante. Pero tuvo pesadillas horribles. Huía, perseguida por Frank y Jonesy. Los dos lo sabían. La iban a matar. Rose corría pidiendo perdón y dando gritos; intentaba levantarse, pero Frank se le echaba encima. Jonesy levantaba el pie sobre sus ojos y ella veía que la suela, llena de barro y a escasos centímetros de su cara, bajaba zumbando.

Se despertó entre jadeos, como si le faltara el aire, sudada y pegajosa.

—Tranquila —oyó a su lado.

Se dio la vuelta, de nuevo asustada. Will estaba junto a ella y la miraba preocupado.

—Perdón —se disculpó ella.

—No hay nada que perdonar. Si yo hubiera podido dormir, también habría tenido pesadillas.

A Rose le pareció que había dormido solo cinco minutos, pero una luz pálida y grisácea inundaba la habitación. Debía de ser temprano. Se llevó una mano a la frente e intentó calmarse.

—Soy padre —soltó Will.

—¿Qué?

—Siempre me preguntas que por qué estoy aquí. Hace poco me enteré de que era padre.

Rose apartó la mano y lo miró. Él estaba mirando el techo y su silueta se recortaba en la luz grisácea.

—Hace años, de joven, era un capullo engreído. Y empecé a salir con una chica, Bess —continuó—. Nunca llegó a decírmelo, pero creo que venía de una mala relación. Solo estuvimos juntos unas semanas. Yo me sentía su salvador, ya sabes, el que le demostraría cómo deberían haberla tratado o alguna mierda de esas.

Rose iba a decirle que no tenía por qué contarle nada, pero Will prosiguió.

—Como era algo poco serio, no le di más importancia cuando dejó de llamarme. Hace unos meses, recibí una carta. Era suya.

Decía que se había quedado embarazada y que el bebé era mío. De verdad —dijo mirando a Rose—, no tenía ni idea, te lo juro.

A ella le apetecía extender el brazo y acariciar a Will, decirle que no pasaba nada, que no lo estaba juzgando, pero no lo hizo.

—Aun así, fue muy raro. ¿Quién escribe cartas hoy en día? Mandas un correo electrónico o llamas por teléfono, pero me escribió una carta. Decía que tenían problemas. Que sabía que yo era buena persona y que no les fallaría. Que sería mejor que estuviera conmigo, que me preparara, y que me volvería a escribir para indicarme el sitio y el momento.

—¿Y no te volvió a escribir?

—No. Esperé un mes, a lo mejor un poco más, pero nada. Estoy seguro de que le ha pasado algo. Y por eso estoy aquí. He dejado mi trabajo, todo. Pero no consigo encontrarla.

—¿Y cómo supiste que estaba aquí?

—No había remite ni ningún otro dato, pero el sello sí tenía un código postal. La carta la envió desde Colmstock.

—¿Tienes alguna fotografía de Bess?

Will negó con la cabeza.

—¿Y por eso estabas buscando en el registro? ¿Por eso tienes un oso de peluche?

Él la miró.

—¿Cómo sabes lo del oso?

Rose buscó alguna excusa, pero Will empezó a sonreír, se tumbó y sacudió la cabeza.

—Eres de lo que no hay.

—Así que por eso estás aquí. —Rose tomó aire. Lo que iba a decir, estando juntos en la cama, era muy incómodo—: Y por eso no quisiste besarme. Porque quieres formar una familia.

—No —contestó Will, que seguía sonriendo y la miraba con el rabillo del ojo—. Sé que siempre andas enredada en líos y ahora mismo eso es lo que menos necesito.

—¡De eso nada! Es más, me iba a ofrecer a ayudarte. Este pueblo es muy pequeño y no creo que haya muchas Bess que sean madres. La encontraremos. Me imagino que no sabrás su apellido.

—¡Claro que sí! Tan inepto no soy. Era Gerhardsson. Pero ya lo he buscado y no he encontrado a ninguna Bess Gerhardsson.

Rose empezó a darle vueltas a la cabeza, intentando recordar si había oído ese apellido alguna vez, pero aún estaba aturdida.

—Entonces, ¿vas a ayudarme?

—¿No querías que te dejara en paz?

—Me daba la sensación de que querías husmear para escribir algún artículo lacrimógeno y horrible para tu periódico.

—¡Cómo iba a hacer eso! —dijo ella, herida en su orgullo—. Que sepas que has perdido la oportunidad de que te ayude.

—Venga ya —contestó Will con un tono alegre—. Si lo estás deseando.

—¡Pues no! Que te den.

Will se puso de lado.

—Por favor.

—No —contestó Rose, notando la calidez que desprendía su piel.

Él extendió el brazo y le tocó el tatuaje recorriéndolo hasta el hombro.

Rose se estremeció por dentro, pero intentó que no se le notara. Acercándose aún más, Will le acarició una ceja. Tenía una expresión seria, como si estuviese aprendiéndose su cara de memoria.

Ella deseaba tocarlo, tenía tantas ganas que sentía una especie de dolor atravesándole el cuerpo. Logró esbozar una sonrisa.

—Pensaba que habías dicho que no había segundas intenciones.

—Por favor, ayúdame a encontrarla —dijo Will, que en ese momento le recorría la parte inferior del rostro.

—De acuerdo —contestó ella con un suspiro.

Bajo esa luz, Will estaba muy guapo y sus ojos parecían oscuros. Rose se inclinó hacia él y lo besó en los labios con tanta suavidad y tan despacio que, a pesar del sudor, se le erizó todo el cuerpo.

—Qué mal momento —dijo Will echándose hacia atrás—. ¿Por qué no te habré conocido antes? ¿O después?

—O sea, ¿que te gusto? —Rose sonreía—. ¿Aunque ande enredada en líos?

Will la miró.

—Diría que no estás mal.

La envolvió en un abrazo y Rose apoyó la cabeza en su pecho. Notaba el corazón de Will latiendo con fuerza; cuando sus respiraciones se calmaron y se acompasaron, comenzó a palpitar más despacio. Un minuto después, se había vuelto a quedar dormida.

26

Rose oyó su teléfono sonar en la habitación contigua. Estaba abrazada a Will, con la cabeza apoyada en su pecho. Él emitió un gemido mientras parpadeaba. La claridad bañaba la habitación; la mañana debía de estar avanzada. Rose se frotó el rostro. Tenía sudada la mejilla que había descansado sobre Will. Se dio la vuelta y se levantó. Cuando llegó a su habitación, el teléfono había dejado de sonar.

Abrió la puerta. Apestaba a metal oxidado y húmedo. La sangre de la colcha había adquirido un tono rojo oscuro y se había coagulado. Se sentó en la cama y buscó el móvil entre las sábanas.

La mirase como la mirase, la paliza a Steve había sido culpa suya. De lo que había escrito.

Vio una llamada perdida de Mia. Se alegró de que fuera de ella. Quería recuperar la normalidad. ¿De qué les valía estar enfadadas? No tenía sentido.

—¿Hola?

—Hola. ¿Has podido dormir?

—No, la verdad es que no. ¿Llegaste bien a casa?

Rose miró la mancha de sangre.

—Sí. ¿Qué tal con Bazza? ¿Se cabreó porque te lo llevases?

—No, qué va.

Hubo un silencio. Era raro que una conversación con Mia no fluyera con naturalidad.

—Todavía no me creo lo que hicieron —dijo Rose—. ¿Les pasará algo?

Oyó un roce de telas. Mia debía de estar incorporándose o dándose la vuelta.

—Ni idea. Seguramente nada.

—¿Cómo? —preguntó Rose—. ¿Crees que saldrán impunes después de pegarle una paliza a alguien inocente?

—Ya te lo dije: Bazza dice que es un pervertido. Tiene antecedentes.

Rose no se lo podía creer.

—Pero ¡eso no es excusa para que le revienten la cara! —Tragó saliva para intentar relajar el tono—. Tendrías que haberlo visto, Mia. Por muy bien que se recupere, la cara no le va a quedar igual.

Mia permaneció en silencio. A Rose no le entraba en la cabeza que una persona tan cariñosa se mostrase tan insensible.

—Mira, creo que deberíamos ir a hablar con su mujer…

—Tú lo que quieres son declaraciones para tu artículo.

—¡Para nada!

—No, ¡qué va! Venga, no me mientas.

Rose dudó un segundo más de la cuenta.

—No me parece justo ir a molestarla hoy. Déjala tranquila, pobrecita.

Rose se mordió la lengua para no contestar, porque sabía que se arrepentiría de sus palabras.

—Tengo que colgar. —Mia parecía agotada.

—Venga, vale.

—Adiós.

—Adiós.

Rose colgó, y se quedó mirando la sábana ensangrentada y engurruñida en el suelo. Hizo una bola dejando el revoltijo de sangre por dentro y la echó al lavabo. Cuanto más tiempo pasara, más difícil sería limpiar las manchas.

Se dirigió a la cocina, se puso unos guantes de fregar, cogió detergente y lejía, y regresó a la habitación. Abrió al máximo el agua caliente. Apretando el bote, vio el líquido amarillo caer como si fuera miel. Nunca se hubiera imaginado que Mia y ella pensaran distinto en un caso como ese. Su amiga siempre la había entendido y Rose también tenía la sensación de comprenderla a ella. Aunque tal vez se equivocase.

Tratando de respirar por la boca para evitar el olor, restregó la mancha y vio que los pegotes de sangre se separaban del algodón. El agua y la espuma no tardaron en adquirir un tono rosáceo. Vertió un poco de lejía en polvo e intentó frotar la tela con ella. Volvió a sumergir la zona ensangrentada con la base de las manos y estuvo a punto de gritar cuando los guantes se le llenaron de agua caliente y rosada. Al quitárselos, tenía pegado a la muñeca un trozo de diente amarillento.

Las manos le temblaban cuando lo tiró al agua y se las lavó. Sin apenas darse cuenta, se había encargado de limpiar el desastre que habían causado Frank y Jonesy, y de dejar que se fuera por el desagüe. Cerró los grifos y salió del cuarto de baño con las manos aún temblorosas. No pensaba fingir que no había pasado nada, que no tenía ninguna importancia.

Era una situación jodida, pero no iba a quedar así. Se secó bien las manos con una toalla y avanzó por el pasillo hasta la barra. Se quedó detrás, oculta en la penumbra. Era temprano, pero ya había gente en la calle Union y no quería que la vieran. En silencio, se coló en la salita que Jean utilizaba como despacho. Dejó caer de golpe sobre la mesa un listín telefónico, que pesaba una barbaridad, y lo abrió por la letra «C». Recorrió las páginas con el dedo hasta llegar a *Cunningham, S. M.* Estaba tan enfadada que no se lo pensó dos veces. Descolgó el teléfono fijo y marcó el número. Mientras esperaba a que respondieran, se sentó en el suelo y se apoyó contra uno de los frigoríficos.

—¿Dígame?

—Hola, ¿podría hablar con la señora Cunningham?

—Soy yo.

Rose no la había reconocido. La voz de la señora Cunningham solía sonar falsa cuando imitaba el acento británico de su marido, pero en ese momento no fingía.

—Escuche. Anoche estuve presente cuando a Steve... —No sabía muy bien cómo seguir—. Yo llamé a la ambulancia. Fue la policía. Frank, Jonesy, Bazza...

—Ya lo sé.

Rose se sintió aliviada.

—Ah, vale.

—Mi marido no es gay. Tenemos... un trato y...

—No, no me refiero a eso. Era... por si quiere hacer algo. No sé. Presentar cargos. Si quiere, puedo ir y hablamos de lo que ha pasado.

—Prefiero dejarlo correr. ¿Con quién hablo?

—Con Rose. Blakcy. —Se mordió el labio; la palabra «puta» aún resonaba en su cabeza.

—Sin comentarios.

La señora Cunningham colgó de inmediato.

Sin soltar el teléfono, Rose dejó caer la mano sobre el muslo. Esos hijos de puta iban a irse de rositas. La ira había fulminado a la culpa de un plumazo. La responsable no había sido ella. Había sido la policía. Habían reventado a patadas a un hombre tirado en el suelo sin siquiera escuchar su versión. Seguramente les diera igual.

Se sentó en la penumbra, mirando la barra, que estaba bañada por una luz dorada; las botellas de alcohol, que resplandecían con tonos verdes parduzcos, proyectaban su color en el tablero de detrás.

No era ella quien tenía que cargar con la culpa de la paliza. Eran ellos. Nunca había odiado tanto Colmstock, ese pueblo donde la gente solo valoraba a los miserables y jamás se cuestionaba nada. De una forma u otra, debía, por un lado, abrirle los ojos a la gente, mostrarle que la policía no era de fiar, y, por otro, demostrarle al *Sage* que la necesitaban, que no era una imbécil sin estudios incapaz de hilar varias frases para escribir un artículo sobre su pueblo.

Se levantó y se dirigió al viejo ordenador de Jean. Compuesto por una torre enorme y un monitor pequeño, tendría unos veinte años y chirriaba con lentitud. Tampoco podría decirse que el de casa de Rose fuese mucho mejor.

Mientras esperaba impaciente a que arrancara, intentó recordar si el redactor jefe adjunto del *Sage* había mencionado el apellido del tal Chris durante la conversación del día anterior. Creía que no, pero terminaría averiguando quién era y leería todos sus artículos para asegurarse de que el suyo fuera infinitamente mejor. El ordenador terminó de cargar, por fin, y el despacho se iluminó con el tono verdoso de la pantalla. Mirando el montón de iconos del escritorio, a Rose se le ocurrió una idea tan arriesgada e interesante que las piernas se le pusieron de carne de gallina.

En lugar de abrir el navegador, arrastró con lentitud el puntero hacia el icono de la cámara de vigilancia e hizo doble clic. Jean estaba muy concienciada con la seguridad. Siempre estaba encima de ellas para asegurarse de que cerraran bien todas las puertas las noches que se quedaban solas. Nunca comprobaba las grabaciones de las cámaras, pero Rose sabía que la tranquilizaba tenerlas por si entraban a robar.

Había una cámara en la puerta principal del Eamon's y otra en la trasera; el sistema de seguridad funcionaba con un sensor de movimiento y almacenaba la grabación durante quince días antes de borrarla. Rose sonrió con malicia cuando abrió la carpeta de la cámara trasera. En el primer vídeo, sorprendentemente, salía ella. En verde y negro, aparecía arrastrando despreocupadamente una bolsa llena hasta arriba de basura por los escalones. Vio cómo la levantaba por encima del hombro y la tiraba al contenedor. Le resultó extraño verse así. Ella no se percibía tan pequeña, pero se vio una espalda muy menuda mientras se observaba en la grabación, con la mirada puesta en el infinito. Se preguntó en qué estaría pensando cuando, en la imagen, se sacudía las manos y regresaba adentro. El monitor se quedó en negro un momento y después reprodujo otro vídeo. Jonesy bajaba sin prisa los escalones. Se colocaba un cigarro en la boca y luego ahuecaba una mano en torno al mechero. Daba una calada mientras se rascaba la espalda con la otra mano. Era muy desagradable. Rose pasó la grabación. La imagen de Jonesy se movía acelerada y se llevaba el cigarro de la mano a la boca sin cesar. De repente, comenzó a moverse de forma extraña, como si estuviera bailando. Rose pulsó al instante el botón de reproducir. Jonesy se frotaba la espalda contra los ladrillos, ladeándose un poco, y se rascaba el brazo contra la pared. Rose lo examinó con atención, intentando averiguar qué coño hacía, pero Jonesy apagaba el cigarro y regresaba dentro.

Siguió pasando la grabación. Aparecían, sobre todo, ella y Jean, a veces Mia tirando bolsas de basura y de nuevo Jonesy con su extraño baile para rascarse la espalda. Entonces salió Frank. Rose pulsó Reproducir y tragó saliva, nerviosa. Lo seguían Jonesy y Bazza, que le pasaba el brazo con fuerza a Steve alrededor de los hombros. De no saber lo que estaba a punto de ocurrir, hubiera parecido un abrazo cordial. Rose observó la conversación. Steve iba mirando a los demás; estaba claro que intentaba disuadirlos de lo que ella sabía que era inevitable. Bazza retiraba el brazo y Rose vio que Steve estaba listo para echar a correr, pero el policía lo sujetaba bruscamente de los antebrazos por la espalda. A Rose se le revolvió el estómago cuando vio a Jonesy y a Frank turnándose para darle puñetazos. Disfrutaban de lo lindo, sin duda. La grabación carecía de sonido, pero Rose aún podía oír las risas y las burlas dentro de su cabeza. Además de los gritos de la víctima.

Steve ya estaba en el suelo. Rose casi era capaz de sentir las patadas en su propio vientre. Entonces ella entraba en escena.

Agarraba a Frank por los hombros para intentar apartarlo. En ese punto, paró el vídeo. El resto ya lo había visto en persona; no le hacía falta revivirlo. A la velocidad que el ordenador le permitió, se envió el archivo por correo electrónico. No pensaba dejar que salieran impunes.

Periodista denuncia un caso de brutalidad policial. Sonaba de escándalo.

—Pero ¿estás segura de que esos tres hombres son policías? ¿Y de que al que le pegaron es un ciudadano normal y corriente? —preguntó Damien, el redactor jefe adjunto del *Sage Review* cuando Rose logró contactar con él.

—Sí, segurísima.

—Tal y como lo has descrito, parece que tiene potencial. ¿Puedes enviarme la grabación?

Rose estaba sentada en el borde de la cama. Tenía que medir sus palabras como nunca.

—Me interesa mucho este caso —aseguró, tratando de hablar en voz baja para que Will no oyera la conversación.

—Sí, ya me doy cuenta.

—Todas mis fuentes confían en mí y conozco los entresijos de este pueblo mejor que nadie. Si hay otra nota, me enteraré de inmediato. Su reportero tan solo asustará a la gente. —Tragó saliva.

A través del teléfono solo oyó silencio. Deseaba con todas sus fuerzas seguir hablando, tener la palabrería de la que Mia hacía gala cuando se ponía nerviosa. Pero en ese momento estaba ganando la partida y, si decía más de la cuenta, la perdería.

Al final, Damien le contestó con un susurro muy leve:

—Me parece que Chris ha perdido este tren. Mándame el vídeo y escríbenos el artículo. Lo quiero a finales de semana. Y más vale que sea bueno.

Rose se obligó a contener la emoción; por fin podía ofrecerles lo que querían.

—¿Y si es bueno?

—Si el vídeo causa sensación y escribes un artículo de verdad, no como esas tonterías sensacionalistas que le mandaste al *Star*... —Hizo una pausa y Rose pensó que ojalá pudiera meterse en su cerebro para hacerle decir lo que tanto necesitaba oír—. Lo estudiaremos.

Cuando Rose colgó, la pantalla del móvil estaba empapada en sudor.

27

El padre de Mia estaba dándose un baño de espuma y ella, sentada en el borde de la bañera, tenía los dedos bajo el chorro de agua caliente. A su padre le encantaba bañarse. Después de veinte minutos en el agua, tenía los dedos de las manos y los pies arrugados y rosáceos, pero no le apetecía salir. ¿Con qué derecho iba Mia a llevarle la contraria?

—¿Está bien de temperatura, papá?

Él trató de esbozar una sonrisa. Mia cerró el grifo y le dio un beso en la cabeza.

Baz no estaba en la cocina, donde lo había dejado, aunque la puerta del frigorífico estaba abierta. Cuando fue a cerrarla, Mia vio que faltaban otras seis cervezas. Baz había ido a su casa por primera vez la semana anterior, unos días después de su cita. Mia se había percatado de que él creía que iban a acostarse, pero, en realidad, ella quería que conociera a su padre. Era difícil adivinar la reacción de la gente al verlo: algunos eran incapaces de mirarlo y otros no le quitaban ojo. Si Baz era de esos, no malgastaría el tiempo con él, al igual que si a su padre no le gustaba. Sin embargo, la visita había ido bien. Baz había llevado cerveza y, cuando vio a su padre, no pareció desconcertado. Tal vez fuese porque él también había sido policía, pese a que solo habían coincidido en el cuerpo un año. Baz había abierto una cerveza para cada uno, se había sentado con él a ver el partido y le había dado conversación aun sin obtener respuesta, como si no se hubiera dado cuenta de nada.

A Mia cada vez le gustaba más Bazza, pero, al mismo tiempo, aquella sensación la asustaba. ¿Y si él no la correspondía? Ya no tenía edad para que le rompieran el corazón. Además, empezaba a imaginar cómo sería vivir con él, y sabía que no tenía que hacerse ilusiones. La cuestión era que con él su vida cambiaría a mejor. Tendría bastantes problemas menos; a cambio de limpiar más, sí, pero a eso estaba acostumbrada. Solo le quedaba una cosa: acostarse con él. En demasiadas ocasiones, los tíos habían dejado de interesarse por ella apenas llegaban al orgasmo. Sentía demasiada presión, había demasiado en juego como para que se dejara llevar. Cada vez que Bazza la besaba, ella solo pensaba en cuánto debía contenerse, en no pasarse de la raya. Lo que menos quería era parecer desesperada, aunque lo estuviera.

Vio a Bazza en el dormitorio, junto a la cama, mirando el retrato que su padre se empeñaba en tener en la mesita de noche. Se había quitado la chaqueta y llevaba la funda de cuero negro de la pistola sobre la camisa. Mia colocó un posavasos bajo la cerveza, que Bazza había apoyado en la mesita.

—¿Tu madre? —preguntó él, mirándola.

—Sí. —Mia se encogió de hombros—. A papá le gusta mirarla para dormirse.

Baz dejó de nuevo la foto en la mesita de noche, junto a la cerveza. ¿Se habría dado cuenta de que no le gustaba hablar de su madre? Él se volvió hacia Mia, que durante un instante pensó que iba a abrazarla. La rodeó con sus brazos y ella intentó relajarse, pero él la buscó con los labios. Se pegó con fuerza a su boca, separó sus labios con la lengua y le raspó la mejilla con su barba de tres días. La besó en el cuello, con una mano en su pelo.

—¿Alguna vez lo has hecho en el cuarto de tu padre? —le susurró en el cuello.

—Ya te lo he dicho: soy virgen —dijo con timidez.

Baz retrocedió y la miró. Entonces le quitó el vestido por la cabeza y lo tiró al suelo enmoquetado. Se quedó admirándola, con su ropa interior blanca y sencilla, su vientre suave, sus pechos abultándose en el sujetador con cada inspiración. Acarició todo su cuerpo, rozándola como si, más que quererla, la necesitara, como si, de ser posible, la hubiera devorado. La piel de Mia comenzó a responder a las caricias. Cerrando los ojos, pensó en Rose, en cómo reaccionaría ella a las caricias de Bazza, en si se tumbaría en la cama, se abriría y lo dejaría hacer o si llevaría ella las riendas. De su boca escapó un suave gemido. Mia ansiaba meterle la mano bajo los pantalones, sentir el calor y la palpitación de su carne. Sin embargo, se apartó. No podía dejarse llevar.

—Prefiero parar.

Se dejó caer en la cama. Si de verdad esperaba que él parase, debería vestirse, aunque lo que realmente quería era sentirse deseada. Saber que lo volvía loco, que se moría por hacer el amor con ella, la excitaba más que el sexo en sí.

—Te lo juro, me están empezando a doler los huevos.

Mia se rio. Era tan mono... Bazza se sentó a los pies de la cama y comenzó a manosearla de nuevo. Ella se giró y sacó la pistola de la funda.

—Arriba las manos —le ordenó con una sonrisa malvada.

Baz se rio y levantó los brazos. Mia le apuntó con la pistola.

—Pum —dijo fingiendo dispararle.

—No es un juguete —contestó Bazza.

Sosteniéndola, Mia notó su peso. Le pareció asombroso que pudiera acabar con una vida. Solo había que apretar el gatillo para acabar con alguien.

—¿Le has disparado a alguien alguna vez?

—Sí.

Mia se sorprendió.

—¿Y has matado a alguien?

—No.

Se alegró de oírlo. Su cuerpo no apreciaría igual las manos de Bazza si hubieran matado. Le dio la vuelta a la pistola preguntándose qué se sentiría al ser responsable de la muerte de una persona, cómo sería poner fin a una vida.

—¿Qué se sentirá? —se le escapó en voz alta.

—¿Al matar a alguien?

—Hum…

Con sus manos cálidas, Bazza le recorrió las piernas desnudas; apenas la miró cuando contestó:

—Frank sí lo ha hecho.

—¿En serio?

—Sí.

—Qué horror.

Le parecía imposible que Frank hubiera matado a alguien y siguiese siendo una persona tan normal; ese tío bajo y dulce que se sentaba en el rincón y llevaba una cogorza a la hora de cerrar. Pero entonces recordó su respiración mientras Steve estaba tirado en el suelo, su mirada, como si, en cierto sentido, estuviera disfrutando. Aun así, no era lo mismo que matar a una persona. Quien acababa con una vida debería quedar señalado con algo visible para todos, como una mancha.

Con cuidado, Mia devolvió la pistola a la funda. No quería volver a tenerla entre las manos. Si ella tuviese que matar a una persona, se moriría, independientemente de cuál fuera el motivo para matarla.

—Frank me asustó un poco anoche —reconoció—. Nunca lo había visto así.

—Hizo lo que creía que tenía que hacer —alegó Bazza.

Mia se encogió de hombros.

—Ya. Pero Rose me ha dicho que lo dejaron destrozado.

—Sí. —Él se pasó la mano por la cara—. Si te soy sincero, creo que la cosa se fue de las manos. Se desmadró.

Mia le dio un beso en la mejilla. Sabía que él no era como el resto. Se sentó y se puso el vestido, pese a las quejas lastimosas de Bazza. En ese momento, el dolor testicular jugaba a su favor.

Miró a Baz y sonrió.

—Ahora vengo.

Se dirigió al cuarto de baño y llamó a la puerta.

—Ya va siendo hora de salir —anunció.

Cuando abrió, tardó un segundo en comprender la situación.

El secador flotaba en la bañera y su padre, echado hacia delante, ponía todo su empeño en encender el interruptor con el bastón. Su rostro, anegado en lágrimas, tenía una expresión decidida.

—¡No!

Mia desenchufó el secador a toda velocidad, lo sacó de la bañera y lo dejó en el suelo húmedo. Abrazó a su padre y sintió su piel ardiendo. El vestido se le mojó de agua y sudor. Él lloraba en silencio, temblando entre sus brazos. Ella también quería echarse a llorar. Treinta segundos más y lo habría encontrado electrocutado, envuelto en vapor. Mia tragó saliva.

—Voy a mejorar las cosas —le dijo susurrando—, te lo prometo.

28

Bazza y Mia estaban besándose apasionadamente en un rincón. Frank pasó de ellos. Llevaba un buen rato intentando captar la atención de Rose. La noche anterior no había logrado dormir; aun con los ojos cerrados, veía a Rose gritándole con la nariz manchada por la sangre de Steve.

No se arrepentía lo más mínimo de haberle dado una paliza a ese maricón. Pero Rose era pura e inocente, y Frank odiaba saber que había descubierto cómo se recreaba reventándole las costillas a los que intentaban acabar con su pueblo.

Se acercó a ella, que estaba inclinada limpiando una mesa. Su cuello formaba un ángulo tan perfecto que anheló tocarlo.

—¿Rose? Lo siento. —Ella, ignorándolo, se dirigió a la siguiente mesa y continuó con su tarea—. No tendrías que haber visto lo de anoche —le dijo.

Rose ni siquiera se dio la vuelta para mirarlo cuando le soltó:

—Él no es el culpable, ¿no?

—¿Qué más da?

En su opinión, Steve era un pederasta en potencia. Siempre se decía que más valía prevenir, y eso es lo que había hecho precisamente mandando a ese pervertido al hospital.

Frank clavó la vista en la espalda de Rose buscando qué decir, qué palabras los transportarían al rato que habían compartido fuera del restaurante hacía menos de una semana.

Ella tenía un cabello suelto pegado al hombro que resplandecía bajo la luz. Frank se lo retiró con ternura.

—Tengo derecho a saberlo. ¿Fue Baz? —preguntó.

—¿Qué tienes derecho a saber?

—Baz le dijo a Mia lo que ponía en la nota y ella te lo contó, ¿no?

Rose se dio la vuelta y le lanzó una mirada de asco.

—¿Qué más da?

—Supongo que da igual.

Ella volvió a centrarse en la mesa. Frank pensó que dándole tiempo las aguas volverían a su cauce, que se le terminaría pasando el enfado.

Él había tenido un día de perros. Había intentado averiguar cómo solventar el asunto de los putos incendios, pero no lo había logrado. Y lo peor de todo era que le había tocado llamar a los Riley. Le había prometido a la señora Riley que encontraría al pirómano y, al parecer, solo era un reto de mierda de una pandilla de niños. Le comentó al señor Riley que el caso ya estaba en manos de protección de menores, que la rehabilitación sería más efectiva que la condena, pero él había insistido en que se equivocaba y ¿quién era Frank para contradecirlo? De todas formas, si tenía que discutir con alguien, no iba a ser con ese hombre. Frank se percató de la fuerza con la que apretaba el puño sobre la mesa, del tono pálido de los nudillos. Y encima seguían sin hallar pruebas sólidas. Tan solo contaba con lo que había largado el niñato de Denny, que no había vuelto a soltar prenda.

—Vámonos, Baz —ordenó sacando las llaves del coche y haciéndolas tintinear mientras se dirigía a la puerta.

Bazza se separó de Mia y siguió a Frank como un perro bueno y obediente.

* * *

Apenas Jean salió por la puerta principal, Rose entró por la trasera y se fue directa a la habitación de Will. Llevaba todo el día pensando en él. Se sentía mal; tenía muchas cosas sobre las que meditar, pero al final sus pensamientos siempre volvían a Will. Roja como un tomate, había ido a comprar condones. Hacía mucho que no se acostaba con nadie, años. Su intención de abandonar Colmstock era tan firme que había evitado cualquier posible atadura, incluidos los tíos. Además, los del pueblo tampoco le gustaban especialmente. Sin embargo, aquello era distinto. Se había pasado todo el día pensando en él, incapaz de centrarse en nada más.

Llamó a su puerta con los nudillos.

—Hola —dijo cuando Will abrió.

—¿Te puedo ayudar? —preguntó él con formalidad.

Increíble. ¿Iba en serio? ¿Iba a obviar lo que había pasado entre ellos la noche anterior? A Will se le iluminó el rostro con una sonrisa, la agarró dc un brazo y la hizo entrar.

—¿Qué horas son estas? Llevo esperándote todo el día —dijo cerrando la puerta.

Entonces la besó con ansia y metió las manos entre su pelo. Llegaron a la cama y Rose le rodeó la cintura con las piernas. Will se echó con todo su peso encima de ella sobre el colchón y, aunque la aplastaba, ella quería más, quería notarlo más cerca todavía, atravesar su piel con las manos.

Le desabrochó el botón de los vaqueros.

Él cerró los ojos, apoyando su frente en la de ella.

—Siempre te sales con la tuya, ¿no?

—Dicen que me gustan los problemas.

Rose le metió la mano por debajo de los calzoncillos ajustados y notó el ardor de su miembro. Le mordió el lóbulo de la oreja con suavidad. Sintió el cuerpo de Will estremecerse bajo su piel.

Él le quitó los pantalones cortos y, a continuación, se levantó para desnudarse. Rose rasgó el envoltorio del condón que llevaba en el bolsillo y sacó el circulito blanco. Will se sentó en la cama, y ella se colocó encima de él, con una rodilla a cada lado de su cadera, y le puso el preservativo.

—Hola —dijo, presa de los nervios de repente, con la cara tan pegada a la de él que podía ver las manchitas de tonos parduzcos de sus ojos.

Will sonrió, atrajo la cara de Rose hacia la suya y volvió a besarla, con una mano enredada en su pelo y la otra acariciándole la espalda. Rose introdujo poco a poco su miembro dentro de sí y luego se sentó dejándose caer; el impacto del cuerpo de Will contra el suyo le provocó deseos de gritar de alivio. Comenzaron a moverse y ella se quitó la camiseta y el sujetador para sentir la calidez de su cuerpo. Will la agarró de la cintura.

—Tengo que parar —susurró.

—No.

Rose lo agarró de los riñones y lo empujó hacia dentro, tanto que casi le dolió. Le daba igual que se corriera enseguida. Tenían toda la noche.

Rose se despertó de golpe. Había llegado la hora. En el techo, el ventilador daba vueltas. Observó el reflejo de la luz de la calle en las aspas de plástico. Se pasó otros diez minutos pendiente de la respiración de Will para asegurarse de que estaba dormido y se levantó con cuidado. Se sentó en el borde, atenta por si él se despertaba. Se vistió en medio de la oscuridad, se puso las zapatillas al lado de la cama y, al ver que Will no se movía, se colgó el bolso del hombro.

Antes de salir del Eamon's, cogió unos guantes rosas de fregar que había junto a la pila. Se quedó quieta en la entrada. Eran casi las cuatro de la mañana y la calle estaba desierta. El único movimiento era el de la comisaría, iluminada por fluorescentes blancos, donde algunos pobres policías, con turno de guardia, trabajaban encorvados delante del ordenador o clavaban la vista en sus cafés en la sala de descanso.

Dentro de una hora, el edificio sería un hervidero, pero en ese momento reinaba la calma típica de una noche sin incidentes. Habría alguna que otra llamada relacionada con la violencia de género, aunque después de ver a una mujer machacada en el suelo todas parecían iguales. Habría algún accidente de tráfico, de eso no había duda, pero después de ver una cara destrozada contra el volante sería más de lo mismo.

Si las persianas de la sala de pruebas hubieran estado levantadas, Rose habría visto en el tablón cinco fotografías de niñas, cinco muñecas idénticas a ellas y la primera nota, un trozo de hoja de rayas azules con palabras garabateadas, colgada en el centro.

Con los guantes puestos, sacó del bolso con mucho cuidado una funda de plástico y de ella, un trozo de hoja de rayas azules con palabras garabateadas, similar al del tablón de la sala de pruebas, aunque escribir esa nota le había costado más. Con muchísima prudencia, la dobló por la mitad.

CUARTA PARTE

Quien mucho miente prospera
entre la gente.
—Anónimo

29

—¡Flor!

Laura salió del colegio lanzándose hacia su hermana.

—¿Te apetece ir a la biblioteca? —le preguntó Rose.

—¡Sí! —dijo Laura cogiéndole la mano.

—¿Qué tal el día?

—Bien, pero ya no vamos de excursión al museo. —Laura le dio una patada a una piedra.

—¿Por qué?

—No sé. Porque son tontos.

Rose se rio.

—Pero os habrán dado alguna explicación.

—Eh… —La pequeña se quedó pensando—. Han dicho que hace falta más vigilancia por lo que está pasando.

—¿Lo que está pasando?

—¡Sí! Pero es porque son tontos. Tara ha dicho que mejor, que ella se marea en el autobús y que son tres horas y vomitaría seguro.

—¿A ti te apetecía ir?

Rose esperaba que dijera que no. No se le había pasado por la cabeza que sus artículos pudieran repercutir en el colegio. Sí sabía que afectarían a los policías, pero, visto lo visto, las fuerzas del orden le repugnaban. Ojalá a Frank le diera un derrame cerebral intentando descifrar su nota. Sin embargo, jamás hubiera pensado que aquel asunto alteraría la vida del colegio.

—Sí —contestó Laura—, pero porque quería ver a Tara echar la papilla.

—¡Puaj! —dijo ella en tono de broma.

—¡Seguro que lo habría salpicado todo! ¡Habría sido asqueroso!

La sección infantil de la biblioteca estaba vacía, algo muy raro a esa hora; normalmente, después del colegio solía estar muy concurrida. Ese día, Laura tenía a su disposición la sala entera. Rose se rio cuando la vio revolcarse en la alfombra musitando:

—¡Toda mía!

—Laura —dijo extendiendo el brazo para tocarla—, ¿en tu clase hay alguien con el apellido Gerhardsson?

—¿Niña o niño?

—Da igual.

—No. Está Stephanie G., pero la «G» es de Godden.

Rose sabía que no podía ser tan sencillo, pero por probar no había perdido nada.

—Vale. Ahora vuelvo. Elige un cuento y te lo leo.

—¿De verdad? —Los ojos de su hermana se iluminaron; se levantó de un salto y corrió a las estanterías.

Rose subió al entresuelo. Hojeó los volúmenes para ver si alguno mencionaba al asesino del Zodiaco. Su historia era una pasada.

Escribir como un psicópata perturbado le había resultado más difícil de lo que creía. El contenido de la nota le había parecido ridículo, extravagante, absurdo. No le entraba en la cabeza que la policía se lo hubiera tragado. Con todo, si pretendía seguir mandando notas, debía tomárselo en serio. Tenía que hallar la forma de dar un paso más para que el *Sage* se interesara de verdad por la noticia.

232

Hasta el momento, había escrito artículos cortos y sencillos, pero el *Sage Review* era un periódico serio, con noticias de verdad. Tenía que mandarles algo creíble y no obscenidades. Al hablar con el redactor jefe adjunto y decirle que tenía otra nota en su poder, él le había preguntado si daba la impresión de que su autor tuviese intenciones criminales. Por su forma de preguntarlo, ella había sabido qué quería. Esperaba encontrar algo de inspiración en el asesino del Zodiaco, pero allí no parecía haber más información.

Disfrutando de la tranquilidad de la biblioteca, se asomó por la ventana. Las ideas se le agolpaban en la cabeza. Palabras repugnantes e imágenes que los lectores devorarían con ansia. ¿Por qué a la gente le encantaban las situaciones macabras?

Notaba el calor de la ventana contra la cabeza; la reconfortaba. Sentía los hombros y los músculos relajados. Hasta ese momento no se había dado cuenta de que estaba en tensión constante. Su plan iba a funcionar. Todo saldría bien. Nadie la pillaría y, si lo hacían, ¿qué era lo peor que podía pasarle? No eran más que palabras en un trozo de papel. Frank se pondría hecho una furia, pero eso le daba lo mismo. Conseguiría un puesto de trabajo, ayudaría a Will a encontrar a Bess y después se iría a la ciudad. Tal vez él también volviera después de solucionar sus asuntos en Colmstock. Mia no tardaría en perdonarla. Todo saldría bien. Poco a poco, cuando notó la frente lisa y el cuerpo distendido, abrió los ojos y miró lo que quedaba del juzgado.

Volvió a fruncir el ceño. Había algo que no le cuadraba. Estiró el cuello para intentar distinguir qué era. En el hueco entre las ruinas y la tienda de alimentación, unos desperdicios plateados y brillantes contrastaban con los restos ennegrecidos. Parecían bolsas de patatas fritas. Al lado había una especie de camiseta blanca y mugrienta. Aunque era muy probable que un sintecho desesperado hubiera buscado refugio allí, le resultó raro. El edificio era muy peligroso. En realidad, dormir en el poblado de los buscadores de piedras preciosas habría sido más seguro, ya que se protegían entre ellos. Volvió a sentir el cuerpo en tensión.

Era probable que Laura pusiera patas arriba la sección infantil si la hacía esperar mucho más, así que se lanzó escaleras abajo. No tuvo más remedio que reírse cuando vio lo que había hecho su hermana: todos los pufs estaban amontonados en un rincón, formando una especie de casita, con cuatro en la base y otro arriba, a modo de tejado.

Rose se puso de rodillas.

—Toc, toc.

—¿Quién es? —gritó Laura.

—El coco.

—No, mentira —contestó su hermana.

Rose se apretujó en esa cueva estrecha, iluminada por una luz naranja que se filtraba entre los huecos de los pufs rojos. Laura estaba sentada junto a una pila de cuentos.

—Tienes que leérmelos todos —dijo señalándolos.

—De acuerdo.

Rose quería compensarle el no poder ir de excursión, aunque solo fuera a perderse a una pobre niña vomitando. Cogió el primer libro, *El pájaro del brujo*, y empezó a leer.

Cuando terminó de leer, recogieron los libros y se dirigieron al mostrador.

—¿Tienes tu carné de la biblioteca? —preguntó Rose.

—Sí.

Laura dejó la mochila en el suelo y empezó a rebuscar apartando los cuadernillos y el táper. Rose se preguntó cómo serían los almuerzos de su hermana sin ella en casa para preparárselos; seguro que el pan de los sándwiches estaba roto y lleno de agujeros. Laura alargó el brazo con el carné en la mano y una sonrisa enorme, como si hubiese estado muy preocupada porque la mochila pudiera habérselo tragado de verdad.

Rose le dio los dos cuentos ilustrados.

—Ahora dáselos a la señora del mostrador.

Quería que Laura, al ser ya un poco más mayor, empezase a hacer sola esas cosas. Criándose en esa casa, tenía que aprender a arreglárselas por sí misma cuanto antes.

Ambas esperaron delante del mostrador. La bibliotecaria estaba pasando libros por el escáner con un movimiento mecánico, sin prestar atención. A Rose le recordó a sí misma cuando secaba la vajilla en el Eamon's. Siguió esperando con Laura, consciente de lo mal que sentaba una interrupción cuando estabas deseando terminar algo tan aburrido, pero la mujer, en cuanto acabó con ese montón, empezó con el siguiente.

—Hola —dijo Rose, pensando que tal vez no las había visto.

La mujer las escrutó con una expresión dura y prosiguió con su tarea. Laura miró a su hermana, dubitativa, con el brazo aún extendido y el carné en la mano.

—¿Puede sacar mi hermana estos cuentos, por favor? —preguntó Rose, y dio un respingo cuando la mujer soltó con estrépito la pila de libros y le arrancó a Laura el carné de la mano. Pasó los dos cuentos por el escáner rápidamente, sin mirarlos siquiera.

—¿Por qué estaba enfadada con nosotras? —preguntó Laura cuando salieron al calor de la calle.

—Ni idea —contestó Rose.

¿A qué se debería? No conocía a esa mujer. Sacó del bolso el móvil, que estaba en silencio desde que habían entrado en la biblioteca. Tenía dos llamadas perdidas de Mia y otra del *Sage Review*. Comprobó el buzón de voz. Mia había colgado la primera vez que había llamado y la segunda le había dejado un mensaje pidiéndole que la llamara. Damien también había dejado un mensaje.

«Hola, Rose, hemos publicado el vídeo. La reacción está siendo espectacular. Llámame».

Laura le tiró de la mano y Rose, de repente, se tambaleó. Se había propuesto causar sensación, pero en ese momento dudaba de estar preparada para afrontar las consecuencias. A lo mejor nadie veía el vídeo.

—¿Me acompañas a casa? —preguntó Laura, que estuvo a punto de hacerle perder el equilibrio.

—Sí.

Así podría ver en el ordenador de su antiguo dormitorio a qué se refería Damien con eso de una «reacción espectacular». Cogió la mano de Laura y apretó el paso. Su hermana trotaba a su lado, hablando de Tara y de vómitos, pero Rose no le prestaba atención. Sabía que debería estar en una nube por lo del vídeo, pero, en realidad, sentía náuseas y miedo.

—¡Rose! —exclamó Laura parándose de repente.

—¿Qué?

—¡Vas muy rápido! ¡No tengo las piernas tan largas como tú!

Rose estaba a punto de agacharse para pedirle perdón cuando desde un coche pitaron con fuerza y las dos se sobresaltaron.

—¡Puta! —gritaron y las ruedas del coche chirriaron al alejarse a toda velocidad.

Laura la miró. Le temblaba la barbilla.

—¿Te llevo a caballito? —preguntó Rose.

A su hermana se le iluminó la cara.

—¡Sí!

Rose se agachó y miró la calle, nerviosa. Seguramente no tuviese nada que ver con el vídeo; tan solo eran paranoias suyas. Aun así, no quería problemas estando su hermana pequeña de por medio.

—No te enganches del cuello, ¿vale? —dijo Rose atragantándose.

Laura se había agarrado a él para trepar por su espalda.

—¡Perdón!

La pequeña se aferró a sus hombros con cuidado y Rose se levantó y se sintió como una tortuga bajo el peso de su hermana y el de la mochila.

—¿Lista?

—¡Sí!

Rose empezó a correr hacia la casa con Laura subida a su espalda gritando «¡Arre, caballito!».

Cuando llegaron, estaba empapada en sudor y jadeaba, pero se alegró de poder cerrar la puerta tras de sí. Laura se bajó y se dirigió a su habitación a quitarse el uniforme del colegio, y ella se fue directa a su antiguo dormitorio. Estaba como lo había dejado, con la única diferencia de que había varios juguetes de Sophie desperdigados por el suelo. Ojalá pudiera encender el ventilador y hacerse un ovillo en la cama. Pero aquella ya no era su cama. Se sentó delante del ordenador.

Solo tuvo que llegar a la mitad de la portada digital del *Sage Review* para ver el vídeo de la cámara de vigilancia de Jean. Debajo, el titular decía: *No todos los héroes llevan capa: periodista frena una agresión policial.* Rose se quedó con la boca abierta. No se habían centrado en la policía, sino en ella. No abrió el vídeo, que ya contaba con trece mil reproducciones, pero sí comenzó a leer los comentarios. La gente echaba humo. Pero no contra la paliza de Frank y Jonesy. Contra ella.

—Tendría que pedirte un autógrafo, ¿no? —Rose se dio la vuelta en la silla. Rob estaba apoyado en la puerta—. ¿O sería mejor que le preguntara a la heroína sin capa por qué no se ha llevado sus cosas todavía?

Ella se contuvo para no mandarlo a la mierda. Si Rob hubiera sabido lo que había descubierto de él, se habría mostrado mucho más amable. La última vez que lo había visto, estaba traficando con metanfetamina.

—He venido a recogerlas.

Él se quedó mirándola. Sus ojos iban de la pantalla a ella.

—¿Estás comprobando si sales bien en el vídeo?

Rose se sorprendió. Su padrastro no era de los que leían el periódico, y menos en internet.

—¿Ya lo has visto?

—Lo ha visto todo el mundo, Rose. Hasta mi madre, que no sabe usar un ordenador.

—¿En serio? —En Colmstock nunca se había difundido nada a tal velocidad—. ¿Y qué dice la gente? ¿Está sorprendida?

Lo había conseguido; gracias a ella, las cosas iban a cambiar. Nadie podría negar la brutalidad de la policía de Colmstock.

—Claro, pero por tu traición. La gente cree que estás intentando ridiculizar a unos hombres respetables.

—¿Respetables?

—Sí, respetables. Ya sé que crees que lo sabes todo de todo el mundo, pero te equivocas. —Rose se recostó en la silla y se limitó a mirarlo—. Más te vale que dejes de meterte donde no te llaman.

—¿Qué dices? —preguntó ella, esforzándose por controlar el tono.

—Lo que oyes. Que tengas cuidado.

—¿Papi? —gritó Laura desde la cocina.

—Ya voy, cariño. —Rob volvió a dirigirse a Rose—: Te lo digo en serio, Rose. La gente comete locuras cuando está desesperada… o enfadada. Ándate con ojo.

Cuando Rose llegó al Eamon's, las reproducciones del vídeo se habían duplicado. Había pensado que el imbécil de Rob se estaba comportando como de costumbre, pero la mayoría de los comentarios del vídeo coincidían con sus palabras. Y los pocos que no defendían a la policía se centraban sobre todo en el tamaño y la forma de su culo. También había algunas muestras de consternación por la paliza, pero eran minoritarias y seguramente de gente que no vivía ni en Colmstock ni en los alrededores.

Al llegar a la puerta trasera del Eamon's, sintió como si entrara en un set de rodaje. Parecía irreal. En ese momento, le sonó el móvil. Era Damien. Se sentó en un escalón y descolgó.

—¿Has visto la repercusión que ha tenido? —preguntó él.

—Sí. ¡No me lo creo!

—Es increíble, mejor de lo que había previsto, y ahora tienes hasta un altavoz. Es magnífico.

—¿Un altavoz? Solo me llaman «puta» o hablan de metérmela.

—No leas los comentarios: alégrate de haber abierto debate.

—¿Debate? —preguntó ella con sorna.

Damien hizo caso omiso de su tono; quizá ni siquiera lo hubiera notado.

—Quiero el artículo mañana a primera hora.

Rose ya lo había escrito en el cuaderno, así que no tenía de qué preocuparse. Pero, cuando echó a andar hacia la cocina, empezó a sentir arcadas. Los comentarios eran muy agresivos, destilaban odio. No podía quitárselos de la cabeza. Publicar otro artículo solo empeoraría la situación.

—Hola —saludó a Jean mientras soltaba el bolso en la cocina. Jean se dio la vuelta y Rose se percató de que ella también había visto el video—. Tengo a todo el mundo en contra.

Se llevó una mano a la cara, se le cerró la garganta y ahogó un gemido. Jean le cogió la otra mano entre las suyas.

—A mí no.

—¿De verdad? Creo que eres la única.

Las lágrimas le cubrían el rostro. Trató de secárselas.

—Sé que estás intentando hacerlo bien —dijo Jean, afectuosa—, pero va siendo hora de que te des cuenta de que vives en un mundo de hombres. Y nosotras no podemos cambiar eso. Solo nos queda intentar vivir en él sin salir perjudicadas.

—Pero no es justo. Ni Steve se merecía la paliza ni yo que todo el mundo me insulte así.

Jean la miró con compasión.

—Rose, ya eres una persona adulta. Si quieres sobrevivir, no puedes ser tan ingenua.

Las dos se dieron la vuelta cuando entró Mia. Al ver las mejillas húmedas de Rose, le dio un abrazo enorme. Rose la estrechó con fuerza mientras Jean comenzaba a preparar la cocina.

—Putos cabrones —susurró Mia.

Por fin veía a los policías tal y como eran. Ojalá también a Bazza. Quizá el mal trago mereciera la pena si gracias a ello recuperaba a Mia. Avergonzada, Rose se dirigió al fregadero. Se echó agua fría en las manos y se lavó la cara, hinchada y caliente. Todo sería peor aún si llegaba Frank y veía que había estado llorando.

—He intentado decirle a Baz que no has sido tú, pero no me cree—. Rose miró a Mia, desconcertada—. No me entra en la cabeza que hayan hackeado el sistema de seguridad. Sabía que esas cosas pasaban, pero ¿aquí?

Rose abrió la boca para responder, pero antes de que pudiera hacerlo Jean intervino:

—La culpa es mía… No le puse contraseña.

—Los únicos culpables son ellos. —Mia cogió un paño de cocina y Rose la siguió hasta la barra, pero Jean le rozó el codo.

—Olvídalo, no lo va a entender.

Rose asintió con la cabeza. Jean tenía razón. Sería incapaz de soportar que alguien más se pusiera en su contra.

Cuando el bar empezó a llenarse, Mia se mostró especialmente amable. Se ocupó de atender la barra y le dejó a Rose los platos sucios y el almacén.

—¿Te ha dicho Bazza si Frank y Jonesy se han metido en un marrón? —le preguntó Rose en voz baja cuando todos los clientes estuvieron sentados con sus jarras.

—No, qué va. A lo mejor tienen que aparentar que cumplen algún castigo, pero en realidad se han quitado un poco de presión. Ahora todo el pueblo sabe que se están empleando a fondo por lo de las notas.

Rose no se lo podía creer. Se quedó quieta, observando a una polilla chocar entre el neón rojo y la ventana. Casi alcanzaba a oír los golpes. Cuando barriera después de cerrar, la recogería muerta.

—¿La heroína no trabaja esta noche? —preguntó Jonesy.

Bazza, el sacerdote y él estaban sentados donde siempre. Rose había evitado mirarlos.

—Déjala en paz —la defendió Mia—. No es culpa suya.

—No he dicho que lo sea. Solo quiero que me ponga una cerveza. No entiendo por qué tienes que cargar tú con todo el trabajo.

Rose cogió una jarra y clavó la vista en Jonesy mientras la llenaba. Él soltó en la barra unas monedas y regresó a su asiento. El muy gilipollas quería que le llevara la cerveza. Había pagado con el dinero justo, sin dejar propina. Rose lo echó en la caja, cogió la jarra y la llevó a la mesa, procurando aparentar indiferencia.

—Toma.

Fue a colocarle la jarra delante, pero Jonesy sacó el pie por debajo de la mesa y le golpeó el tobillo. Rose ahogó un grito y apoyó la mano para no caer hacia delante, pero la cerveza helada se derramó y le manchó las zapatillas.

Miró a los hombres sentados alrededor de la mesa. Jonesy y Bazza le devolvieron la mirada. El sacerdote bajó los ojos, en silencio.

—No sabía que fueras tan torpe —soltó Jonesy.

—Ni yo que fueras tan gilipollas —le contestó ella, furiosa—. Ah, no, espera, sí lo sabía.

Se marchó a por una bayeta.

—¡Tráeme mi cerveza! —gritó Jonesy.

Rose cogió una bayeta sucia. Esperaba que Mia le echase un cable, pero, en vez de hacerlo, esquivó su mirada.

Como si hubiera estado aguardando al momento exacto, Will entró en el bar. Estupendo. Solo le faltaba que ese tío, que tanto le gustaba y que parecía tan interesado en ella, la viera humillada. El tobillo le palpitaba por la patada de Jonesy, pero se aguantó las ganas de agacharse y masajeárselo. Volvió a llenar la jarra y la dejó en la mesa con la vista fija en Jonesy, retándolo a que volviera a hacerlo. Pero él no hizo nada más.

Le ardía la cara mientras se afanaba por limpiar la cerveza del suelo. Para que no se percataran de su bochorno, evitó levantar la mirada y se fijó en los tobillos de los hombres. Esa era la cuestión, pensó. Tenerla a sus pies. Entonces se fijó en el tobillo de Jonesy. Como estaba sentado, el pantalón no llegaba a tapárselo. En la piel que quedaba a la vista, bajo el pelo, observó una hinchazón rosácea y escamosa. Psoriasis. Por eso se rascaba siempre que salía a fumar.

Notó algo frío y húmedo goteándole por la espalda. Miró hacia arriba.

—Perdón —dijo Jonesy, y ella oyó a la gente reírse.

Cuando estaba a punto de ponerse de pie, volvió a sentir cerveza en la espalda. Jonesy estaba inclinado sobre ella, vaciándole la jarra en la cabeza.

—¡Tu puta madre! —gritó Rose, y al mirar a su alrededor vio a todo el bar disimulando la risa con una mano en la boca, incluso a Mia.

Will se levantó, estupefacto. No. Rose no iba a dejarse pisotear por esos tíos, ni de coña. Eso era lo que buscaban. Sí, vivía en un mundo de hombres, como había dicho Jean, pero los iba a mandar a tomar por culo. Se acercó rápidamente al fregadero, cogió la crema hidratante que utilizaba Mia para las manos y se la puso a Jonesy delante.

—Toma. Para el picor.

Los demás dejaron de reírse y lo miraron con desconcierto. Jonesy abrió la boca para decir algo, pero Rose se inclinó hacia él.

—Mi padrastro te envía recuerdos.

Él la miró y Rose no apartó la vista, negándose a ceder. Entonces Jonesy levantó las manos.

—Solo estábamos de cachondeo. No te sulfures.

—De acuerdo. —Ella regresó a la barra.

—¿Te encuentras bien? —le preguntó Mia.

—Como si te importara —contestó, incapaz de mirarla.

Rose le pidió a Jean utilizar el ordenador en el descanso. Escribió el artículo y se lo envió al *Sage Review*. No había nada como la ira para recuperar la determinación.

UNA SEGUNDA NOTA ANÓNIMA AMENAZA A LAS NIÑAS DE COLMSTOCK
Rose Blakey

La comisaría de Colmstock ha recibido una segunda nota anónima, la primera que amenaza explícitamente a las niñas del pueblo. El agresor, cuya identidad se desconoce, se hace llamar el «Coleccionista de Muñecas» y ya son dos semanas las que lleva atemorizando a este pequeño municipio. Todo comenzó cuando cinco familias descubrieron que, a la puerta de sus casas, alguien había dejado muñecas de porcelana que guardaban un parecido sorprendente con sus hijas pequeñas. El caso se recrudeció con la primera nota; ahora, el contenido de la segunda ha sido revelado por una fuente anónima.

«No estoy enfermo. Me gusta jugar con muñecas, pero a ellas no les gusta jugar conmigo. Cabellos bonitos, caras bonitas. Cuando termine, dejarán de ser bonitas. Creo que voy a romper una dentro de poco.

—El Coleccionista de Muñecas»

Pese a que en esta nota el autor da clara muestra de sus intenciones, la policía aún no ha arrestado a nadie. El sargento Frank Ghirardello, a la cabeza de la investigación, se niega a hacer declaraciones. Sin embargo, Lucie Hoffman,

madre de una de las víctimas, afirma que la policía le ha co-
municado que aún no ha logrado hallar una conexión entre
las niñas. El pueblo de Colmstock teme que las fuerzas de se-
guridad municipales no cuenten con los medios suficientes
para hacer frente a un caso tan grave. En un vídeo, disponi-
ble en la edición digital de este diario, se ve al sargento Ghi-
rardello propinar una paliza a un hombre en el exterior de
un bar del municipio, acompañado por otros dos agentes. Se
ha confirmado que el agredido, cuya identidad no ha sido
desvelada, no guarda relación alguna con el caso del Colec-
cionista de Muñecas.

30

Cuando Rose miró su móvil al final del turno, tenía siete mensajes de voz, todos iguales: respiraciones agitadas que terminaban mascullando palabras como «puta».

Esperó inquieta a que el coche de Jean saliera del aparcamiento del Eamon's. Aunque solo Will sabía dónde pasaba las noches, ya no le parecía seguro esconderse al lado de la comisaría, al contrario que antes. Desde el tejado del Eamon's saltó una zarigüeya al tendido eléctrico y el ruido a punto estuvo de provocarle un infarto. Cuando por fin se perdieron de vista las luces traseras del coche de Jean, se levantó y cruzó el aparcamiento bordeando el edificio.

De camino a las escaleras, sacó las llaves y aferró la más larga entre dos dedos. Oyó unos pasos pesados. Los reconoció. Se dio la vuelta. Jonesy. Se quedaron mirándose, en silencio. Ya no se trataba de un juego con espectadores ante los que medir sus fuerzas. Si gritaba, quizá Will la oyera. Pero Jonesy no le haría nada; solo quería intimidarla.

—¿Qué te dijo? —preguntó.

Rose miró el espacio entre Jonesy y las escaleras. Si corría, podría darle tiempo a escapar, pero no quería que Jonesy supiera que le daba miedo porque entonces habría ganado él.

—¿Quién? —contestó, aun a sabiendas de a quién se refería.

—Rob.

—Nada —dijo retrocediendo sin poder evitarlo—. Era una broma.

Jonesy dio tres pasos y la empujó contra la pared. Rose dejó escapar un grito cuando los ladrillos le rasparon el hombro desnudo. Poniéndole el antebrazo contra el pecho, Jonesy la inmovilizó y le susurró al oído:

—Acuérdate de lo que le hice a Steve. Trabaja en el ayuntamiento y lo he dejado hecho polvo. Tú no eres más que una zorrita con ganas de morir. Nadie se inmutaría si te pasara algo.

La puerta se abrió.

—¡Eh!

Jonesy la soltó y se fue. Rose se dobló hacia delante y apoyó las manos en los muslos.

—¿Rose? —Will se precipitó escalones abajo—. ¿Quién era ese? ¿Estás bien?

La cabeza de Rose era un torbellino. Era incapaz de hablar y no podía respirar.

—Ven —dijo Will, tomándola de la mano y llevándola a los escalones.

A ella le temblaban las rodillas. Tropezó con el primer escalón. Estaba un poco mareada, le costaba pensar y todo le daba vueltas. Si a Steve le habían dado por gusto una paliza de muerte, ¿qué le esperaba a ella?

Sangrienta venganza de la policía contra periodista local.

—Siéntate —dijo Will.

La ayudó a sentarse en un escalón. Rose empezó a ver borroso. El rostro de Will se difuminó.

Agachó la cabeza, con la garganta tensa, segura de que vomitaría. No podía con su cuerpo, pero quería correr, huir. Jonesy tenía razón. Si llegasen a averiguar que las notas eran suyas, no se conformarían con darle una paliza.

Misterio sin resolver: hallado el cadáver de una periodista local.

Ay, Dios santo.

—¿Te encuentras bien?

Quería estar sola. A salvo. Pero no tenía dónde ir. No podía respirar. Se iba a desmayar.

—¿Rose? —Will le frotó la espalda, pero ella apenas lo notó—. Céntrate en respirar.

¿Qué coño iba a hacer? Le picaba la piel. Temblaba de frío y de calor, todo a la vez. Los dedos se le estaban durmiendo. No sentía los pies. El corazón le latía a tanta velocidad que lo notaba retumbar entre las costillas y la columna vertebral.

—Rose. Respira.

Will bajó del escalón y se agachó. Ella intentó centrarse en sus ojos, que la miraban preocupado. Él le puso una mano en el pecho.

—Haz como yo. —Tomó aire despacio y Rose lo imitó. A continuación, lo soltó por la boca—. Otra vez.

Su mano le sirvió de apoyo, disipó el pánico. Recuperó la sensibilidad en los dedos cuando los cerró en torno a la muñeca de Will. Volvió a tomar aire y entonces dejó escapar una risita débil y asustada.

—Perdón —dijo.

—No hay nada que perdonar. Vaya susto me has dado. ¿Quién era ese? ¿Te ha hecho algo?

—Era Jonesy. Estoy bien.

Rose intentó concentrarse en respirar, pero seguía tan aturdida que le costaba articular las palabras.

—El hijo de puta ese —soltó Will al empezar a levantarse.

—Déjalo.

Will respiró hondo, esa vez para tranquilizarse él mismo, supuso Rose, y le tendió la mano, que ella aferró con fuerza mientras subía los escalones. Rose no había dormido en su habitación desde la agresión a Steve, y por suerte tampoco tendría que hacerlo esa noche. Oler su sangre era lo que le faltaba. Debía acordarse de lavar bien la sábana al día siguiente. La había dejado en el lavabo, sin fuerzas para terminar de limpiarla.

Will le quitó la camiseta sin mangas y la tumbó bocabajo en la cama.

—Solo tienes un arañazo.

Ella lo oyó ir al baño y mojar una toalla. Will se la pasó con suavidad por la espalda; Rose se estremeció.

—¿Qué ha pasado esta noche?

Poco a poco, le fue contando lo sucedido, desde la visita nocturna con Mia a la fábrica hasta el vídeo de la cámara de vigilancia que había robado y le había enviado a Damien.

—¿Crees que he hecho una tontería?

Will se tumbó encima de ella, con la mejilla entre sus omóplatos.

—Sí. —El rasguño le escocía con la respiración de Will—. Pero también has sido valiente.

—Gracias.

Rose intentó respirar hondo, pero con el silencio sus pensamientos empezaron a desbocarse de nuevo.

—Cuéntame algo —dijo.

—¿Qué quieres que te cuente?

—Me da igual. Algo que no esté relacionado con esto. Dime algo de tu familia.

—¿De mi familia? —Se rio alegre y relajado—. ¿Qué quieres saber?

—Me da igual. —Ella aún sentía el mal aliento de Jonesy en la cara.

—Bueno, vale. Mi madre es estupenda. Mi abuela era aborigen y mi madre se desvive por el derecho territorial. Es abogada. Fuera del despacho es la persona más cariñosa que te puedas encontrar, pero cuando trabaja da miedo.

Rose sonrió. A ella le gustaría ser así.

—¿Y tu padre?

—Mi padre es de Brunéi. Se mudó aquí de adolescente. Ya no trabaja y solo se dedica a cocinar, a darse buenos paseos con los perros y a llamarme todos los días.

—Tienen pinta de ser muy buenos.

Rose empezaba a recuperarse, a sentirse más centrada. Will le rodeó la cintura y la giró para ponerla de lado.

—¿Estás un poco mejor?

—Sí.

—¿Quieres una tirita?

—No, no hace falta.

—Mejor. Sé que te dan pánico.

—¡Qué dices! —contestó, dándole con el codo en las costillas, pero sin parar de reír.

A la mañana siguiente, lo primero que hizo Rose en cuanto se despertó fue dirigirse al fondo del pasillo para llamar al *Sage Review*. La atendió la recepcionista, que, en tono afectado, le dijo que el señor Freeman se encontraba en una reunión y que se mantuviera a la espera. A continuación, comenzó a sonar una melodía de piano horrible. Rose se preguntó cómo sería la sede del periódico. Se imaginó un edificio enorme, blanco y concurrido, con ventanas que iban del techo al suelo y diez plantas, como poco. Pero seguramente nunca la conocería. Había decidido solicitar la retirada del artículo antes de que fuera a imprenta.

La melodía siguió sonando. Abrió la puerta trasera y se apoyó en la pared. Había humedad y comenzaba a hacer calor. Fijándose en el punto de la pared contra el que Jonesy la había empujado, recordó las palabras de Lucie: se había desmayado en la calle y nadie la había ayudado. Debió de pensar que en su pueblo sería distinto, pero se equivocaba. Colmstock era peor, seguro.

Conocías a quien estaba tirado en la calle, y ni por esas lo ayudabas; quizá hasta le dieses una patada.

Lucie. No se había acordado de ella desde que salieron de su casa.

La melodía dejó de sonar y la recepcionista le comunicó que Damien iba a estar ocupado varias horas.

—Pero el periódico de mañana no ha ido todavía a imprenta, ¿verdad? —preguntó Rose mientras regresaba a la habitación de Will.

Aún no. Se apresuró a darle las gracias a la recepcionista y le pidió que le dijera a Damien que la llamara. Colgó y abrió la puerta.

—¡Will!

Él abrió los ojos sobresaltado.

—¿Qué?

—Despierta. —Se sentó en la cama con las piernas cruzadas—. ¿Tú crees que Bess podría haberte dado un nombre falso?

Will parpadeó y se restregó la cara con una mano.

—No sé por qué me iba a engañar.

—Pero es posible, ¿no? Es que… tuve una amiga que se fue a la ciudad unos años y volvió con una hija. Se llama Lucie. Por eso ni me lo había planteado.

Will se sentó y se apoyó con los codos en las rodillas.

—¿Crees que podría ser ella?

—Ni idea, pero es posible. ¡Solo podemos averiguarlo de una forma!

Era raro ir por la calle con Will. No tenía nada que ver con la gente con la que se cruzaban, y desentonaba entre tanta casa fea y tanta valla deteriorada.

Volvía a tener una mirada sombría. Apenas había hablado desde que salieron del Eamon's y se llevaba una y otra vez la mano a la cara.

—¿Cómo te las apañas con tantas moscas? Están por todos lados.

Rose se encogió de hombros.

—Al final te acostumbras.

—No te imagino creciendo aquí.

Ella le sonrió. Le pareció todo un piropo.

—¿La conoces? —Will tragó saliva—. A la hija de Lucie.

—Sí, de vista. Se llama Nadine.

—Nadine —repitió, con cara de emoción.

—Es muy guapa.

Will se acercó y la cogió de la mano.

—Aquí es —anunció Rose cuando llegaron a casa de Lucie. Él miró la casa.

—Creo que nunca he estado tan nervioso. —Asustado, dejó escapar una risa estridente.

—Vamos.

Rose le tiró de la mano y se dirigieron a la puerta. Llamó, con la esperanza de que Lucie estuviese en casa.

Oyó unos pies arrastrándose y, después, pasos. La puerta se abrió y Lucie los miró sorprendida.

—No esperaba verte aquí otra vez. —Entonces se fijó en Will. Rose esperaba ver asombro en sus ojos. Pero no fue así—. ¿Quién es tu amigo?

Rose miró a Will. Su rostro reflejaba una desilusión tremenda.

31

«Creo que voy a romper una dentro de poco».

Frank había leído esas palabras, como mínimo, cien veces. La segunda nota estaba junto a la primera, en el tablón de la pared. El papel, la letra, todo era idéntico. Sin duda, pertenecía a la misma persona.

Estaba sentado en una silla con la vista fija en las letras garabateadas, como si, de algún modo, pudiera descifrarlas si se quedaba mirándolas, como si fuesen una especie de rompecabezas. Pero sabía que no lo eran, que en realidad pertenecían a un hijo de puta trastornado con una letra ilegible y obsesión por las niñas pequeñas, un monstruo que quería burlarse de él.

Había mucho alboroto en la comisaría y los teléfonos sonaban sin parar: padres de niñas deseando desahogarse contra alguien, imbéciles entrometidos que llamaban para acusar a sus vecinos, ancianas que vivían solas y solo querían contarle a alguien sus preocupaciones y gente que buscaba agradecerles su forma de actuar en el dichoso vídeo de Rose. Las llamadas no se acababan nunca, pero, gracias a Dios, no le correspondía a él atender esas estupideces. Cuando llegaba a casa, el timbre de los teléfonos seguía resonando en sus oídos.

Notaba un martilleo en la cabeza. La noche de abstinencia debería haberle sentado bien, pero, en realidad, estaba hecho una auténtica mierda, peor que de resaca. De todas formas, había discutido con su jefe, y, si le hubiera olido el aliento a alcohol, podría haberse despedido de su carrera. Esa semana le habían echado dos broncas. La primera, por culpa de Rose, que no hacía más que buscarle problemas sin importarle un carajo. Todo el mundo pensaba que era él quien se había ido de la lengua con las notas, daba igual que lo hubiera negado una y otra vez. Lo peor era que tampoco lo podía demostrar, sobre todo en ese momento, estando ella tan enfadada con él. No tenía forma de aclarar quién había dado el chivatazo, aunque todo apuntaba a que había sido Bazza.

¿Dónde estaba Baz, por cierto? Tenía que estar allí, con él, ayudándolo a encontrar una nueva pista en las putas notas. Vaya compañero inútil le había tocado.

La segunda bronca se la habían echado el día anterior y, pensándolo bien, también era culpa de Rose. Después de salir del Eamon's, una vez en casa, se había sentido fatal. Menuda mirada le había lanzado Rose cuando había intentado disculparse… Aún sentía escalofríos de bochorno y vergüenza.

Quizá Jonesy tuviera razón. Quizá fuera una zorra.

Cuando se había despertado por la mañana, tenía muchísimas llamadas perdidas. Se había emborrachado a conciencia para poder dormir y ahogar el dolor de la ofensa y el rechazo que sentía en el estómago, y había dormido tan profundamente que no había oído el estridente timbre del móvil. Tras llegar a todo correr a la comisaría, apestando aún a alcohol, su jefe lo había hecho ir directamente a su despacho y le había puesto la soga al cuello. Habían dejado la nota a las cuatro de la madrugada y, a las cinco, ya estaban todos los policías del pueblo en la comisaría. Todos menos Frank, el responsable del caso, que no había aparecido hasta las ocho. Había quedado fatal. Rose pensaba que iba a joderlo aún más mandando el vídeo de la cámara de vigilancia al periódico, pero, en realidad, era la primera vez que le sonreía la suerte desde que habían empezado a aparecer las muñecas. Al menos, la gente sabía que haría lo que fuera para limpiar las calles de trastornados. Aunque, obviamente, ese no había sido el objetivo de Rose; no era tan tonto como para creerlo. Había volcado su cariño en una tía que lo despreciaba y que además quería gritarlo a los cuatro vientos.

La noche anterior había tenido que dormir completamente sobrio, pese a que el bochorno y la vergüenza del día se habían triplicado.

Se fijó en las notas y las fotografías del tablón. Las muñecas lo miraban con ojos vidriosos e inofensivos. Estaba seguro de que, si encontraba la conexión entre las familias, daría con la respuesta. Era verdad que entre ellas apenas se conocían, pero sucedía lo mismo con el resto del pueblo. No tenían nada en común: la hermana de Rose casi no veía a sus padres, el padre de Carly Riley era un cabrón y el hermano de Lily Hane era un bicho raro. Todas las familias eran muy extrañas, pero Nadine Hoffman era distinta del resto. Su madre y su abuela parecían estar educándola bien. Frank había tratado de averiguar la identidad del padre, pero Lucie le había asegurado que él ni siquiera sabía que tenía una hija. Fuese quien fuese el tipo, Frank no lo podía descartar. Las Hoffman conocían a los Hane, pero no al resto de familias afectadas, y Carly estudiaba en casa, por lo que se descartaba que el culpable fuera uno de los profesores. Los teléfonos volvieron a sonar y Frank echó la cabeza atrás con resignación.

—¿De dónde vienes? —preguntó cuando Bazza entró tranquilamente en la comisaría.

—Del hospital. —Baz se quitó la chaqueta, se sentó recostándose en la silla y miró el tablón.

—¿Quién está en el hospital? —preguntó Frank. Su compañero ni siquiera lo miró—. No me digas que has ido a ver al maricón.

—¿Y a ti qué más te da que vaya a verlo? A lo mejor nos da alguna pista.

—Y una mierda. Mia te ha comido la cabeza, ¿no? —Baz se encogió de hombros—. No seas calzonazos, que ni siquiera te la has tirado.

—Prefiere esperar.

Frank fue a replicarle, pero se contuvo. ¿Mia, virgen? Eso no se lo creía nadie. Jonesy le había contado que Mia se la había chupado detrás del Eamon's por las buenas, sin habérselo pedido siquiera. Aun así, en opinión de Frank hacían buena pareja. Baz parecía feliz. De hecho, se lo veía en una puta nube. Por las mañanas, llegaba a la comisaría con su cara de tonto y una sonrisa de oreja a oreja, y eso que no estaba mojando. Mia era una buenaza. Se desvivía cuidando a su padre y en el Eamon's nunca daba una mala contestación, fueses lo trompa que fueses. Era una buena influencia para Bazza y, si su compañero prefería creer que iba a desvirgarla, no iba a ser él quien le quitara la ilusión.

—¿Qué tal va?

—Se recuperará.

Baz no le dio muchas explicaciones y Frank se alegró. No le apetecía nada pensar en eso. Bastante tenía con lo suyo.

—¿Frank? —lo llamó uno de los agentes, con el teléfono contra el pecho.

—Dime.

—El señor Riley.

Lo que le faltaba. Aun siendo un tío flaco y larguirucho, la mirada del señor Riley le ponía los vellos como escarpias; en sus ojos se leía que, de poder salir impune, sería capaz de matar sin titubear. Frank se había presentado en su casa montones de veces por casos de violencia doméstica. Tenía la sensación de que su hijo siempre jugaba detrás del juzgado por ese motivo, de que la señora Riley prefería tenerlo allí mientras atendía la tienda antes que dejarlo en casa a solas con su marido. Frank no la culpaba, aunque la pobre seguramente sí cargase con ese peso después del incendio.

—Dile que he salido tras una pista —dijo.

El agente lo miró, impasible. Frank comprendió por qué. Si el señor Riley quería hablar con él, iba a darle la tabarra hasta conseguirlo. El señor Riley no era el padre más entregado del pueblo, pero, aun así, le habían tocado todas las desgracias: su medio de vida había sido pasto de las llamas, su hijo había muerto y, encima, el caso de las muñecas también lo había salpicado. Cualquiera se habría hundido en la miseria, pero, por algún motivo, él había hecho lo contrario: se había crecido ante la adversidad. Quizá Frank debiese seguir su ejemplo. En comparación con el infierno por el que había pasado el señor Riley, la semana de Frank había sido coser y cantar. Todavía estaba a tiempo de arreglarlo.

Le dio la espalda al agente, miró a Bazza y se sentó tan derecho como pudo.

—Tenemos que pillar al tío este. «Creo que voy a romper una dentro de poco»… La intención está clara.

—Me pongo malo de pensarlo —dijo Baz.

—Lo atraparemos.

Todo saldría bien. Iba a dejar el alcohol y a centrarse. También aclararía las cosas con Rose. Habían tenido una cita y él se había portado como un caballero. No se podía salir con alguien y pisotearlo después. No. Rose no iba a pasar de él. La conquistaría. Le debía una segunda oportunidad.

32

—Averiguaremos dónde está —le dijo Rose a Will—. De verdad, lo conseguiremos.

Él estaba sentado en el borde de la cama mientras Rose se vestía para ir a trabajar.

—Lo sé. No me tendría que haber dejado llevar por la emoción. No tenía sentido que me hubiera mentido con el nombre. Puede que ni siquiera esté en Colmstock. Puede que me enviase la carta desde aquí y ya está. O puede que ya haya pasado lo que la asustaba.

Rose le cogió la cabeza entre las manos.

—Lo averiguaremos. —Se inclinó para darle un beso—. ¿Vale?

—Eso espero.

Ella pegó la oreja a la puerta para asegurarse de que no hubiera nadie y salió al pasillo. Se apoyó en la pared con los ojos cerrados y oyó a Mia preparar la barra para la noche: el crujido de las bolsas de plástico cuando colocó una nueva en el cubo de la basura; el sonido de los grifos de cerveza húmedos cerrándose; el tintineo de los vasos saliendo del lavaplatos, y el leve zumbido del equipo de música mientras se encendía y daba paso a una armónica con un piano de fondo.

Rose se sentó en los escalones de la parte trasera, con el olor a basura caliente en la nariz, y sacó el móvil para volver a hablar con el *Sage*. Damien no le había devuelto la llamada y no quería que se le echara el tiempo encima. Volvió a atenderla la recepcionista, que, altanera, le repitió que Damien la llamaría cuando pudiera.

El miedo que la había sobrecogido se había atenuado hasta dejar paso a una penosa apatía. Tenía la oportunidad al alcance de la mano, pero iba a echarla a perder. De nuevo se pasaría la vida leyendo cartas de rechazo mientras atendía en el Eamon's, aunque con la diferencia de que todo el pueblo la odiaría. Hasta cierto punto, prefería morirse.

Frank observaba a Rose y Mia en la barra. No hablaban; se evitaban mientras cada una se centraba en sus tareas. Tal vez se hubieran peleado.

Sabía que no debía estar allí, que su lugar estaba en la comisaría, en las calles en busca del monstruo o en casa, descansando. Pero había trabajado a destajo y se merecía desconectar. Solo una cerveza, lo normal. Si no podía ni tomarse una con los colegas después de un día intenso, sí que tendría un problema.

Estaba observando a Rose en la barra y vio que levantaba la mirada y sonreía como nunca la había visto hacerlo: con sensualidad y franqueza. Will, que acababa de sentarse a una mesa, le devolvía la sonrisa. Se miraban como si compartieran un puto secreto.

Frank se bebió la cerveza de un trago, sin saborearla. Las cosas no estaban saliendo como las había planeado. Había salido con ella, se había puesto su mejor camisa y la había invitado a una hamburguesa. Se suponía que Rose debería estar muriéndose porque volviera a llamarla, porque tuvieran una segunda cita. La invitaría a cenar a un buen restaurante, le propondría tomar un café y después se la follaría salvajemente. Así tenía que haber sido. No podía salir con él y hacer como si nunca hubiera pasado. No se podía tener una cita con alguien un día y humillarlo y traicionarlo al siguiente. No. Así no funcionaban las cosas.

Se dirigió a la barra y soltó con un golpe el vaso vacío. Rose lo recogió sin siquiera mirar a Frank. Mia comenzó a servirle otra cerveza.

—Entonces ¿para cuándo la segunda cita? —le preguntó en tono agresivo a Rose, que estaba de espaldas.

Ella se dio la vuelta y le contestó, burlona:

—Me da que nunca.

Sí, se estaba mofando de él.

Zorra. Era verdad, era una guarra.

—Dale tiempo, Frank —dijo Mia con suavidad.

—Sí, claro.

Regresó con la cerveza a su sitio, a sabiendas de que estarían intercambiando miraditas a sus espaldas, riéndose de él. Se la bebería rápido y se largaría. Tendría que estar en su casa, y no en ese antro asqueroso. Aún le quedaba media botella de *bourbon* en la mesita de noche, así que no tenía sentido estar allí.

Hacía cinco minutos que Rose había oído el mensaje de voz, pero todavía no se lo había dicho a nadie. Jean cerró la puerta principal; por fin se habían ido los policías. Rose intentaba pensar mientras fregaba los vasos que Mia recogía de las mesas y llevaba hasta el fregadero, encajados unos encima de otros. Con los guantes rosas de goma, movía las manos como si fuera una operaria en una fábrica: vaciaba los restos en el fregadero, echaba tres chorros de lavavajillas y de ahí al lavaplatos. Siempre tenía una jarra en cada mano, y nunca se le había caído ninguna. Mia canturreaba *Dancing in the Dark*; Jean echaba cuentas con la calculadora, y ella no dejaba de darle vueltas al mensaje de voz.

«Hola, soy Damien, del *Sage*. Perdona que no te haya llamado

259

antes. El vídeo sigue acumulando reproducciones y he podido leer tu nuevo artículo. Es magnífico. Menuda nota».

Las palabras de después solo podían ser imaginaciones de Rose: «Una vez que termines en Colmstock con todo este follón de las muñecas, queremos que te incorpores a la redacción. No tienes la formación necesaria, pero he hecho varias llamadas y nos gustaría ofrecerte unas prácticas. Solo podemos concedérselas a una persona al año, pero me han permitido hacer una excepción. Llámame, ¿de acuerdo?».

—¿Qué te pasa? —preguntó Jean. Rose tenía la cabeza apoyada en la mano y por la frente le resbalaba agua caliente con jabón—. ¿Es por Frank? Ándate con cuidado con él, Rose. Está bien ser directa, pero también tienes que ser amable. No tiene pinta de saber aceptar un «no» por respuesta.

—No, no es eso.

No tenía tiempo para comerse el coco con Frank y su ego de mierda. En su cabeza solo se repetía el mensaje de Damien; no había sitio para nada más. Tenía su futuro delante, servido en bandeja de plata. Se había preparado para pedirles que retiraran el artículo, pero, en ese momento…, cuando podía lograrlo, cuando podía escapar de allí, tener la oportunidad de empezar de cero, con su sueño a punto de hacerse realidad… La sensación era distinta. Sin embargo, se había montado una buena con el primer artículo. Retirar el segundo era lo mejor, estaba segura.

—Me han dejado un mensaje de voz, del *Sage*. Me ofrecen unas prácticas.

—¿En serio? —chilló Mia, dándose la vuelta y mirándola a los ojos por primera vez en toda la noche.

—¿Y qué vas a responder? —preguntó Jean—. Que aceptas, ¿no?

Rose las miró a una y a otra.

—Sí. Es decir, supongo que sí.

Mia comenzó a chillar, casi histérica, con la cara muy pegada a la de Rose. Jean sirvió tres chupitos de Bundy en la barra. Rose miró a Mia con la boca abierta y no le quedó más remedio que sonreír. Cogió un chupito.

—Salud —dijo Jean.

Brindaron y Rose se tomó el ron de golpe. El calor que le produjo en la garganta le supo de maravilla.

Jean la miró orgullosa.

—Te lo mereces.

Mia le daba vueltas al vaso vacío entre el pulgar y el índice. Volvió a mirar a Rose y le dijo:

—Perdón.

Rose estaba a punto de contestarle que la disculpa se la debía ella, que se había portado fatal, cuando a Jean se le iluminó la cara.

—Bueno, chicas, esto tenéis que solucionarlo. —Colocó la botella de Bundy entre las dos—. Aquí tienes mi regalo de despedida, Rose.

No era momento de escuchar a Bruce Springsteen. Mia eligió a los Divinyls y subió el volumen. Bailó achispada por el ron, lanzando patadas al aire, y Rose rompió a reír, dando vueltas.

—¡Me voy! —gritó Jean con el bolso colgado del hombro.

—¿Qué?

—¡No os paséis!

—¡No!

Bailaron con pasos rápidos, de puntillas, dando vueltas con los brazos en el aire, cantando letras sobre cansancio y tensión, desesperanza y pobreza. Los rótulos de neón resplandecían, preciosos. Todo el Eamon's relucía lleno de belleza. Mia agarró la mano de Rose y la hizo girar, y les entró la risa tonta y se sentaron en un taburete, que volcó, y rodaron por el suelo recién fregado.

Se quedaron tumbadas. Mirándose. Jadeando.

—¿Qué voy a hacer sin ti?

—Nada, porque te vienes conmigo. —Rose se puso bocarriba, mirando al techo—. Todavía no me creo que vayamos a dejar todo esto atrás.

Mia observó el perfil de Rose. Era lo mejor. Que se fuera. Alargó la mano hacia el brazo desnudo de su amiga, sin llegar a rozarlo, con las yemas de los dedos a milímetros de su piel. Irradiaba calor.

Rose se volvió a Mia, que retiró la mano.

—¿Te da vueltas la cabeza?

Mia no estaba dispuesta a que esa noche terminara.

—Todavía no. Venga, otro chupito.

Con esfuerzo, se puso en pie.

33

Esa mañana, Frank y Mia tuvieron el mismo despertar. Ambos se giraron hacia un lado de la cama con la sensación de tener náuseas. Apestaban a sudor y alcohol, y tenían mal aliento. Empezaron a recordar la noche anterior. Los dos se estremecieron: Frank, por su comportamiento en el Eamon's; Mia, por haber regresado a casa conduciendo. Desearon a la vez no haberse tomado la última copa y tener a alguien en la cama, a alguien que los abrazara y les dijera que no pasaba nada. A alguien con quien no se sintieran completamente solos.

A continuación, los dos pensaron lo mismo y metieron la cabeza bajo la sábana, cada uno en su dormitorio —el salón, en el caso de Mia— y desearon volver a dormirse. Desvanecerse por completo.

Los dos pensaron: «Esta vez sí la he perdido».

34

Rose se despertó en la cama de Will, con sueño y resaca. Se apretó más contra su cuerpo cálido, ambos pegajosos por el sudor, y, distraída, acarició con los dedos el escaso vello oscuro de su pecho.

—Buenos días, dormilona.

Por lo general, una actitud tan empalagosa la haría refunfuñar, pero se descubrió una sonrisa boba y amplia en la cara.

—¿Llegué muy ciega anoche? —preguntó, confusa.

—Un poco. Básicamente aporreaste la puerta con una botella de ron vacía en la otra mano y me preguntaste si me apuntaba.

—Madre mía —contestó ella, aunque en el fondo se alegró de que eso hubiese sido lo peor.

Le preocupaba lo que podía haber dicho: que las notas eran suyas o, peor aún, que le asustaba la posibilidad de estar enamorándose de él.

—¿Te dije lo de las prácticas en el *Sage Review*?

—Sí —respondió Will, y le dio un beso en la punta de la nariz—, y me alegro un montón.

—No me voy enseguida. Antes averiguaremos dónde está Bess, ya verás.

Will la atrajo más aún hacia sí.

—Por eso no te preocupes. Ya me las apañaré.

Rose apretó la cara contra su pecho. Will estaba siendo agradable, pero eso no era lo que ella quería: quería que la necesitara.

—Debería ir yéndome —dijo ella apartándose.

—No, quédate un poquito más. —La agarró de la espalda y la apretó contra su pecho—. Quédate.

—Bueno. Cinco minutos.

Rose se relajó escuchando los latidos del corazón de Will. Tenía demasiada resaca como para ir con prisas. Dentro de poco se marcharía y él se quedaría allí hasta que encontrara a Bess; a saber cuánto tiempo.

Se percató de que, en vez de ir más despacio, el corazón de Will latía con más fuerza.

—¿Rose? —dijo justo cuando ella iba a preguntarle si se encontraba bien.

—Dime.

—Cuando te vayas… —Hizo una pausa para tragar saliva—. No me apetece que esto termine —susurró, y su aliento hizo ondear el cabello de Rose.

—A mí tampoco. Para nada.

Él tomó aire y se giró para mirarla.

—Qué bien.

—Pero ahora me tengo que ir.

—Quédate.

—No, tengo muchas cosas que hacer.

Rose se levantó y se tapó los pechos con una mano mientras buscaba la camiseta. Había dormido en bragas y recordó con pavor el estriptis tan antierótico que le había hecho a Will en plena borrachera.

—Mi artículo sale hoy —anunció mientras cogía la camiseta.

De pronto la inundó la culpa. ¡Qué mal cuerpo se les iba a quedar a todos esos padres cuando lo leyeran!

Will la empujó de nuevo hacia la cama y ella se echó la sábana por encima.

—Creo que vas a ser una gran periodista —dijo él acariciándole el pelo.

Apartó la sábana y los pechos de Rose quedaron al descubierto. Pasó la mano por ellos y le acarició el pezón con el pulgar.

—Gracias —contestó ella intentando no gemir. El sentimiento de culpa se esfumó con la caricia.

—Me di cuenta cuando te conocí, cuando me contaste aquella estupidez.

—No es una estupidez —le aseguró, y Will la miró levantando las cejas—. Es verdad que aquí vivió la familia Eamon.

—Pero ¿siguen vivos? —preguntó él bajándole las bragas.

—No creo. —Rose empezó a sentirse vulnerable—. De eso hará unos ochenta años.

Él estaba totalmente vestido y ella, desnuda por completo.

—Me tengo que ir. —Su voz fue un susurro.

Will volvió a pasar la mano por sus pechos y Rose se arqueó hacia él.

—Nadie te lo impide.

Colocó las rodillas de ella sobre sus hombros y hundió tres dedos entre sus piernas. Rose quiso gritar.

—Ya puedes irte.

Will introdujo y sacó los dedos, muy lentamente. Colocó la otra mano sobre su vientre y la sintió estremecerse.

—Vete —le dijo y se inclinó.

Metió la cara entre sus piernas y acercó la boca a su sexo caliente, húmedo y resbaladizo. Sus dedos seguían entrando y saliendo. La lamió con ansia, y Rose fue incapaz de resistir más. Era demasiado. Por fin, rompió a gritar. No pudo evitarlo. Los espasmos recorrían todo su cuerpo mientras se corría una y otra vez. Todos sus músculos se tensaron y se relajaron, y deseó que Will no parara por nada del mundo.

Al final, lo apartó, agotada. Tenía todo el cuerpo empapado en sudor y la sensación de estar sumergida en agua. Sentía todos los músculos flojos y pesados.

Con suavidad, Will le puso las bragas. Cogió los pantalones cortos del suelo, le pasó las piernas por ellos y se los subió con cuidado. A Rose le pareció casi insoportable el tacto áspero del vaquero. Estiró los brazos por detrás de la cabeza y se levantó.

—¿Adónde vas? —preguntó Will mientras ella se abrochaba el sujetador.

—Por si no te has dado cuenta, huelo fatal. De hoy no puede pasar que lave la ropa.

Se agachó a por su camiseta y Will la atrajo hacia él y la besó con ternura. Ella le dio un empujón.

—No seas guarro.

Rose se precipitó por la calle hacia su antigua casa, todavía con una amplia sonrisa en los labios. Le había dicho a Will que lo ayudaría y pensaba hacerlo. Conocía a todo el pueblo, por lo que solo era cuestión de seguir buscando.

Al pasar por el lago, volvió a sonreír. En general, evitaba mirarlo porque odiaba los recuerdos que tenía de aquel lugar con su madre, pero, en ese momento, no le parecieron tan agridulces. Las cosas nunca volverían a ser como antes, y tal vez fuese lo mejor.

Extendió los brazos. Uf, debía de apestar. Sintió que se levantaba viento; viento caliente, pero viento, al fin y al cabo. Le apartó el pelo de la cara, pero, sobre todo, ahuyentó el olor.

Al llegar a su calle, notó las casas distintas, pero no acertaba a adivinar por qué. Iba a ser una periodista de verdad, así que debía estar más atenta a los detalles. El entusiasmo la desbordó. Era periodista. Todo estaba cambiando. No era una probabilidad. Era una realidad. Después de lavar la ropa, iría a por un ejemplar del *Sage Review* de ese día y vería sus palabras impresas en el papel.

Sin embargo, había un problema, una ironía que casi le provocaba risa. No podía irse de Colmstock hasta que se hubiera resuelto el caso, hasta que arrestaran al autor de las notas. Damien quería que cubriera la noticia hasta el final. Pero, claro, no tendría final. No habría detenciones, salvo que la detuvieran a ella. La ansiedad, a la que tanto se había acostumbrado, volvió a despertar dentro de ella, pero trató de controlarla.

A lo mejor escribía otra nota en la que el «Coleccionista de Muñecas» cambiara de opinión respecto al asesinato de niñas, por un motivo u otro. Pero eso no evitaría que siguieran apareciendo muñecas.

Cuando se dirigió a la puerta de su casa, se percató de qué era lo que le extrañaba. Parándose de golpe, miró a ambos lados de la calle. Habitualmente, las cortinas de las casas estaban descorridas y las ventanas y las puertas abiertas debido al calor, a excepción de las mosquiteras, claro, que estaban echadas. Sin embargo, en ese momento todas las casas estaban cerradas a cal y canto. No había ninguna puerta ni ventana abierta y las cortinas estaban corridas.

Tras abrir la puerta de su casa, se fue directa a la lavadora. Sacó de la mochila toda la ropa, que apestaba a sudor, cerveza y sexo, la metió en el tambor y echó detergente en polvo. Al cerrar con fuerza la puerta de la lavadora, oyó unos pasitos acercándose.

—¡Flor! —Laura la abrazó con tanto ímpetu que estuvo a punto de hacerla caer—. Te he echado de menos —dijo hundiendo la cara en el vientre de Rose.

—Yo a ti también.

Le acarició el pelo. Era verdad; echaba de menos a su hermana pequeña. Se inclinó y le dio un beso en la cabeza.

—¿Te vienes a vivir con nosotros otra vez? —preguntó Laura, que, sin esperar la respuesta, empezó a saltar y gritar—: ¡Viva, viva!

Rose se puso en cuclillas.

—No, pero voy a venir a veros un montón de veces, ¿vale?

—Laura dejó de saltar y agachó la cabeza—. ¿Vale? —Rose le levantó el mentón para que la mirara.

—Ya no te quiero —contestó Laura, y salió corriendo hacia su habitación.

Rose suspiró y se puso de pie. Se desvistió y metió la ropa en la lavadora antes de que empezara el programa que ya había elegido. Cogió una toalla, se envolvió en ella y se dirigió al cuarto de baño.

Abrió el agua caliente de la ducha y se metió debajo. Se lavó el pelo, se enjabonó y se frotó bien, hasta sentirse como nueva. Cuando terminó, se envolvió de nuevo en la toalla y cogió el secador de pelo. Al oír un portazo en la entrada, se exasperó. ¿Cuándo iba a empezar a madurar Laura? Seguro que había esperado a que el agua dejara de correr para que ella oyera el portazo. Encendió el secador.

Cuando terminó la lavadora, metió la ropa en la secadora y se puso su antigua bata. Atándose el cinturón, se fue a la habitación de Laura.

—No cuela —dijo delante de la puerta, esperando oírla arrastrando los pies mientras salía de debajo de la cama con cara de decepción. Pero no oyó nada—. Me voy ya. ¿No vienes a despedirte?

Entró en la habitación y estuvo a punto de tropezar con un peluche.

Se agachó y miró debajo de la cama. Había un conejito y unos calcetines sucios, pero Laura no estaba.

35

«Laura ha desaparecido».

Eso era lo que Baz le había dicho a Mia por teléfono, pero ella aún no se lo creía, era imposible. No se lo había creído mientras corría hacia el coche, entraba de un salto y lo arrancaba. No se lo había creído mientras iba conduciendo. Pero, cuando aparcó junto a la acera y vio dos coches de policía delante de la casa de Rose y el precinto amarillo, tuvo que afrontarlo. Había desaparecido de verdad.

Se agachó y atravesó el cordón policial. No había nadie para impedírselo. La puerta estaba abierta, así que entró directamente. Dentro, tres agentes hablaban delante de la habitación de Laura.

En el salón, Rose estaba en el sofá, cabizbaja, entre Sophie y Scott. Como no había más asientos, Frank y Bazza los estaban interrogando sentados en la mesita baja.

Frank se dirigía a los niños con un tono suave.

—Entonces, ¿no habéis visto a nadie raro por aquí?

Sophie y Scott negaron con la cabeza.

—¿Laura tiene algún amigo secreto? —preguntó Baz.

Mia se quedó donde estaba, consciente de que no debía interrumpir la conversación.

—Sí, Bob —respondió Sophie.

Bazza y Frank intercambiaron una mirada rápida y Frank se inclinó un poco más hacia Sophie.

—¿Quién es Bob, cielo? No te asustes.

La niña se encogió de hombros.

—Laura no nos dice nada de él —dijo Scott.

—Pero sabes quién es, ¿no? A tu hermanita le podría pasar algo.

Scott se encogió de hombros.

—No, Bob es muy aburrido.

—¿Bob es un niño de tu edad? ¿O es más bien como yo? —preguntó Baz.

—Es mucho más viejo que tú —soltó Scott y todos los adultos se quedaron de piedra.

—¡Tiene trescientos años! —añadió Sophie.

—¡Qué dices! ¡Setecientos!

—¡No digas tonterías! Las tortugas no duran tanto tiempo.

—¡Cómo que no!

—Ya basta —intervino Rose por primera vez, aunque con la cabeza gacha.

Los dos dejaron de discutir, se echaron contra el sofá y se cruzaron de brazos, enfadados.

—¿Laura se va a morir? —preguntó Sophie.

—No —se apresuró a contestar Frank.

—Pues yo creía que cuando secuestraban a alguien se moría.

—No siempre —le dijo Rose.

—¿Cuánto le queda para morirse? —preguntó Scott.

Por fin, Rose levantó la cabeza y miró a Frank.

—Ahora mismo es imposible…

—¿Baz? —preguntó Rose, implorándole con los ojos. Tenía que saber la verdad.

—Siendo realistas, después de doce horas lo normal es esperar un cadáver.

Rose le lanzó una mirada a Frank antes de que este pudiera replicarle a Bazza.

—Id a jugar fuera —les dijo a sus hermanos.

—¡Por fin! —Se levantaron y se fueron corriendo.

—Ya han pasado tres horas —continuó Rose en un tono tan bajo que Mia apenas pudo oírlo—. Solo tiene cinco años.

Mia cruzó el salón, se sentó con Rose y la abrazó. Estaba rígida e inmóvil como una estatua. No reaccionó al abrazo.

—La encontraremos —le susurró Mia al oído, porque era cierto: la encontrarían. A Laura no le pasaría nada; era imposible.

Se recostó sin dejar de abrazar a Rose y se fijó en Bazza y Frank, en cómo miraban a Rose en ese momento, con las chaquetas, las insignias y los blocs de notas en la mano. Les había puesto infinidad de cervezas a esos tíos a lo largo de los años y nunca los había visto como policías. Sin embargo, en ese momento emanaban autoridad. Y poder. Era aterrador; todo era real. Por cómo miraba Frank a Rose, Mia dedujo que esperaba lo peor: que le hubiera pasado algo horrible a su hermana.

—Vete a descansar, Rose. Te llamaremos si hay novedades.

Ella lo fulminó con la mirada.

—No. Dímelo ya. ¿Qué probabilidad hay de que la encontréis?

—Ahora mismo, no hay motivo para…

—Deja de hacerte el policía conmigo y dímelo.

Él miró el bloc que sujetaba entre las manos. No podía hacerlo. Ni siquiera podía mirarla a los ojos.

—Nuestra brigada lleva una semana investigando las notas día y noche. Tenemos algunas pruebas, tenemos un perfil psicológico…

—Dijiste que las notas podían ser falsas.

—Estamos seguros de que nos llevarán…

—¡Rose tiene razón! —intervino Mia—. ¿Y si las escribió otro psicópata?

—Entonces los detendremos a los dos.

—¿Y solo tenéis las notas? —insistió Rose.

Frank siguió mirando el bloc. Entonces se oyó el sonido

metálico de la puerta y entró el padrastro de Rose, tembloroso y pálido.

—¿Frank? ¿Qué pasa? ¿Dónde está mi hija?

Bazza y Frank se pusieron en pie. En ese momento, Rob era el centro de atención. Rose se levantó sin hacer ruido. Nadie la vio, salvo Mia. Temblando, pasó junto a los hombres y se fue directa a la puerta. Sin mirar, se puso las zapatillas rotas que había al lado del umbral.

—¿Adónde vas? —le preguntó Mia.

—A buscarla —contestó Rose.

Su amiga no se movió.

Mia conducía en silencio. Por lo general, si iba sola en el coche nunca llevaba la radio apagada, pero esa noche no la encendió. Cuando pasó junto a los buscadores de piedras preciosas, vio que la policía, con linternas, echaba abajo las tiendas y arrasaba las chabolas. Un agente le gritaba a un par de adolescentes. Debían de estar buscando a Laura en el poblado. Siempre que investigaban un delito, empezaban por allí. Mia creía que nunca habían detenido a un buscador, pero la policía tendría sus motivos para sospechar. Al fin y al cabo, por algo habrían acabado así.

Por primera vez, Jean tampoco puso a Bruce Springsteen en el Eamon's. Las dos estaban detrás de la barra; solo se oían la calculadora de Jean y algún tintineo de los cubiertos a los que Mia estaba sacando brillo. A excepción de ellas dos, el bar estaba desierto.

—A lo mejor deberíamos cerrar… Hoy no va a venir nadie.

—Más les vale —dijo Mia—. Al que venga a por una cerveza en vez de estar buscando a Laura, lo mato.

Por suerte, no apareció nadie, porque, como había dicho Mia, si algún policía se hubiera atrevido a asomarse, lo habría mandado a la mierda. Jean debía de ser consciente de ello, porque una hora después decidieron cerrar. El agotamiento sobrepasaba a Mia, aunque sabía que le resultaría imposible conciliar el sueño.

No tardó mucho en recogerlo todo, una vez que echaron el cierre. Solo habían estado las dos, así que no tenía sentido fregar el suelo. Tampoco había vasos sucios ni grifos que limpiar, porque no se había servido ni una cerveza. Mia solo tenía que cerrar la puerta trasera. Cuando volvió por el pasillo, vio luz bajo la puerta de Will. ¿Por qué coño seguía allí? Se traía algo entre manos, sin duda. Rose también lo había pensado.

Llamó a la puerta enérgicamente.

Durante un segundo de locura, esperó oír a Laura gritar, pero, obviamente, solo contestó Will.

—¿Sí?

—¿Quieres que te limpie la habitación?

—No.

—¿Seguro? Tiene que estar empezando a oler fatal.

Él no respondió. Mia dudó, atenta a cualquier ruido extraño, pero no oyó nada, así que apagó la luz del pasillo y se dirigió a la puerta principal.

Jean estaba esperándola con el bolso colgado del hombro. En silencio, apagaron las luces del bar y Mia se encaminó a su Auster mientras Jean rebuscaba las llaves de su coche.

Mia abrió la puerta.

—Avísame, ¿vale? —gritó Jean de camino a su coche.

—Claro.

Mia la observó cruzar la calle y alejarse del Eamon's. Siempre le había parecido una persona imponente, con mucho carácter. Sin embargo, en ese momento la vio muy mayor.

Ojalá se hubiera ido con Rose. Necesitaba hacer algo, sentirse útil. Miró la comisaría iluminada y vio a Baz y a Frank tomándose un café en la sala de descanso. Cerró el coche de un portazo.

36

¿Cómo había podido pensar que las cosas volverían a la normalidad? La situación no era normal. Nunca volvería a serlo. Y todo por su culpa.

Rose había metido la pata. Hasta el fondo. Todo estaba saliendo mal y era culpa suya. Al escribir las notas no se le pasó por la cabeza que la amenaza fuese real; creía que todo era fruto de su imaginación. Jamás se había parado a pensar que podía tener razón, que lo que había escrito en sus notas podía ser cierto: que la persona que había dejado las muñecas estaba señalando a sus víctimas.

Un monstruo se había llevado a su hermana.

Sintió un nudo en el estómago y quiso echarse a llorar, aunque le pareció egoísta. Llorar sería perder el tiempo. Tenía que encontrar a Laura.

Pero no tenía ni puta idea de por dónde empezar. ¿Adónde podrían llevarse a una niña pequeña? Se estremeció. El ambiente era sofocante y seguía soplando un viento abrasador, pero la recorría un sudor frío. Tenía la sensación de que todo se había materializado por su culpa, de que sus artículos y sus notas habían hecho que aquello se hiciera realidad.

Había corrido por las calles aguzando los oídos, con la esperanza de oír algo, de ver algo. En ese momento solo caminaba.

Pisaba el pavimento con fuerza, un pie detrás de otro. Las zapatillas viejas de su madre le hacían daño, pero no pararía hasta encontrar a su hermana. Normalmente, Rose no iba sola por las calles del pueblo por la noche, pero ¿qué podría ser peor que lo que ya había pasado?

Las notas. Lo habían cambiado todo, habían armado un revuelo desagradable y enfermizo que parecía no tener salida. Jamás se hubiera imaginado que un bolígrafo y un papel pudieran hacer tanto daño ni que sus actos pudieran desatar semejante reacción en cadena. Siempre había vivido con la sensación de tener el mundo en su contra, de que, si quería una cosa, tenía que provocarla. Y provocar algo, algún cambio, le había parecido absolutamente imposible. En ese momento, sin embargo, lo había cambiado todo, y no solo para ella. Toda la gente del pueblo parecía cambiada, más paranoica y recelosa. Era culpa suya. Laura había desaparecido y había sido culpa suya.

No obstante, Laura no podía haber desaparecido. La gente no se desvanecía sin más.

En parte quería darse la vuelta y correr hacia la comisaría. Ya no sabía qué debía hacer. Podía buscar a Frank o a Baz y contarles la verdad: que las notas eran suyas, que no tenían nada que ver con Laura. Pero entonces perderían el tiempo con ella y el lío que había montado en lugar de centrarse en su hermana. Con eso solo se libraría de esa sensación, de esa culpa que le provocaba arcadas y un nudo en el estómago y que estaba segura de que pararía si dejaba de moverse. ¿Seguir adelante o darse la vuelta? ¿Qué camino debía seguir? ¿Sería egoísta confesar, ayudar en la investigación y rebajar el sentimiento de culpa? ¿Sería egoísta seguir ocultándolo todo, seguir mintiendo y creer que podría encontrar a su hermana antes que la policía? Le era imposible decidirse. Avanzar o retroceder.

La biblioteca se alzó delante de ella.

Se detuvo.

«¡Eres una tortuga vieja y gorda!».

Laura se lo había dicho con entusiasmo y alegría. El sol brillaba. Iban a la biblioteca. Todo era sencillo, normal y agradable.

Comenzaron a dolerle mucho las rodillas. Sin darse cuenta, se había caído. Empezó a gimotear. No a llorar. A gimotear. Sollozó, dolorida y angustiada. Tenía gravilla clavada en las manos y las rodillas, pero ni siquiera la sentía, joder. Laura. Su Laura. Pequeña y perfecta y ansiosa por estar con su hermana mayor. Se dio la vuelta para sentarse y metió la cabeza entre las rodillas ensangrentadas, intentando recuperar el aliento, intentando obligarse a detener el incesante gimoteo, tan fuerte que no la dejaba respirar y le provocaba arcadas. Tenía que levantarse. Tenía que seguir buscando. Pero se sentía muy pequeña e insignificante, como una niña, y solo quería que alguien la ayudara y le dijera que no pasaba nada. Comenzó a mecerse adelante y atrás, y se dijo que debía tranquilizarse, que todo iba a salir bien.

Poco a poco, los gimoteos se acallaron y solo oyó su respiración entrecortada entre las rodillas. Eso y otra cosa. Un golpe sordo, como si algo pesado cayera a poca distancia. Luego, un grito, muy suave, casi imperceptible, pero humano, sin duda.

Se levantó. Había oído algo. Seguro. Venía del juzgado, de aquellas ruinas ennegrecidas.

Las bolsas de patatas fritas. La camiseta. Las había visto con sus propios ojos por la ventana de la biblioteca. Allí se escondía alguien que prefería un refugio peligroso a que lo vieran. No tuvo tiempo para prepararse, para pensárselo y decidir si era buena idea o no: se precipitó apartando las vallas de la policía, pisando sin hacer ruido los restos calcinados. No sabía con quién se toparía, pero prefería que no la oyera.

37

Frank y Bazza estaban encorvados sobre sus cafés. Había sido un día muy largo. Frank sabía que apestaba. Había sudado, se había secado y había vuelto a sudar desde la llamada histérica de Rose por la mañana. Habían aporreado muchas puertas, habían patrullado muchas calles y se habían esforzado al máximo por encontrar a la niña. En un primer momento, había estado seguro de que lo lograrían. Se había imaginado como el salvador de Rose. Jamás podría volver a enfadarse con él después de encontrar a su hermana. ¿Qué había publicado en el periódico de esa mañana? ¿Que la policía no tenía «los medios suficientes para hacer frente a un caso tan grave»? Era un dardo dirigido contra él, sin duda. Su jefe tampoco parecía dudarlo. Pero había confiado en encontrar a la niña, en detener a ese monstruo de apodo ridículo y en demostrarles a todos que se equivocaban.

Sin embargo, no la habían encontrado; no habían hallado ni una sola pista. Siguió dándole vueltas a esa frase: «Cabellos bonitos, caras bonitas. Cuando termine, dejarán de ser bonitas».

Tenía una botella de *bourbon* en un cajón del escritorio. Ya le había dado unos tragos. Solo para despejarse. Pero quería otro. Estaba desesperado por olvidarse de todo, por dejar de pensar. «Cabellos bonitos, caras bonitas». Pobre niña, joder.

—¿Mia? —dijo Bazza mirando detrás de Frank.

Frank se dio la vuelta. Mia avanzaba como un torbellino hacia ellos. Parecía echar humo.

—No puedes entrar aquí —la informó Frank.

Pero ella, sin mirarlo siquiera, le quitó la taza, que se hizo añicos cuando la lanzó al fregadero.

—¡Qué cojones haces!

—Déjate de cafés, Frankie. Tendrías que estar en la calle buscando a la hermana de Rose.

—La hemos estado buscando, pero no la encontramos —aseguró Baz.

—Seguro que no habéis mirado en todos lados.

—Casi —le contestó Frank.

—¿Y qué pasa con él? —Señaló al Eamon's, que se veía en la oscuridad a través de la ventana—. Aquí no pasaba nada hasta que llegó él. Además, Rose lo vio delante del patio del colegio y tiene un oso de peluche en la habitación.

—Eso no son pruebas.

—Otras veces las pruebas os las habéis pasado por el forro.

Bazza se encogió de hombros. Tanto él como Mia miraron a Frank.

Frank se había dado cuenta de las miradas que Will le dedicaba a Rose, esas miradas de superioridad, de descaro. Y encima le había dicho lo que tenía que hacer con el maricón de Steven Cunningham, como si él, Frank, fuese un donnadie en el pueblo. Qué chulería se gastaba ese hijo de puta arrogante.

Mia arqueó una ceja. Frank estaba ante su oportunidad. La oportunidad de reconquistar a Rose. De demostrarle cuál de los dos era un hombre de verdad.

No le hizo falta que se lo repitieran.

Frank abrió con estrépito y de una patada la puerta de la habitación.

—¡Oye! —gritó Mia—. ¡Jean te va a matar!

Will se levantó de la cama de un salto. Había estado leyendo y los miró con las gafas torcidas y ojos perplejos y cansados. Embistiéndolo, Baz le dio un cabezazo en el pecho y lo empujó contra la cama. Will consiguió zafarse. Qué rápido reaccionaba para haberlo pillado desprevenido.

—¿Qué coño hacéis? —gritó.

Echó el brazo hacia atrás y le dio un codazo a Bazza en la sien. El golpe produjo un ruido seco.

Frank se abalanzó contra él e intentó sujetarle los brazos, pero Will le dio un empujón y el policía chocó con Mia, que cayó contra la puerta de la habitación dos y la abrió. Por culpa de ese cabrón le había hecho daño a una mujer.

Bazza se levantó gritando y, por detrás, inmovilizó a Will por los brazos, pegándoselos a la espalda. Él se retorció intentando liberarse, pero no lo consiguió.

Frank se le acercó, esperó a que lo mirara y entonces le propinó un buen puñetazo en la mandíbula.

—Llevo queriendo hacer esto desde la primera vez que te vi, con esa cara de superioridad —dijo Frank.

Esperar había merecido la pena. Extendió los dedos, disfrutando del dolor de los nudillos.

—¿Te has quedado a gusto? —le preguntó Baz sosteniendo a Will para que no se cayera tras el golpe.

—No lo sabes bien.

—¿Qué está pasando? —preguntó Will.

A Frank le encantaron su cara de desconcierto, sus ojos húmedos. ¿El cabrón iba a echarse a llorar?

—Escuchadme, ¡mirad! —los llamó Mia.

—¡No he hecho nada! —aseguró Will, intentando soltarse, pero Bazza lo aferraba con fuerza.

—Sujétalo bien.

—¡Frank, ven! —gritó Mia.

No tendría que haberle permitido que los acompañara.

—Ahora mismo estoy ocupado. —Volvió a sacudir a Will y se oyó el crujido de su cabeza.

—Hay sangre.

Frank se dio la vuelta y vio a Mia en la otra habitación, mirando el cuarto de baño. Entró. Lo recibió un pestazo a lejía. El lavabo estaba lleno de agua rosada. Se acercó un poco más. Vio una sábana con una mancha roja oscura. El hijo de puta había intentado lavarla. Ya había empezado a borrar las huellas de su crimen.

—Es mucha sangre —prosiguió Mia, refiriéndose a que era una cantidad excesiva para pertenecer a una niña pequeña.

—¡Eso lo hicisteis vosotros! Es sangre de Steve —dijo Will detrás de ellos.

Mia se dio la vuelta y Frank vio que lo miraba fuera de sí. Nunca había visto esa expresión en su cara, ni ante la falta de propinas ni cuando un borracho le tocaba el culo.

—¡Eres un monstruo!

Frank apartó la vista del lavabo. Sintió arcadas. Aquello significaba que seguramente encontrarían un cadáver. No quería ver el rostro muerto de Laura, recoger su cuerpecito rígido de donde ese malnacido lo hubiera ocultado. Aún tenía un cardenal en la espinilla, de cuando ella le pegó la patada. Entonces vislumbró algo, una esquinita de color azul que sobresalía de la cama, bajo la almohada. Sacó un bolígrafo del bolsillo y se acercó. Con cuidado, lo utilizó para extraer un cuaderno azul. Las hojas tenían rayas y eran de borde redondeado. Como las notas.

—No has perdido el tiempo, por lo que veo —le dijo a Will.

Desde el primer momento, había tenido razón respecto a ese bicho raro.

—¿Dónde está la niña? —preguntó Bazza zarandeando a Will por detrás.

—No me lo puedo creer… ¡Lo habéis hecho para acusarme!

El muy tarado ni siquiera era original. Mia se arrodilló y miró debajo de la cama.

—¿Laura? —Abrió la puerta del cuarto de baño. Nada—. ¿Estás aquí, cariño?

Abrió el armario. Tampoco. Se lanzó a la habitación de Will. Repitió la búsqueda en el armario, el cuarto de baño y debajo de la cama. Nada. Había una maleta encima de los cajones. No muy grande, pero sí lo suficiente. Frank intentó no estremecerse cuando Mia abrió la cremallera con lentitud.

—¡Eso es privado!

Todos lo ignoraron, conteniendo la respiración.

Pero no, Laura tampoco estaba allí. Mia sacó varias camisetas y calcetines sucios, y de debajo, el oso de peluche. Lo sostuvo mirando con crispación a Will.

—Cómo no me habré dado cuenta antes —dijo.

Frank le clavó la pistola en la cabeza a ese pederasta asqueroso, con la fuerza suficiente como para dejarle una marca.

—¿Dónde está?

Will lo miró fijamente a los ojos.

—No lo sé, de verdad.

—No te lo voy a preguntar otra vez.

Se quedaron mirándose. Will ni siquiera parpadeó. El tío no se olía lo que iba a pasar. De haber estado en su sano juicio, habría tenido mucho miedo en ese momento.

Frank le dio la vuelta a la pistola y le pegó con la culata en la cabeza. Qué bien sonó. Observó al pervertido desplomarse con los ojos en blanco.

38

Rose se tapó la nariz. Sentía el hedor a quemado como una bofetada en la cara y tenía los ojos llorosos. El juzgado estaba oscuro, mucho más de lo que había imaginado. En el suelo, repleto de cristales rotos, había restos de los fluorescentes, que habían estallado, y del techo colgaban cables sueltos.

Había llegado a la sala de espera. Recordaba su aspecto antes del incendio. Allí, familias preocupadas solían entrelazar las manos, abogados en traje de chaqueta hablaban entre susurros con testigos lívidos y se vivían momentos de tensión a la espera de oír el veredicto, culpable o inocente. Rose había visto todo eso durante sus frecuentes visitas al edificio para cubrir sucesos o buscar noticias nuevas. En ese momento, estaba irreconocible. El fuego había consumido los asientos almohadillados y solo había dejado los armazones de acero. De la alfombra solo quedaban restos de ceniza gris y las papeleras, derretidas, parecían esculturas deformes de arte moderno.

En el suelo había manchas brillantes: queroseno. A Rose le vinieron a la mente los niños de las máscaras. No podía creer que hubieran ido allí de noche con una garrafa de gasolina. Una cosa eran las cerillas y las bolas de papel de periódico, pero ¿eso?

El olor a plástico quemado era tan intenso que parecía que la garganta se le iba a cerrar. Siguió adentrándose en el edificio, pisando con cuidado, atenta a cualquier movimiento o ruido, con el corazón a mil por hora.

La puerta de la sala de justicia estaba cerrada. Su parte cobarde quiso echar a correr y acudir a la policía, no entrar sola, sin armas ni una mísera linterna, en la guarida de un maníaco. Pero no podía hacerlo. No podía irse si Laura estaba allí. No la dejaría en medio de esas ruinas espantosas ni un minuto más; su hermana debía de estar aterrada.

La mano comenzó a temblarle frenéticamente a medida que la acercaba a la puerta. Los nervios, a flor de piel, la alertaban del peligro. Le temblaba la barbilla. Presa de un pánico casi incontrolable, abrió la puerta.

El techo de la sala se había venido abajo sobre los bancos, la tribuna y el estrado. Se veía la luna, que brillaba en el cielo e iluminaba los restos de la estancia. No había nadie.

De repente, el miedo dejó paso a la tristeza. Laura no estaba allí.

Rose hubiera dominado el miedo. Se hubiera enfrentado al monstruo. Hubiera dejado que la abrieran en canal, que le rompiesen los huesos, que le arrancasen el cabello. Cualquier tipo de dolor habría sido más soportable que esa decepción devastadora. Abandonó la sala y siguió recorriendo el edificio. Examinó los servicios, con los azulejos agrietados y los cubículos sin puertas. En la cocina para el personal del juzgado, ennegrecida y vacía, como el resto de las estancias, vio el frigorífico con la superficie resquebrajada, como si fueran escamas, y el olor del microondas derretido le provocó náuseas. Pero continuó avanzando. Salió a la parte trasera forzando la puerta, que chirrió de tal manera que pensó que el techo se derrumbaría sobre ella. No fue así.

Se destapó la nariz y respiró hasta llenar los pulmones. El olor a quemado seguía siendo fuerte, pero ese aire era más respirable que los gases atrapados dentro. Secándose las mejillas con las manos sucias, miró a su alrededor. Allí estaba, a su derecha: la camiseta blanca arrugada que había divisado por la ventana de la biblioteca. Se agachó para tratar de examinarla. Estaba llena de cenizas y manchas de sudor. Al ponerse de pie, no vio una grieta enorme en el pavimento y tropezó y cayó sobre las rodillas ensangrentadas. Un dolor ardiente le atravesó los muslos. Se giró para sentarse y mirarse las rodillas: a la luz de la luna, la sangre, mezclada con ceniza, le chorreaba por los gemelos como si fuera petróleo. Las piernas le dolían a rabiar, pero se obligó a levantarse.

Solo le quedaba el almacén, y cuanto antes lo inspeccionase, antes saldría de esa pesadilla. Pero no quería hacerlo. Allí había muerto Ben. Las paredes del cobertizo eran planchas de acero y el interior había estado repleto de archivadores. Básicamente, era un horno gigantesco. Sabía que no encontraría ni rastro del cadáver; al parecer, el fuego había devorado al chico de tal forma que solo hallaron cenizas. Pero ni por esas. Ben había sufrido una muerte horripilante y no quería pisar sus restos.

La luz plateada de la luna se reflejó en lo que quedaba de los cristales de las ventanas. Rose observó una forma. Su corazón se paró un instante. Por completo. Había una sombra en la ventana, la sombra de algo parecido a una cabeza y unos hombros, mirándola fijamente. Pero eso era imposible. Debía de ser algo del interior del cobertizo, un archivador fundido o un armario roto. Angustiada, supo que tenía que asomarse. Dio un paso adelante.

Entonces la sombra desapareció. Se agazapó y se perdió de vista.

Había alguien allí. Alguien que la había observado trastabillar en la oscuridad y se escondía en las tinieblas, esperando a que se acercara. Joder. Nunca había tenido tanto miedo. Jamás.

Pero no iba a echarse atrás. Iba a entrar en la guarida del monstruo que había secuestrado a su hermana. Sentía cierto mareo; las piernas le temblaban. Pero siguió adelante, ya sin preocuparse del crujido de sus pisadas, segura de que iba a vomitar. Quienquiera que estuviese escondido ya la había visto. Extendiendo el brazo, cogió un madero quemado y lo agarró con fuerza. Se le astilló en la mano.

—Suéltala. —Su voz sonó tan alta en medio del silencio que se estremeció. No hubo respuesta.

Un paso más. Dos. Tres y ya estaba allí, mirando en el interior del cobertizo ennegrecido.

—La policía viene de camino. Voy a reventarte la puta cabeza como le toques un pelo. —Entró.

Entornando los ojos, observó los archivadores calcinados. Allí. Allí estaba, en un rincón. La sombra. Acurrucada, tratando de que no la vieran. Por su tamaño, no parecía ser un hombre.

—¿Laura? —La sombra dejó escapar un sollozo. Pero no era la voz de Laura—. Sal —ordenó Rose.

La sombra la obedeció. La luna iluminó su rostro. Era Ben. El fantasma de Ben Riley.

Rose gritó, el madero se le cayó y dio un golpe seco contra el suelo. Ben también soltó un alarido estridente.

—¡Qué coño! —chilló Rose, y se arrodilló en el suelo.

—Déjame en paz —dijo Ben.

Ella alargó la mano antes de que se alejara y le rozó el antebrazo. Real, cálido, suave. No era un fantasma; Ben estaba vivo.

39

Había sido idea de Mia azuzar a Frank contra Will, pero haciendo que perdiera el conocimiento no conseguirían nada. Si Laura seguía viva y estaba desangrándose, no había tiempo que perder. Debían encontrarla.

Will seguía inconsciente. Lo habían metido en la bañera, desplomado, con la cabeza hacia atrás en una postura extraña y la frente hinchada. Mirando su rostro inerte, Mia se preguntó cómo era posible que hubiera hecho aquello, cómo se podía ser tan malvado.

Frank abrió el agua fría. Al instante, el cuerpo de Will se estremeció y sus ojos se abrieron.

—¡Despierta! —le ordenó Frank.

Will trató de incorporarse, pero no pudo: estaba esposado al asidero de la pared.

—¿Qué coño está pasando?

—Queremos saber dónde está la hermana de Rose. ¿Dónde está Laura? —La voz de Mia no reveló su miedo; sonó fuerte e imponente.

—Ya os lo he dicho… ¡No lo sé!

Sus ojos iban de un lado a otro del cuarto de baño. Por fin se estaba asustando de verdad. Perfecto. La bañera empezó a llenarse de agua fría.

—Me gustaría creerte. En serio —soltó Frank.

—A mí no —murmuró Baz.

—Lo que pasa es que tenemos un colchón manchado de sangre. Y esto. —Frank levantó el cuaderno sujetándolo por la tapa con una toalla pequeña—. Tiene hasta los borradores. Querías que el mensaje quedara perfecto, ¿no?

Mia se inclinó para ver las páginas, pero Frank, con prudencia, ya había empezado a envolverlo en la toalla para no tocarlo con las manos desnudas.

—Rose ha estado durmiendo en esa habitación. Preguntadle a ella —dijo Will, mirando aún en todas direcciones.

—¿Mia? —Frank no le quitaba ojo.

—Eso es mentira.

—O sea, estás diciendo que Rose secuestró a su propia hermana —dijo Frank, sarcástico.

—¡No lo sé! A lo mejor son borradores de sus artículos.

—Menuda estupidez.

—Por favor —suplicó Mia. No tenían tiempo para excusas peregrinas, para pelear por ver quién la tenía más grande—. Dinos dónde está Laura. No es más que una niña pequeña.

Will la miró a los ojos.

—No lo sé.

De no ser por las pruebas, Mia hubiera sido capaz de creerlo. Se asustó. Se asustó ante la capacidad de Will para mentir, para hacerle daño a una niña y mirarla a la cara con tanta inocencia. Debía de ser algún tipo de psicópata.

—¿Listo? —le preguntó Mia a Baz.

Él no se lo pensó. Con un gesto rápido, sacó el secador del soporte y lo tiró a la bañera. Will se apretujó para alejarse, salpicando agua y con los ojos desorbitados de terror. Pero no ocurrió nada. Mia tenía el dedo en el interruptor, pero no lo había pulsado.

—¿Dónde está? —preguntó Frank.

—¡No lo sé! —chilló Will, aterrorizado.

Los hombros de Mia se tensaron. No quería hacerlo, pero no tenía más remedio. Haría lo que fuera para salvar a la hermana pequeña de Rose.

Lo hizo. Encendió y apagó el secador a la mayor velocidad posible. El grito agónico de Will le puso los pelos de punta. Nunca había oído nada tan espeluznante.

—¿¡Dónde está!? —gritó Frank.

40

A Rose le costó un buen rato convencer a Ben de que la acompañara. En realidad, le había gritado que le iba a reventar la cabeza, por lo que probablemente sus temores no fuesen infundados. Al final, después de que le hablara despacio y en tono afectuoso, él le había agarrado la mano que ella le ofrecía.

—¿Vas a llevarme con mi mamá?

Iban por la calle y Ben ya le había hecho esa pregunta, pero Rose volvió a responderle.

—Claro. Vamos con ella.

Ben le sonrió.

—Tengo muchas ganas de verla.

—¿Cuándo la viste por última vez?

Rose quería averiguar qué coño estaba pasando. Se suponía que ese niño estaba muerto. Lo llevaba a la comisaría, donde, tal vez, Laura estuviera esperando. Menuda estupidez no haberse llevado el móvil. Era posible que hubieran encontrado a su hermana hacía horas, aunque, en el fondo, tenía un mal presentimiento.

—En el coche. Cuando me llevó.

—¿Adónde te llevó tu madre? —preguntó Rose tirándole de la mano para que cruzaran juntos la calle.

El aire nocturno parecía puro y apacible en comparación con el ambiente nauseabundo del juzgado.

—Me dijo que me lo pasaría bien, pero no me gustó. Echamos gasolina por todos lados y olía fatal. Me empezó a doler la cabeza. —Rose recordó los rostros horrorizados de los Riley a la luz de las llamas. Aquello no cuadraba—. Me llevó con su amiga, la monja simpática. Dijo que mi papá vendría a recogerme, pero no vino. Así que me escapé y un hombre me subió a su camión, pero no me acordaba de mi calle. Sabía que mamá vendría a recogerme aquí. Siempre me dice que, cuando tenga miedo, la espere en el cobertizo, que vendrá a por mí cuando él se haya acostado.

Rose no entendía absolutamente nada de lo que decía.

—Cuando se haya acostado ¿quién?

—Él. Yo pensaba que era mi papá, pero mi mamá me dijo que mi papá de verdad sí me quería y que no me haría nada y que vendría a buscarme.

Rose se arrodilló y lo miró a los ojos de color marrón oscuro. Como los de Will.

—Cuéntaselo todo a la policía y llamarán a tu mamá, ¿vale?

Ben asintió con la cabeza y subieron los tres escalones hacia la comisaría. Ella empujó la puerta y entró llevando de la mano a Ben, que iba detrás.

Al sentir el aire acondicionado, notó la piel ardiendo. Estaba aturdida, y en el estómago se le mezclaban el pánico, el miedo y el dolor de rodillas. Entornó los ojos ante el brillo de los fluorescentes.

Detrás del mostrador, la recepcionista se quedó boquiabierta: reconoció a Ben al instante.

—¿Dónde está Frank? Llámalo —dijo Rose.

—Está siguiendo una pista del caso de tu hermana. Espera, ¿de acuerdo?

La mujer se giró en su silla y abrió la puerta de seguridad que tenía detrás; Rose pudo oír sus pasos en el suelo de linóleo cuando la puerta se cerró.

A la luz, Ben tenía mal aspecto. Estaba mucho más delgado

que la última vez que lo había visto y tenía la piel manchada de gris y negro. Ella seguramente no presentase mucho mejor aspecto. La mujer había dicho que Frank estaba tras una pista. O sea, que Laura seguía desaparecida. El muchacho miró a Rose con una sonrisa y ella, pese a sus ganas de llorar, pese a sentirse paralizada por una tristeza que lo inundaba todo, se la devolvió.

Después de que algunos policías salieran y se congregaran en torno a Ben, Rose se marchó. Tenía que ver a Will, tenía que contárselo todo: que había encontrado a su hijo y que había perdido a su hermana. Por algún motivo, estaba segura de que él conseguiría poner cordura en medio de ese caos.

Rebuscó en el bolso su llave del Eamon's. La ceniza le había tiznado las manos y se le había acumulado debajo de las uñas. La izquierda, con la que había sostenido el madero, le dolía con cualquier movimiento; seguía teniendo las astillas clavadas en la palma.

El titilar de los neones en las ventanas hizo que le costara más de lo normal encontrar la brillante llave plateada en medio de la oscuridad.

Al final, sintió algo frío entre los dedos. Abrió la puerta principal, entró y la cerró de inmediato. Delante de ella, en el pasillo, advirtió una luz amarilla que también parpadeaba. Tal vez fuese por el agotamiento o porque Ben hubiera regresado de entre los muertos, pero, durante un segundo angustioso, pensó que era el coronel Eamon.

Se dirigió despacio hacia el pasillo, segura de que en cualquier momento la asaltaría una figura blanca vestida con uniforme del ejército. Pero no ocurrió nada.

La puerta de la habitación de Will estaba entornada. Miró dentro y no vio a nadie. Entonces oyó una voz. Bazza.

—No sé si resistirá otra más.

Venía de la habitación de Rose.

—Hasta que confiese. —Era la voz de Mia.

¿Qué coño estaba pasando? Entró en la habitación. No había nadie. Entonces oyó la voz de Frank, que alzaba el tono, en el cuarto de baño cerrado.

—¿Qué has hecho con ella, pervertido asqueroso? ¿Dónde está?

Rose empujó la puerta del cuarto de baño, temerosa de lo que iba a encontrar.

Will estaba derrumbado en la bañera. Pero no parecía él. Tenía las cejas y el cabello chamuscados y la cara hinchada y cubierta de sangre.

—Parad. Por favor —susurró Will.

—¿Qué coño estáis haciendo? —La voz de Rose sonó extraña y apagada.

Mia se volvió hacia ella. Tenía el pelo alborotado y los ojos… los ojos le brillaban iracundos.

¡Tiene a Laura! —gritó—. ¿Dónde está Laura? —le chilló a Will.

Su dedo encendió y apagó el secador. Él gimió y las luces volvieron a parpadear.

—¡Quietos! —gritó Rose precipitándose hacia Will.

Pero Frank la aferró de las muñecas y le gritó a la cara:

—¡Tiene a tu hermana!

Ella se retorció tan violentamente que estuvo a punto de partirle los brazos a Frank al soltarse de él. Cogió la cara de Will entre sus manos.

—¿Te encuentras bien? ¿Estás bien?

Will la miró, pero sus ojos no la reconocieron. Rose se metió en la bañera y sintió el contraste del agua fría con el sudor de su piel. Esposado al asidero, tenía las muñecas ensangrentadas. Rose tiró de las esposas tratando de quitárselas, tratando de liberarlo. El agua se enturbió con las cenizas de su cuerpo.

—¡Soltadlo! ¡No ha hecho nada!

Aún estaba a tiempo de salvarlo. Si conseguía sacarlo del agua y hacerle la reanimación cardiopulmonar, quizá se recuperase. Volvió a cogerle la cabeza; aún había algo de movimiento en sus ojos hinchados.

—Es el autor de las notas. Hay sangre en la cama —oyó que decía Frank en voz baja.

—¡Sois gilipollas! ¡Sois unos putos gilipollas! Soltadlo.

Nadie se movió.

—¡Mia! —Miró a su amiga a los ojos—. Llama a la ambulancia. Por favor.

Mia pareció entrar en razón. Sacó el móvil del bolsillo.

Gracias a Dios. Tal vez no fuese demasiado tarde. Rose besó los labios de Will y los sintió inertes. Trató de levantarlo. Tenía la sensación de estar gritando, porque la garganta se le había contraído hasta dolerle.

—Las notas las escribió él, Rose —susurró Baz—. Encontraremos a tu hermana.

—Las escribí yo. Laura ha desaparecido.

El rostro de Will. No podía soportarlo. Ninguno de los tres le quitaba ojo a Rose bajo la luz blanca y brillante. Ella ni siquiera podía verlos. Solo veía a Will. Sus ojos parecieron revivir, aunque solo durante un momento.

—Cariño —dijo—. ¿Will? Por favor, no te vayas.

—Ya vienen —anunció Mia.

—¿Qué has querido decir? —le preguntó Frank a Rose, clavándole la mirada.

Ella apoyó la cabeza en el pecho de Will, abrazándolo, atenta a los débiles latidos de su corazón, lista para hacerle un masaje cardiaco si se detenía, hasta que empezó a oír las sirenas.

—¿Qué has querido decir, Rose? —insistió Frank, pero ella hizo caso omiso a su pregunta.

—Frank, deberíamos quitarle las esposas —oyó decir a Bazza débilmente.

—No —contestó Frank—. Ha sido él.

Rose salió de la bañera con firmeza. El agua que le chorreaba de la ropa salpicó con fuerza, derramándose por las baldosas, y la tierra de las suelas de los zapatos negros de Frank embarró las juntas del suelo.

Rose se acercó a Frank y le dio un fuerte empujón; él resbaló hacia atrás y se agarró al toallero para evitar caerse.

—No me estás escuchando. ¡Que le quites las esposas! Las notas son mías, ¡gilipollas! Las escribí yo.

Las sirenas se oían cada vez más cerca.

Frank la agarró de la muñeca.

—Voy a matarte, hija de puta —susurró.

Las sirenas llegaron a la puerta del Eamon's. Dando resbalones, Rose salió del cuarto de baño y se dirigió a la puerta trasera. Las luces centelleaban.

—¡Está aquí! —gritó señalando a la puerta trasera.

Los técnicos de emergencias pasaron corriendo a su lado. Una se detuvo y la miró con atención.

—Ven, siéntate —le dijo, extendiendo el brazo para guiarla a la ambulancia.

—¡No! Ve con él, ayúdalo a él. Está grave.

—Bueno. Pero espera aquí, ¿de acuerdo?

—¡Corre! —la urgió Rose y la mujer desapareció por la puerta trasera.

Rose tenía la visión borrosa y los nervios de punta. No sabía dónde iba, pero sus pies empezaron a moverse. Echó a andar, sintiendo el aire nocturno en la piel húmeda, el roce de las zapatillas viejas de su madre contra el asfalto. Ni siquiera le dolían las ampollas.

Las luces parpadeaban a su espalda, rojas y azules, cada vez más tenues. No podía quedarse allí para verlo. Si Will moría, sería por su culpa.

Sus pies la hicieron cruzar la calle, sin mirar, y pusieron rumbo al lago. Rumbo a casa. Tenía sentido. Ir a casa. Recorrer el camino de siempre. Seguir la ruta a la que estaban acostumbrados. Will no se podía morir. No.

Había un pájaro graznando. No sabía de qué tipo, pero le chillaba con furia a otro. Un perro dio un ladrido y después todo quedó en silencio.

En un silencio roto por el motor de un coche que se acercaba, por el sonido de los frenos cuando la alcanzó.

41

Allí estaba Rose. De camino a casa, como si nada.

El zapato mojado de Frank se escurrió un poco sobre el pedal del freno y el coche chirrió. Las luces se proyectaban hacia la oscuridad iluminando la figura solitaria de Rose; su piel resplandecía como oro claro.

Esa puta. Había estado jugando con él todo el tiempo. Se había burlado de él. Lo había hecho quedar como un idiota. Como un imbécil.

Las notas eran para mofarse de él, para demostrarle que mandaba ella. Se había estado follando al tipejo de Will. Estaba seguro. Había visto cómo lo miraba.

Puta.

Pisó con fuerza el freno. A fondo. Apagó el motor. Salió del coche y cerró de un portazo.

—¡Tú! —Rose se detuvo. Frank pudo ver tensión en los músculos de sus hombros—. No puedes irte sin más.

Ella se dio la vuelta y tuvo la desfachatez de no mostrarse asustada. Tenía una mirada inexpresiva y el pelo le chorreaba sobre los hombros tiznados.

Debería estar asustada. Ese pueblo era suyo, de Frank, no de ella. Rose jamás había respetado su posición, jamás. Se había estado riendo de él todo el tiempo, joder.

—Sabes que eres una auténtica zorra, ¿no? —Rose asintió con la cabeza—. ¿Sabes que eres una hija de la gran puta?

Esa vez, ella ni contestó ni asintió. Tan solo miró a Frank. Como lo miraba siempre, como si fuese superior. La muy puta seguía creyéndose mejor que él.

Era el colmo. Se iba a enterar.

Frank se abalanzó hacia ella. La atraparía. Atraparía a esa guarra de mierda. Ya era suya. Por fin veía terror en sus ojos. La agarró de los pechos y los sintió, al fin, en sus manos durante un instante, antes de que su cuerpo de puta asquerosa se escabullera. Echó a correr, sollozando asustada. Zorra.

42

Rose corrió hacia la casa más cercana. Tenían las luces encendidas. Estaban despiertos. Subió los tres escalones que la separaban de la puerta y la aporreó con el puño, pero nadie contestó.

—¡Socorro! —chilló.

Nadie contestó.

Se alejó de la puerta y, al saltar por encima de los setos hacia el patio contiguo, se arañó las piernas ensangrentadas. Alcanzó la puerta a trompicones y llamó con angustia. La mosquitera se le clavaba en el puño y repiqueteaba con fuerza. Se dio la vuelta, buscándolo. A Frank y su mirada violenta. Su coche seguía allí, pero no lo veía. Todavía le palpitaban los pechos donde Frank se los había agarrado; aún notaba su mal aliento, a café rancio y *bourbon*.

Tenía impunidad para hacer con ella lo que quisiese. Volvió a aporrear la puerta. Había gente dentro; lo sabía.

—¡Joder! —gritó con fuerza.

—Vaya lengua se gasta la señorita.

Oyó su voz cerca, muy cerca, y echó a correr de nuevo, esa vez alejándose de las casas. Hacia el lago. Había algo allí, en medio de la oscuridad. Una luz naranja intermitente. Una linterna, quizá. Alguien. Alguien que podría ayudarla.

La hierba crecida le arañó los tobillos mientras corría a toda velocidad. Su respiración resonaba tan alta que no oía nada más. Bordeó el lago y se dirigió hacia la luz naranja.

Algo se abalanzó sobre ella. Frank. Lo tenía encima. Estaba en la orilla del lago, en el barro frío. Frank intentaba inmovilizarla.

—¡Déjame! —gritó Rose.

—Pídeme perdón —dijo él, sujetándola por los hombros, mirándola con lágrimas en los ojos.

—¡Eres un torturador!

Frank soltó una risa extraña, parecida a un ladrido.

—Lo de la bañera fue cosa de Mia. —Rose se quedó de piedra; era imposible—. Pídeme perdón.

Ella le escupió en la cara.

—¡De esta no te libras! —le dijo.

Frank le dio un codazo con fuerza en el pecho, que la dejó sin respiración. El hueso crujió con el golpe. Rose lo miró a la cara; ya no reconocía ese rostro. Su escupitajo le resbalaba por la aleta de la nariz.

Frank la aplastaba con todo su cuerpo. Ella no podía respirar. Pesaba demasiado; tuvo la sensación de que le partiría las costillas.

—No te enteras, zorra. Puedo hacer lo que me salga de los cojones y tú no me lo vas a impedir. Inténtalo, venga. —Cogió el botón de los pantalones de Rose y susurró—: Voy a joderte la vida de zorra que llevas. Intenta impedírmelo.

Rose se retorció, tratando de quitárselo de encima, pero no pudo. Él se rio, todavía con los ojos llenos de lágrimas, cuando ella volvió a intentar zafarse. Rose trató de respirar, pero con ese peso encima el aire no le llegaba a los pulmones. Empezó a ver borroso.

—¡Fuera, gilipollas! —dijo una vocecilla.

Rose intentó mirar a su alrededor, pero, con la cabeza hundida en el barro, no pudo. Solo podía ver la cara de Frank, la locura en sus ojos, sus fosas nasales dilatadas.

Algo le cruzó por delante. Un piececito en un zapato, directo a la sien de Frank, que se estremeció aturdido, se llevó las manos a la cabeza y perdió el equilibrio. Rose se apartó rodando y él se desplomó a su lado.

Ella se levantó atropelladamente y se alejó corriendo. Respiraba a bocanadas. El fuego iluminó la noche. El armazón del columpio ya no lo devoraban la hierba y la maleza, sino las llamas. Los niños, a lo lejos, huían moviendo a toda prisa sus piernecillas. Rose corrió y oyó a Frank gritar a sus espaldas. Había otro coche parado detrás del de Frank. Un Auster viejo que ella conocía muy bien. Mia estaba dentro. No estaba buscándola ni intentando ayudarla. Tan solo estaba allí quieta, sin saber qué hacer.

43

Durante el trayecto, ambas guardaron silencio. Mia no le preguntó qué había ocurrido; solo oía a Rose recuperar el aliento. Su amiga seguía empapada. Aún le goteaba el cabello sobre los hombros. Todavía tenía el rostro embadurnado de ceniza gris, al igual que la ropa, pese a haberse metido en el agua. Su pelo, por detrás, estaba apelmazado por culpa del barro. Estaba poniendo perdido el reposacabezas. Mia sabía que a la mañana siguiente tendría que frotar para limpiarlo.

Quería decirle a Rose que lo había hecho por ella. Que Will era el culpable. Jamás hubiera hecho nada parecido por otra persona. Rose estaba dolorida; se notaba. Frank le había hecho daño; había buscado vengarse por el follón que había armado. Mia lo hubiera detenido si no se le hubieran adelantado los niños de las máscaras. Estaba segura. Pero algo le había impedido moverse del coche; sabía que Frank se había portado así movido por el amor que sentía por Rose y la decepción que había supuesto para todos. Rose había causado mucho dolor; tal vez también mereciera sufrir un poco.

Aparcaron delante de la casa de Rose, que no se bajó.

—¿Han dicho algo? ¿Se va a recuperar?

Mia se encogió de hombros. Cuando se había ido del Eamon's, la situación tenía mala pinta.

—No lo sé. Aunque ahora van a registrar sus cosas. La encontrarán.

—No ha sido él.

Mia no quiso oírlo. Las notas eran lo de menos. Había visto la sangre en el lavabo. Sabía que Will era el culpable.

Rose cogió su bolso y salió del coche. No se despidió.

Mia observó a su amiga dirigirse hacia su casa, encorvada y sin mirar atrás. Entonces Rose se paró en seco. Se quedó totalmente inmóvil, de espaldas a su amiga, como una estatua.

Mia se desabrochó el cinturón de seguridad. Salió del coche y se acercó a ella.

—¿Qué pasa?

Rose se dio la vuelta y se llevó un dedo a los labios. Se quedaron juntas en silencio. El aire de la noche barría con furia las hojas y los cables del tendido eléctrico emitían un zumbido leve. Entonces oyeron una risa amortiguada.

Una risa infantil, sin duda.

Rose avanzó por el lateral de la casa. Mia la siguió. El espesor de la maleza apenas dejaba ver los cachivaches, que llevaban ahí desde que Mia tenía uso de razón.

—Sal —ordenó Rose.

Silencio.

Entonces se oyó un movimiento en la oscuridad. Hojas crujiendo. Laura, envuelta en un saco de dormir como una oruga, salió del interior de la vieja caseta del perro.

—¡Me has encontrado! Has tardado tanto que me he quedado dormida.

Rose se agachó, se acercó a ella y la abrazó con fuerza contra su pecho.

—¿Llevas ahí todo el día? —dijo Mia con una voz aguda y ahogada muy distinta de la suya.

Miró el interior de la caseta. A la luz de la luna, vio paquetes de galletas, un cartón de zumo y una tortuga de peluche.

—Has sido muy antipática, Flor. ¿Te arrepientes ya?

Rose la separó de sí y le dio un bofetón. La niña la miró en silencio, desconcertada, y rompió a llorar.

El llanto se oyó dentro. Se abrió la puerta y salieron Rob y su madre. Él se arrodilló.

—¡Laura! —gritó.

Laura corrió hacia él y se acurrucó entre sus brazos. Rob apoyó la cabeza sobre la de su hija y empezó a llorar.

—Gracias a Dios —dijo—. Gracias a Dios.

Rose se fue adentro.

En cuanto Mia dobló la esquina, lo vio. El fuego se había propagado. El armazón del columpio formaba una hoguera gigantesca y la hierba de alrededor estaba en llamas. Incluso el lago contaminado ardía: el murmullo del fuego se deslizaba sobre su superficie. Las serpientes reptaban entre la hierba seca, escapando del humo.

La oscuridad de la noche se inundó de pavesas que revoloteaban como luciérnagas en el cielo.

44

A lo largo de la noche, Rose debió de comprobar cientos de veces que todo estuviera cerrado, fijándose en los postigos oscuros de las ventanas mientras sus dedos temblorosos apretaban los pasadores para asegurarse de haber cerrado a cal y canto.

Se sentó en el borde de la cama. Aún podía oír el goteo de la ducha. Había logrado ir hasta el cuarto de baño al amanecer, cuando se disipó la oscuridad en la que podría haberse ocultado alguien. La ducha había quedado muy sucia: el barro de su cuerpo se había pegado a la porcelana blanca. Tenía la piel limpia llena de cortes y arañazos, en las piernas, la espalda y los codos. Las rodillas le dolían al doblarlas. Tenía un cardenal oscuro en el centro del pecho. Del tamaño del codo de Frank.

Llamaron con suavidad a la puerta.

—¿Rose?

Era su madre. La noche anterior, Rose se había escondido en su antigua habitación, incapaz de mirar a nadie. Incapaz de hablar. No respondió.

La puerta se abrió y entró su madre, aún en pijama. Sus ojos se posaron en ella por primera vez en mucho tiempo. La miró de arriba abajo.

—Cariño. —Se arrodilló—. ¿Qué pasó anoche?

¿Y si se hacía con una pistola? Sí. Conseguiría una escopeta. Iría a por Frank y le pegaría un tiro entre ceja y ceja. Will no podía haber muerto. Debería llamar al hospital, salir de dudas. Pero había visto sus ojos.

A su lado, su madre le cogió el brazo y miró los rasguños. Entonces vio el cardenal. Lo tocó con suavidad, pero aun así Rose dio un respingo.

¿Y si se hacía con una pistola?

—¿Qué le ha pasado a Rose? —Scott y Sophie estaban en la puerta de la habitación.

—Vamos, dejadla tranquila. —Era la voz de Rob—. A vuestro cuarto.

—Pero ¡el mío es este! —protestó Sophie.

—A vuestro cuarto, ya.

Arrodillada delante de ella, su madre la abrazó con fuerza y Rose oyó un sollozo. Su madre estaba llorando.

—¿Por qué lloras? —le preguntó con una voz extraña.

—¿Que por qué lloro? —Su madre se retiró un poco y la miró—. Porque le han hecho daño a mi niña.

Antes siempre la llamaba así. Su niña. A Rose se le empañaron los ojos. Corrieron lágrimas por sus mejillas. Empezó a moquear. Qué doloroso era todo aquello. Estaba llorando, pero llorar no aliviaba el dolor. Sentía que se asfixiaba.

—Mami —dijo, y su madre la abrazó más fuerte.

La meció, adelante y atrás, hasta que Rose se quedó sin lágrimas, hasta que pudo llorar sin ahogarse.

—¿Quién ha sido?

Su madre se apartó de Rose y ambas levantaron la vista. Rob estaba a su lado, de pie. Parecía enfadado y Rose se alejó de él.

—¿Quién ha sido? ¿Quién te ha hecho esto?

—Frank.

—Muy bien.

Él se dio la vuelta y salió de la habitación. Rose miró a su madre. Las dos se levantaron y lo siguieron. Se había subido al coche y estaba arrancando.

—Voy a por él, voy a por ese hijo de puta. Me lo voy a cargar —afirmó.

—No, no hagas nada —dijo Rose. Rob se detuvo y ella tragó saliva—. Es mejor dejarlo estar. Es policía. Puede hacer lo que le dé la gana.

Él dudó un segundo. Luego puso el motor en marcha.

—Que le den por culo. Me da igual. Nadie se mete con mi familia.

—Pero yo no soy tu familia.

Él la miró.

—No eres santo de mi devoción, Rose. Eso está claro. Pero formas parte de mi familia. Cuando me casé con tu madre, también me hice cargo de ti. No esperaba que te quedaras con nosotros tantísimo tiempo, pero aun así…

Ella lo miró, sorprendida. Su madre se dirigió a Rob, tocándole el brazo con suavidad:

—Déjalo, cariño. Rose tiene razón. Es Frank. Como le toques un pelo, te crucifican. No vas a conseguir nada.

Rob se quedó pensativo y después se apoyó contra el reposacabezas.

—¡Me cago en todo!

Paró el motor.

—Si quieres ayudarme, ¿me llevas al hospital? —preguntó Rose—. Quiero averiguar cómo está una persona.

—Sube.

Cuando pasaron por el lago, Rose le pidió parar. El armazón del columpio estaba calcinado y de la hierba solo quedaban cenizas, pero aún salía humo del claro.

—Cayeron pavesas en la mina —dijo Rob—. Dentro sigue ardiendo.

Ella tragó saliva y Rob reemprendió la marcha.

No se ofreció a entrar con ella cuando llegaron al hospital. Tal vez supiera que Rose no quería; tal vez le fuera difícil ver tantos cardenales y tener que quedarse de brazos cruzados. Le dijo que la esperaría fuera; eso era todo lo que ella necesitaba.

Cuando Rose llegó a la recepción, una enfermera le entregó un impreso.

—No vengo a que me atiendan. Quiero visitar a un paciente. William Rai.

No podía mirar a la cara a la enfermera. Sabía lo que iba a decir: «Ingresó cadáver».

—¿Estás segura, guapa? Voy a llamar a una enfermera para que te vea.

—¿Está aquí? —insistió casi gritando, y la enfermera arqueó una ceja.

Escribió su nombre en el ordenador. «Ingresó cadáver. Ingresó cadáver».

—Octava planta —anunció.

Rose tuvo que controlarse para no salir corriendo hacia el ascensor. No dejó de pulsar el botón hasta que se abrieron las puertas. Mientras subía, temblaba, inquieta.

En cuanto se abrió el ascensor, salió disparada hacia el mostrador de la octava planta.

—¿La habitación de Will Rai?

—La diecisiete —la informó una enfermera y Rose se precipitó hacia allí—. Pero ¡no puedes entrar! —oyó que le gritaba.

Supo qué habitación era antes de llegar. Baz estaba sentado en una silla delante de la puerta. Se levantó cuando ella se acercó.

—No puedes entrar, Rose. Está arrestado.

Rose intentó apartarlo.

—Pero ¿está bien? ¿Se va a recuperar?

Sin embargo, ya lo había oído. El monitor de las constantes vitales. Pitaba con regularidad. Estaba vivo.

—Ni idea. El médico ha dicho que es optimista —dijo Baz, sujetándola por los brazos.

Ella se retorció y logró vislumbrar a Will a través del ventanuco de la puerta. Estaba en la cama, conectado a cables y tubos. No pudo ver su rostro.

—¿Frank te ha hecho eso? —le preguntó Baz al verle parte del cardenal oscuro que sobresalía de la camiseta.

Rose se lo quitó de encima de un empujón. Si no iba a dejarla entrar, no malgastaría saliva con él.

—¿Rose? ¿Te ha hecho algo? —gritó Baz mientras ella regresaba despacio al ascensor.

Pero ella lo ignoró. «Optimista». Eso era buena señal. Seguramente, Will se recuperaría. Pulsó el botón del ascensor y esperó, pensando en cómo colarse en la habitación.

Las puertas se abrieron y se colocó al lado de un hombre con bata hospitalaria y la cara vendada. Los médicos no se mostraban optimistas si no creían de verdad que las perspectivas eran buenas. Formaba parte de su trabajo no jugar con los sentimientos de las personas, estaba segura.

—¿Rose?

Levantó la mirada; era el hombre del ascensor. Su voz le sonaba; tenía un ligero acento británico.

—Dios santo, estás peor que yo. Vengo de odontología, van a ponerme dientes nuevos.

—¿Steve?

Más tarde, cuando su madre se marchó a trabajar y Rob salió con Laura para explicarle ciertas cosas, Rose se sentó delante de su ordenador. Se quedó mirando el rectángulo blanco, la página vacía de la pantalla. Por lo general, al escribir se sentía poderosa, pero en ese momento se apoderó de ella, más que nunca, el desaliento. Damien quería el final de la noticia y la noche anterior todo había acabado.

Sus dedos se colocaron sobre el teclado. Los rasguños rojizos de los nudillos contrastaban con el color de la piel. Debajo de las uñas seguía habiendo polvo y barro, una línea curva y negra bajo el borde blanco. Tenía la muñeca izquierda hinchada y enrojecida. Temblando, llamó a Damien. Se obligó a controlar la voz mientras le contaba lo que Frank, Mia y Baz le habían hecho a Will.

Él dejó escapar un largo suspiro.

—¿Tienes alguna prueba?

—No, aparte de que está en el hospital. ¿No cuenta como prueba?

—¿Lo vio alguien más? ¿Alguien que no estuviese implicado?

—Solo yo.

—La verdad, Rose —dijo Damien despacio—, es que el ángulo de la brutalidad policial ya lo hemos utilizado. El vídeo funcionó; a la gente le gusta ver sangre. Pero acusar de tortura sin ninguna prueba no es buena idea. No venderá periódicos como para compensar una posible demanda.

«Pero ¡es la verdad!» quiso gritar ella, aunque se contuvo.

La verdad era lo de menos; en ese momento lo supo. Los hechos ya se habían decidido, la verdad era irrelevante y su voz carecía de poder. Debería haberle quedado claro después de la paliza a Steve. A la gente no le importaba la vida humana tanto como ella pensaba. Lo que le importaba a la sociedad era la pureza. Lo que le importaba eran los sucesos inesperados, algo que confirmara sus miedos más profundos. Querían blanco o negro, nada de grises. O al menos eso pensaban los periódicos; eso era lo que estaban dispuestos a entregarles. Si el titular no tenía gancho, no era noticia. Y, si no era noticia, no servía.

—¿Rose? Entonces, ¿han arrestado a este hombre? Sería una buena forma de cerrar la noticia. Después puedes venir, empezar las prácticas y olvidarlo todo.

—Te enviaré algo en breve —dijo y se despidió.

Se le hizo un nudo tan fuerte en la garganta que le costaba respirar cuando empezó a escribir.

LA POLICÍA MUNICIPAL DESENTRAÑA
EL MISTERIO DE LAS MUÑECAS DE PORCELANA
Rose Blakey

La policía municipal de Colmstock ha sido recibida con honores después de detener al hombre que ha aterrorizado a un pueblo cuyos habitantes siempre se han mostrado unidos. William Rai, diseñador gráfico de treinta y dos años de edad, es el temido «Coleccionista de Muñecas». El acusado ofreció gran resistencia momentos antes de su detención, por lo que los agentes se vieron obligados a tomar medidas drásticas.
Los vecinos de Colmstock respiran aliviados. Por fin están a salvo y pueden proseguir con su vida tranquila.

Miró las palabras de la pantalla. La sacarían de allí, de una vez por todas. La llevarían a un lugar seguro. Despacio, colocó la mano en el ratón y pulsó «Borrar».

Damien quería un final, pero no iba a ser ese.

45

—Sé que hablar de esto es duro, señora Riley…

—Liz.

—Sé que ha sido muy impactante, Liz, pero necesito saber qué pasó.

Elizabeth Riley no escuchaba a Frank. Observaba a sus hijos jugando, una escena que creía que no volvería a ver. Ben estaba tumbado en la alfombra y su hermana, Carly, le hacía cosquillas en los pies. Los dos chillaban y se reían. Era el mejor sonido del mundo.

—Necesito saber adónde llevó a su hijo y por qué.

La señora Riley fijó los ojos en él. Frank le hablaba con dureza pero entre susurros mientras se fijaba en la habitación, repleta de mujeres y niños. Estaba claro que lo descolocaba ser el único hombre en una casa de acogida para mujeres.

—No lo llevé a ningún lado.

Con sus hijos por fin a salvo, no confesaría nada.

—Ben no dijo eso —prosiguió Frank, aún en voz baja—. Nos habló de un sitio lleno de monjas. ¿Lo llevó a una residencia católica, fuera del pueblo?

—¿Para qué lo iba a llevar allí?

Desde que había dejado a su marido, había ganado confianza. Estaba ante una segunda oportunidad. Cuando llamó a la casa de acogida y le dijeron que sí, que esa vez sí tenían una habitación para ella, lo percibió como una señal. Si su marido se hubiera enterado de lo que había hecho, la habría matado, seguro.

—Sé que su marido tiene mal carácter, señora.

—Es una forma muy suave de decirlo.

—Sé que ha sido violento con usted y con sus hijos, sobre todo con Benny.

—Y, si lo sabía, ¿por qué no hizo nada?

Frank volvió a cambiar de postura, incómodo entre tantas mujeres.

—Yo…

—Por favor, prefiero no volver a oír nada sobre los recursos.

Liz se contuvo cuando estaba a punto de enfadarse; cuando estaba a punto de decirle que Ben había sentido en sus propias carnes el «mal carácter» de su marido, que estaba segura de que había sido él el culpable de los daños cerebrales de su hijo. Que en cierto momento empezó a pasar página, a rehacer su vida, y conoció a un buen hombre. Y que una mañana su exnovio se presentó en su casa, le dijo que había cambiado y ella, por algún motivo, se lo creyó y se dejó engatusar de nuevo. Que en ese momento no sabía que estaba embarazada. Que había intentado ocultar las náuseas y disimular la barriga. Que cuando él la descubrió le propinó tal paliza que estuvo a punto de perder al bebé.

Y que sabía que, si no fingía la muerte de Ben, su hijo tendría los días contados.

Pero decirle todo eso no arreglaría nada.

—Mire, yo estoy de su parte —aseguró Frank—. Tan solo quiero entender qué pasó.

Ben volvió a gritar de alegría y el resto de las madres lo miraron y sonrieron. El sol se colaba por la ventana del salón mientras las mujeres estaban sentadas tomando té y hablando en voz baja. Liz nunca había estado en un lugar con tanta paz. Frank sobraba allí.

—¿Le digo qué es lo que creo? —preguntó él.

—Como quiera.

—Muy bien. —La miró directamente a los ojos, tratando de intimidarla—. En mi opinión, escondió a Ben en algún sitio, buscando protegerlo. Creo que usted provocó el incendio, intentando que pareciera obra del incendiario para cubrirse las espaldas, y se le fue de las manos. Su intención no era la de quemar el juzgado, y mucho menos la de quemar su tienda. ¿Voy bien encaminado?

Liz lo miró con detenimiento. Ese tío olía como su marido: su piel rezumaba el olor dulzón del alcohol del día anterior; la boca le olía al chicle de menta con el que intentaba disimular el trago que había echado en el coche. Tenía sus mismos ojos vidriosos, su misma nariz roja. Y el mismo gesto en el rostro cuando miraba a las mujeres.

—Para nada.

No mentía. Iba desencaminado. Claro que había pretendido calcinar el juzgado; por eso lo había bañado en gasolina. Quemar solo el cobertizo hubiera sido muy evidente. Y también había querido carbonizar la tienda de alimentación; si además el techo se hubiese derrumbado, la indemnización habría sido más cuantiosa.

Cuando su marido se disculpaba, cuando le prometía que nunca más le pondría una mano encima a Ben o a ella, alegaba que la tienda lo sacaba de quicio, que, si no fuera por el trabajo, por echar tantas horas y ganar lo justo para pagar la hipoteca, no se comportaría así. Pero mentía.

En principio, el verdadero padre de Ben debería haber recogido a su hijo del convento en el que lo había dejado, pero no fue así. Le había escrito una carta una mañana, cuando la situación se había puesto muy fea, cuando el dolor apenas la dejaba levantarse de la cama. Su marido le controlaba el teléfono; leía todos sus correos electrónicos. Tan solo pudo recurrir a una carta. Quizá

Will nunca recibió la segunda que le mandó, quizá nunca recibió ninguna, o tal vez no era tan buen hombre como recordaba.

Ya daba lo mismo. Tenía una habitación para sus hijos y ella en la casa de acogida y su marido no tenía ni idea de dónde estaba. Sus plegarias habían sido escuchadas.

—Nos dijo que los responsables de los incendios eran unos niños. ¿No provocaron otro la semana pasada junto al lago? Me he enterado de que estuvo allí. De que fue testigo.

Frank suspiró con condescendencia y Liz recibió en la cara el pestazo a alcohol.

—Enjuague bucal —soltó, incapaz de contenerse.

—¿Eh?

—El chicle no tapa el olor a alcohol. Lo único que funciona es el enjuague bucal. Hágame caso. Cuando olía a enjuague, más valía quitarse de en medio.

Se quedó mirándolo a los ojos, sin dejarse amedrentar por la indignación de Frank. Estaba harta de tener miedo.

—Gracias por su tiempo, señora Riley —dijo él levantándose.

—Liz —lo corrigió.

No lo acompañó a la puerta; podía salir solo. Sin embargo, sí gateó por la alfombra y se sumó a la pelea de cosquillas de sus hijos. Le pasaban los deditos por los pies y las axilas, y sonreían con ganas de ver su reacción. Así pues, se dejó llevar y rompió a reír. A reír de verdad, con el corazón. Nadie iba a acallarla.

Frank se tomó un lingotazo en cuanto montó en el coche. Esa zorra creía que lo conocía, pero en realidad no tenía ni idea. Era otra más en la casa de acogida, otra más haciéndose la víctima, como si no hubiera elegido con quién casarse, como si no le hubiera quedado más remedio que seguir con su marido.

Había prendido fuego a media calle Union, había culpado a unos críos y él no podía hacer nada de nada. ¿Y encima había tenido cojones de decirle que dejara el alcohol? A Frank no le extrañaba que al señor Riley se le fuera la mano.

Cerró bien la botella de *bourbon*, la echó a la guantera y giró la llave. Había dejado el coche a pleno sol y el cuero del volante achicharraba; apenas podía tocarlo. Bajó la ventanilla y metió la marcha atrás. Sostuvo el volante con las rodillas y retrocedió, y entonces metió primera y abandonó el aparcamiento pisando el acelerador a fondo.

Desde que Rose había publicado aquellas mentiras en el *Sage,* esa segunda nota que la muy guarra había confesado haber escrito, el pueblo se había llenado de visitantes. Antes solía tener para él solo la carretera que conectaba la autovía con Colmstock; podía ir a la velocidad que le diese la gana sin imbéciles de por medio. Pero últimamente siempre había gente conduciendo como viejas. Gacetilleros que querían sacar tajada, congregaciones religiosas en busca de una causa, pandillas de niños que intentaban escandalizar todo lo posible…, todo el mundo acudía allí. El principal objetivo de Frank, por encima de cualquier otro, era demostrar que Rose no era más que una juntaletras de tres al cuarto. Todo lo que había pasado, sin excepción, era culpa suya.

Cómo disfrutaría arrestándola. Le pondría las muñecas a la espalda, la esposaría con fuerza y la oiría chillar. Pero no era tan tonto como para hacerlo; si le decía a su jefe la verdad, el caso contra William quedaría en agua de borrajas.

Había un sapo en medio de la carretera, a pocos metros. Miraba hacia Frank y, en torno a él, el asfalto brillaba bajo la luz del sol. Estaba hinchado como una pompa. Frank aceleró y lo oyó estallar bajo las ruedas cuando lo atropelló.

A lo lejos vio a una chica en bicicleta por el arcén, algo bastante raro. Como si su sueño se hubiera hecho realidad, la reconoció: era Rose. Su cabello ondeaba; a la espalda llevaba una mochila cargada. Tratando de ir más rápido, iba de pie sobre los pedales, con el culo levantado. ¿Qué haría allí? En bicicleta se podía llegar a la antigua fábrica de Auster y a pocos sitios más.

Frank viró hacia ella, pisó el freno y tocó el claxon con fuerza. Se rio al ver la tensión de los hombros de Rose mientras salía de la carretera asustada; estaba a punto de caerse de la bicicleta y apoyaba el pie con fuerza en el suelo para detenerse.

Rose se dio la vuelta y se quedó mirándolo mientras Frank reducía la velocidad. No podía arrestarla, pero no por eso iba a olvidarse de ella. Tan solo estaba aguardando el momento. Se aseguraría de que recibiese un escarmiento de una forma u otra. Miró a los lados y vio la carretera desierta. No había testigos. Dio un volantazo.

Rose no intentó escapar; se quedó quieta, con los pies en el suelo y las piernas de puta a ambos lados del sillín. Seguro que le encantaba sentirlo entre las piernas. Además, tenía los brazos sucios, como si se hubiera estado arrastrando por un vertedero.

Cuando Frank iba a abrir la puerta, vio que se daba la vuelta y entornaba los ojos. A lo lejos se vislumbraba un brillo: el reflejo del sol en la luna de un coche que avanzaba hacia ellos. Frank regresó a la carretera. Ya la atraparía. No en ese momento, pero ya le llegaría la hora.

Aparcó delante de la comisaría. Tenía que informar al jefe de que la señora Riley no había soltado prenda. Después se piraría. Era temprano, pero llevaba acumuladas muchas horas extra en los últimos meses. Alegaría que tenía que ir a una misión de reconocimiento o algo por el estilo.

Tras dar un solo sorbo de la botella, salió del coche y se llevó un chicle de menta a la boca. Se preguntó si se habría olvidado de echarse desodorante esa mañana: le resultó raro oler su sudor y notaba los sobacos más húmedos de lo normal. Últimamente le costaba recordar las mañanas. De todas formas, le daba igual; pronto estaría en casa.

Saludó con la mano a la recepcionista al entrar a toda prisa.

Cuando pasó junto a la sala de interrogatorios, sintió la necesidad de echar un vistazo, tal vez por intuición, tal vez por ese olfato del que siempre hablaban los polis de las películas. Al principio no supo quién era el hombre que había dentro, pero terminó reconociéndolo por sus entradas pronunciadas y el increíble brillo de su calva, más que por su rostro. Una gran gasa blanca cubría su nariz; sus ojos estaban irritados y rodeados por un semicírculo amoratado y amarillento; a los lados de su boca había puntos de sutura negros, como si hubieran tenido que coserle un tajo. Pero lo peor no fue eso. Lo peor fue que Steve lo vio, trabaron contacto visual y, antes de que él pudiera apartar la vista, la cara del concejal se deformó en una sonrisa surcada de dientes partidos y asimétricos.

Frank se fue al despacho del jefe prácticamente corriendo.

—¿Qué coño hace Cunningham aquí? —preguntó.

—Ha venido a colaborar —contestó el jefe sin despegar la vista del periódico que tenía delante—. Al parecer, en el ayuntamiento han recibido información confidencial.

Frank asintió con la cabeza.

—Bueno, pero ¿tiene que venir aquí? Parece un personaje de película de terror.

El jefe lo miró.

—¿Cómo te ha ido con la señora Riley?

Frank lo puso al corriente y salió con la mirada clavada en el suelo. Por nada del mundo quería encontrarse de nuevo con esa cara. Seguro que esa noche tendría pesadillas con él.

Regresó al coche y se largó. Cada vez que se paraba en algún cruce, se planteaba sacar la botella de la guantera para echar un trago. Resistió la tentación, aunque las manos le temblaban.

Sabía que debería acercarse a la mina y comprobar si había novedades o avances. Seguía en llamas. Había tanta pizarra bituminosa que, al parecer, el fuego podría arder indefinidamente bajo la superficie del pueblo. Con la zona acordonada, bomberos e ingenieros de toda la región se afanaban tratando de sofocar el incendio. Era incapaz de ir y observarlo todo otra vez, de ver la última oportunidad de Colmstock quemándose bajo sus pies.

Al aparcar en su casa, dejó la botella en el coche para el día siguiente —tenía otra en su habitación— y cerró de un portazo. Con suerte, su madre habría empezado a preparar la cena. Aún no eran las cinco, pero estaba muerto de hambre.

—¿Eres tú, Francis?

—Sí —dijo cerrando la puerta, contento de estar en casa.

—Ven, tenemos visita.

Entró al salón esperando ver a alguna de las abuelas amigas de su madre en el sofá, enfrente de ella. Sin embargo, era Rose quien estaba allí sentada, en su casa, en su sofá, frente a su madre.

—Hola, Frank —lo saludó con una sonrisa.

Se quedó de piedra. ¿Cuánto *bourbon* llevaba encima?

—Tu amiga Rose ha venido a verme. Qué agradable es —dijo su madre.

—Sí —repitió Frank.

—Tantos años hablándome de ella… Ha sido una sorpresa maravillosa. —Frank se quedó boquiabierto—. Ay, que no te dé reparo, *dolcezza* —le dijo su madre.

—Me alegro mucho de haberla conocido —dijo Rose cogiendo la mochila y colgándosela del hombro con agilidad—. El panetone estaba buenísimo.

—¿Ya te vas? Si Frank acaba de llegar…

—Me tengo que ir. —Rose se despidió de la madre de Frank con la mano y salió de la habitación.

Él la siguió hasta la puerta.

—Hasta luego —se despidió ella, sonriéndole mientras giraba el pomo.

—¿Qué coño estás haciendo? —soltó Frank.

—Ser educada —contestó, de nuevo con una sonrisa.

Pese a todo, Frank le sonrió cuando se dio la vuelta y se marchó cerrando la puerta. Mientras Rose se alejaba por la calle, él vio que los cortes de los brazos aún no le habían cicatrizado.

—Es un encanto —gritó su madre desde el salón.

—Hum —contestó Frank de camino a la cocina a por un vaso.

—Parece que viniese de la guerra —dijo su madre, recogiendo los platos del salón—. Cuando se agachó, le vi un buen cardenal en el pecho. ¿Y le has visto las costras en las rodillas? La pobre. Me ha dicho que se cayó de la bicicleta hace un rato… Llegó llena de barro y fue muy pudorosa cuando me pidió utilizar el cuarto de baño. La verdad es que es muy educada. Una niña a la que dan ganas de cuidar. Creo que me gustaría como nuera.

Su madre no paraba de hablar. Frank la ignoró y se fue a su cuarto con el vaso.

A la mañana siguiente, lo despertó el estrépito de las puertas de varios coches cerrándose de golpe. Vivía en una calle tranquila y ese ruido no era nada normal, pero estaba demasiado cansado como para asomarse a la ventana. El estómago le daba vueltas y estaba tan aturdido que solo podía pensar en el sueño que acababa de tener. Estaba a punto de recordarlo cuando llamaron a la puerta de la casa. Se dio la vuelta. Que se ocupara su madre. Volvieron a llamar con impaciencia y oyó el arrastrar de las pantuflas de su madre por el pasillo y el ruido de la puerta al abrirse.

—*Mio Dio!*

Frank se sentó. Se restregó la cara y se puso una camiseta. Abrió la puerta de su dormitorio y vio a su suboficial en el pasillo, dirigiéndose hacia él.

—¿Qué coño…? —soltó, arrepintiéndose de no haberse puesto unos pantalones.

—Frank. —Su suboficial lo saludó inclinando la cabeza—. No compliquemos las cosas, ¿de acuerdo? A nadie le apetece un escándalo.

Frank miró al resto de agentes. Baz hablaba en voz baja con su madre en el recibidor; Jonesy, nervioso, estaba junto a la puerta. Había otros dos hombres, de traje y con los brazos cruzados, a los que no reconoció.

—No entiendo nada.

—Déjame pasar, por favor —le ordenó su suboficial.

Frank, que no le había estado cortando el paso adrede, se hizo a un lado de inmediato.

Su suboficial entró en el dormitorio, seguido de los hombres trajeados. Frank se quedó en la puerta, sin pantalones, sintiéndose de lo más ridículo. Ojalá hubiera sacado de la habitación la botella la noche anterior. Pero nadie pareció reparar en ella. Uno de los hombres trajeados se puso unos guantes de plástico y se arrodilló junto a la cama.

—¿Me estáis tomando el pelo? —De repente había caído en la cuenta: debía de ser una especie de broma pesada, aunque no sabía por qué; ni se casaba ni era su cumpleaños.

El hombre de los guantes, sin prestarle atención, sacó algo de debajo de la cama. Frank se sorprendió tanto que tardó unos segundos en darse cuenta de lo que era aquello: piedras blancas envueltas en plástico. Cristal. El hombre sacó más y más, y su suboficial se dirigió a Frank:

—Ponte unos pantalones, Frank. Venga, vámonos. Te conozco desde hace mucho tiempo. No me obligues a esposarte.

SARGENTO DE POLICÍA DETENIDO POR TRÁFICO DE ESTUPEFACIENTES
Rose Blakey

Última hora: Un escándalo de corrupción ha salpicado al sargento de policía Frank Ghirardello, al que se acusa oficialmente de tráfico de metanfetamina. A primera hora de esta mañana, se llevó a cabo una redada en su domicilio de Colmstock, en la que agentes de la Comisión de Delitos y Corrupción hallaron grandes cantidades de metanfetamina pura.

El consumo extendido de esta droga, conocida como hielo, no solo ha arruinado a este pequeño municipio, sino que tenía desconcertada a la policía regional, que no encontraba explicación a cómo se introducía la droga en el pueblo.

Además del sonado caso de las muñecas de porcelana, el municipio ha sufrido en los últimos meses varios incendios provocados. El último de ellos afectó a una mina de pizarra bituminosa sin sellar y el fuego sigue activo en el subsuelo del pueblo. Las labores de extinción de los bomberos continúan ininterrumpidamente; sin embargo, no ha habido detenciones.

Dadas las circunstancias, un representante de la Comisión de Delitos y Corrupción ha afirmado que no se descarta una investigación oficial por corrupción policial continuada.

46

Rose estaba fuera del Eamon's, con su maleta. Había tenido la intención de entrar, de despedirse, pero cruzar esa puerta, como había hecho infinidad de veces antes, le resultó imposible. A través de la suciedad de la ventana distinguió a Mia sirviendo una cerveza y a Jean sacando una bolsa de basura y cerrándola con un nudo. No parecía que fuesen a contratar a alguien para sustituirla. Aun así, Jean tendría que buscarse a otra persona pronto. Rose se había enterado de que Bazza le había pedido matrimonio a Mia. Su amiga había logrado lo que quería. Rose no la odiaba, pero tampoco se alegraba por ella; solo sentía indiferencia.

Dentro de poco, habría chicas nuevas trabajando con Jean en el Eamon's, adolescentes, seguramente, y volvería a iniciarse un ciclo. En la acera, Rose se dio la vuelta y echó a andar por la calle. En ese momento, era incapaz de entrar en el Eamon's y, con suerte, no volvería a pisarlo jamás.

El pavimento quemaba al tacto. El fuego seguía ardiendo bajo sus pies y Colmstock estaba envuelto en un humo espeso que irritaba la garganta y los ojos. Todas las personas con las que se cruzó tenían los ojos enrojecidos.

El día anterior, había ido al hospital. Baz ya no estaba de guardia en la puerta de Will, pero, debido al alboroto que había causado la última vez, la enfermera rolliza que atendía el mostrador reconoció a Rose en cuanto se abrieron las puertas del ascensor.

—Espera aquí —le había ordenado mientras salía trabajosamente de detrás del mostrador—. Si vuelves a salir corriendo por ese pasillo, llamo a seguridad, ¿entendido?

—¿Cómo está?

La enfermera se había mordido el labio y a Rose había comenzado a empañársele la vista.

—¿Eres familiar?

—No, soy su novia. Por favor, dígamelo —había suplicado.

—Ha sufrido daños cardiacos… Podrían ser crónicos.

—Crónicos —había repetido Rose. La enfermera había asentido—. Entonces… —Había tragado saliva—. ¿No se va a morir?

—¿No te han informado? No corre peligro, gracias a Dios. Recuperó la conciencia la noche después del ingreso.

Rose había oído las palabras de la enfermera, pero no se las había podido creer. Aún veía el rostro de Will esa noche, su cuerpo inerte.

—No hay policías vigilándolo —había dicho Rose en voz baja.

—No. Se han retirado todos los cargos.

Rose había tragado saliva.

—¿Puedo verlo?

—Si me prometes que no te moverás de aquí —había dicho la mujer y Rose había asentido sin pensárselo—, iré a ver si se encuentra con ánimo para recibir visitas.

—De acuerdo.

La enfermera le había señalado un asiento, pero ella no se había sentado. Se había quedado de pie, mirándose las zapatillas sobre el suelo de linóleo. El día en que había conocido a Will estaban nuevas; en ese momento, estaban raídas y sucias.

Los altavoces habían chisporroteado llamando a alguien al mostrador. La sala de espera olía a desinfectante de manos. Un cartel sobre un bote indicaba a los visitantes que debían utilizarlo antes de ver a los pacientes. Rose había apretado el dosificador y se había frotado las manos, agobiada por el olor a alcohol y estremeciéndose por el escozor en los cortes.

Se le había dibujado en la cara una sonrisa amplia, radiante y nerviosa. Will tendría mal aspecto, sin duda. Verlo sería impactante. Pero, aun así, se había alegrado porque, por fin lo tenía claro, estaba enamorada de él. El hombre al que quería se iba a recuperar, ella lo ayudaría a reponerse y todo saldría bien. Lo dejaría todo por él. Todo.

Entonces, la enfermera había salido de la habitación de Will y había cerrado la puerta con delicadeza. Había rehuido la sonrisa de Rose y ella había vacilado.

—¿Está dormido?

—No —había contestado la enfermera, y Rose se había preocupado porque ocurriese algo, porque Will no fuera a recuperarse—. Lo siento, pero no puedo dejarte entrar. —La enfermera no la había mirado a los ojos.

—No pasa nada… No me importa esperar —había farfullado ella—. También puedo volver mañana por la mañana.

—No quiere verte. —La enfermera se había encogido de hombros, incómoda—. Lo siento.

Rose se había quedado paralizada, con las manos escociéndole aún por el desinfectante. La mujer había hecho amago de ponerle una mano en el hombro con gesto compasivo, pero se lo había pensado mejor y había regresado detrás del mostrador.

Rose esperó en la estación de autobuses con la maleta entre las rodillas. Mirando la carretera, vio que el asfalto brillaba y lanzaba destellos como si estuviera húmedo. Había soñado con ese billete de autobús incontables veces, imaginándose feliz, orgullosa. Pero no se sentía así; tan solo notaba el calor del sol en la espalda, la camiseta pegada a la piel por el sudor y algo subiéndole por el brazo. Fue a quitárselo con la mano, pero se detuvo. Era una mariquita que avanzaba con lentitud. Puso el índice delante de ella, esperó a que se le subiera al dedo y luego se acercó a una zona de hierba quemada. Observó al pequeño insecto alejarse justo cuando llegaba el autobús.

Al darle la maleta al conductor para que la metiera en la bodega, le enseñó el billete. Él asintió con la cabeza, Rose subió al autobús y se dirigió a un asiento del final. Acomodándose para el largo trayecto, fijó la mirada en el respaldo del asiento vacío de delante. Cuando se había imaginado subiéndose a ese autobús, había pensado en cuánto disfrutaría al mirar todos los lugares del pueblo que tantas veces había visto sabiendo que no volvería. Varios pasajeros más ocuparon sus asientos, pero Rose no les prestó atención. El autobús rugió cuando el motor se puso en marcha. A continuación, abandonó la estación y emprendió su camino.

Le había dejado una nota a Will en la que le pedía perdón y le hablaba de Ben. También le decía que la llamara si en algún momento se sentía capaz de perdonarla. Sin embargo, no esperaba obtener respuesta.

Al otro lado de la ventana, los restos del juzgado, la biblioteca, la comisaría y el Eamon's fueron quedando atrás. El autobús recorrió la calle principal y pasó junto a los niños que iban camino del colegio. Entre ellos, Laura, que, con su uniforme, trataba de seguir el paso de sus hermanos. Pero Rose no los vio; no llegó a mirar por la ventana. Tan solo cerró los ojos y se dejó conducir hacia una vida mejor.

47

Sophie, Scott y Laura tampoco repararon en el autobús.

—¡Esperadme, esperadme! —gritó Laura.

No la esperaban nunca, ni un solo día. Laura sabía que llegaría el momento en el que sería más grande y más alta que ellos, y entonces no los esperaría. Les pagaría con su misma moneda. Pero sus piernas aún eran muy cortas y nada le molestaba tanto como que la dejaran atrás.

Se esforzó todo lo que pudo por ir más rápido. Fue pasando por las casas a toda velocidad, con la mochila rebotándole en la espalda. Ya se enterarían después del colegio. Quizá les pusiese pinzas de la ropa debajo de la colcha o se mordiese y le dijera a su madre que habían sido ellos. Mientras pensaba en eso, sonrió y, como iba distraída, se cayó.

Había tropezado con un borde levantado del pavimento. Todo se puso del revés y de pronto se vio en el suelo. Se sentó y miró alrededor, sopesando si debía llorar. Pero nadie la había visto. Scott y Sophie estaban muy lejos y ya no los alcanzaría.

—¡Sophie! —gritó, pero no se dieron la vuelta.

Se sacudió el polvo de las manos. Se las había arañado, pero solo un poco: tenían un color rosado y unas líneas finas y blancas que le escocían. La peor parte se la había llevado la rodilla. Al mirársela, vio una gota muy grande de sangre roja saliendo de un círculo brillante sin piel.

—¡Ay, pobrecita!

Una anciana apoyada en un bastón rojo oscuro salió arrastrando los pies de la casa frente a la que estaba Laura; la del jardín repleto de maleza y periódicos enrollados. Laura no conocía a la mujer, pero la había visto en la iglesia de vez en cuando. En una ocasión, la había visto cruzando la calle cogida del brazo de Rose, como su hermana hacía con ella a veces, antes de que se enfadara y se fuera.

—Te he visto tropezar por la ventana. ¿Estás bien, cielo?

Triste, Laura asintió con la cabeza. La rodilla le dolía a rabiar.

—Venga, arriba. Vamos a por una tirita.

Le ofreció una mano arrugada. Laura se aferró a ella con sus deditos y la anciana la ayudó a levantarse.

Se dirigieron juntas hacia la casa y Laura tuvo cuidado para no volver a caerse con los periódicos. Esa señora olía raro. Como a las gotas de eucalipto que tenía que tomar cuando se resfriaba. La señora la hizo entrar. Durante un momento, Laura solo vio dos sillones con una mesita baja en medio. Pero luego se fijó en el resto de la habitación. ¡Nunca había visto nada igual!

Había una estantería repleta de muñecas. Veinte, por lo menos. Muñecas como la que Rose le había quitado. Tenían el pelo rubio, castaño, negro… ¡hasta rosa!

—¡Hala!

—¿Te gustó la muñeca que te dejé? Se llama Abigail… Era una de mis favoritas —dijo la señora.

—Mi hermana llamó a la policía y se la llevaron —contestó Laura, pensando en lo tonta que había sido Rose por pensar que la anciana era un hombre malo.

—Habla más fuerte, bonita. Estoy quedándome sorda.

—¡Mi hermana me la quitó!

—¿De verdad? Qué niña más mala.

Laura se rio. Nunca habían llamado «mala» a Rose, pero lo era. Era mala y antipática.

—Bueno, cuando quieras jugar con mis muñecas, ven a verme. Son para niñas, pero yo no tengo hijas.

La felicidad inundó a Laura de tal manera que incluso se olvidó del dolor de la rodilla. Fue a la estantería y cogió tantas muñecas como pudo. Todas tenían vestidos suaves, tersos y bonitos, y algunas tenían rizos que se contraían como un muelle al tirar de ellos, y sus rostros eran serios pero encantadores, con mejillas sonrosadas.

—¡Zape! Deja sentarse a la niña, Jack. —La señora echó del sillón a un gato naranja enorme, que se marchó sigiloso de la estancia—. Voy a por una tirita.

Laura se preguntó si lo habría dicho en serio; si podría ir después del colegio a jugar con las muñecas, y quizá hasta con el gato. Era lo mejor que le había pasado en la vida. Mucho más divertido que intentar participar en los juegos tontos y estúpidos de Scott y Sophie.

Se subió al sillón. Toda la casa olía a eucalipto, pero llegó a la conclusión de que ese olor le gustaba. Sentó a las muñecas a su alrededor: una en cada reposabrazos, tres sobre las piernas. Aún no tenía claro cuál era su favorita.

Se fijó un momento en un marco de fotos que había sobre la mesita baja. Era una fotografía en blanco y negro, como las de hacía mucho tiempo. Una madre y un padre, que parecía un soldado y tenía un bigote raro, un niño y una niña con una muñeca.

La señora regresó con dos platos de galletas. Con pepitas de chocolate, seguro. Laura esperaba que no fueran de uvas pasas u otra asquerosidad de esas.

—¿Quién es? —preguntó Laura señalando a la niña con la muñeca y recordó que tenía gritar, porque la señora le había dicho que hablara alto y eso era gritar.

—Somos mi familia y yo. Antes de la desgracia.

Laura no alcanzó a comprender cómo la anciana podía haber sido una niña en blanco y negro de hacía mucho tiempo.

—Para mí, la inocencia es lo fundamental —continuó la anciana—. Lo es todo. A mí me la robaron cuando era muy pequeña. Lo que vi en ese caserón no tendría que haberlo visto ningún niño. Ojalá lo hubiera derribado en vez de venderlo.

La señora parecía triste cuando colocó los platos en la mesa. Después empezó a abrir cajones.

—¿De verdad puedo jugar con todas estas muñecas? —Esa vez, Laura olvidó gritar.

—Ojalá le cambiaran el nombre. ¿Tú qué opinas? Si mi padre supiera que un sitio al que se va a beber lleva su nombre, se revolvería en su tumba. Aunque tampoco es que merezca mucha compasión. —Había abierto un cajón con tiritas, pero lo cerró y miró a Laura, sonriendo—. Eres monísima. Vendrás a verme y a jugar con las muñecas, ¿verdad? Me da pena verlas ahí, acumulando polvo. Por eso empecé a regalárselas a las niñas que estaban más tristes en la iglesia cuando murió Benny, el pobre. No es algo que los niños deban vivir.

Sin escucharla, Laura cogió una de las muñecas y se quedó mirándola. Tenía una cara muy bonita. Tal vez fuese su favorita.

—Esa es Jacinta —dijo la señora—. Iba a regalársela a Joni, porque creo que se parece un poco a ella. Pero como Benny está vivo y todos los niños están contentos otra vez, no creo que haga falta. ¿Sabes qué? Por ahora las voy a dejar aquí hasta que te canses de ellas. ¿Qué te parece?

A Laura se le dibujó una sonrisa y la anciana se la devolvió. Iría todos los días después del colegio para jugar con ellas. Le caía bien esa señora. Iba a ser su nueva amiga, solo de ella y de nadie más.

—Bueno, a ver si te puedo poner una tirita en esa herida de la rodilla y después vamos a llamar a tu madre para decirle que estás aquí. —La señora se dirigió al cuarto de baño.

A escondidas, Laura cogió una galleta del plato de la anciana en vez de del suyo. No se daría cuenta. Se la metió entera en la boca. Era de pepitas de chocolate, no de uvas pasas ni sultanas. La masticó contenta, moviendo las piernas.

AGRADECIMIENTOS

Pequeños secretos, grandes mentiras se ha escrito a lo largo de los años en muchos lugares del mundo. Rose me ha acompañado en aeropuertos de Brunéi, tomando cafés americanos con hielo en Los Ángeles (EE. UU.), en bufetes de abogados bajo la nieve en Nottingham (Inglaterra), en bibliotecas públicas de Broome (Australia) y, cómo no, en la mesa de mi comedor en Thornbury (Victoria, Australia). Nunca hubiera existido de no ser por las magníficas personas que forman parte de mi vida.

Me gustaría darle las gracias de todo corazón a mi agente literaria, MacKenzie Fraser-Bub, por apoyarme con este libro desde la mañana en que la llamé temprano y farfullé cosas incoherentes sobre unas muñecas. También quiero expresarle una gratitud enorme a mi estupenda editora, Kerri Buckley, que estrena maternidad y que hizo valer sus palabras cuando dijo: «No me quitarán esta novela de las manos ni con una palanca, aunque esté bajo los efectos de la epidural».

A Jon Cassir, mi fabuloso agente de cine y televisión, que leyó muchos borradores de esta novela; a la increíble Nicole Brebner y a todo el equipo del sello editorial MIRA, y a Lilia Kanna y a todo Harlequin Australia.

También tengo la suerte de estar rodeada de escritores increíbles que me ayudaron a esbozar algunos de los pasajes más difíciles de esta novela: David Travers, Martina Hoffmann, Rebecca Carter-Stokes, Claire Stone y Jemma van Loenen.

No me olvido de mandar un abrazo muy fuerte a todo mi equipo personal de animadores: Phoebe Baker, Heather Lighton, Tess Altman, Adam Long, Isobel Hutton, Jemimah Widdicombe, Lou James, Eloise Falk y Lara Gissing, entre muchos otros. Gracias también a Christian O'Brien por dejarme utilizar la historia del canguro y el ojo, y a Helen-Marie de *Bonding Over Bindings,* que con un solo tuit me proporcionó la pieza final del rompecabezas de esta historia.

Por último, gracias a mi familia: Tess y David Lamb; mi padre, Ruurd; mi madre, Liz, y mi hermana, Amy.

Y gracias a Ryan, siempre.

CPSIA information can be obtained
at www.ICGtesting.com
Printed in the USA
LVHW111818190223
739813LV00010B/10

9 788491 395560